KB058878

어서오세요 실력지상주의 교실에2학년편 키누가사 쇼고 X
Welcome to the Classroom of the Second-year 토모세 슌사쿠

"요즘 들어서 여러 반 남자애들이
이치노세가 솔로인지 자꾸 물어보더라고."

"어어어, 없어, 없어!"

"그렇구나. 그럼 좋아하는 사람은 있어?"

"이치노세, 누구 사귀는 사람 있어?"

"어? 으, 으아앗?!"
생각지도 못한 질문이 날아들어서
크게 당황하는 이치노세.

쿠시다 키쿄

류엔 카케루

아야노코지 키요타카

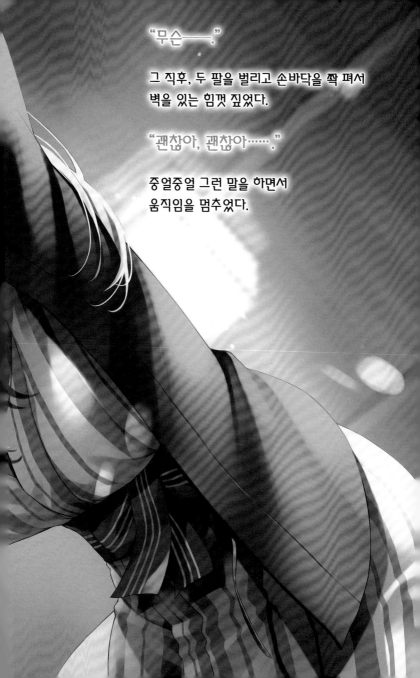

"무슨──."

그 직후, 두 팔을 벌리고 손바닥을 짝 펴서
벽을 있는 힘껏 짚었다.

"괜찮아, 괜찮아……."

중얼중얼 그런 말을 하면서
움직임을 멈추었다.

8

어서오세요 실력지상주의 교실에 2학년편
Welcome to the Classroom of the Second-year

어서 오세요
실력지상주의 교실에
2학년 편 8

키누가사 쇼고 지음 / 토모세슌사쿠 일러스트 / 조민정 옮김

소미미디어

contents

칸자키 류지의 독백	P011
지피지기 백전불태	P015
말 그대로의 수학여행	P084
수학여행 2일 차	P166
수학여행 3일 차	P236
수학여행 4일 차	P294
어둠 끝에 켜진 빛	P339

커버, 본문 일러스트 : 토모세슌사쿠

○칸자키 류지의 독백

길이 아니거든 가지 말라는 말이 있다.

나는 어릴 때부터 사람들과 비교적 거리를 유지하며 살아왔다.

왜 그런 선택을 했을까.

그게 편했고, 무엇보다도 갈등에 휘말릴 일이 없었기 때문이다.

친한 친구도 만들지 않고, 적도 만들지 않고.

적당히 선을 긋는 관계가 편했다.

그러던 어느 날, 아이들의 별것도 아닌 다툼에 휘말리고 말았다.

그저 가까이에 있었다는 이유만으로.

나를 제외하고 네 명 중 세 명이 한 사람을 집요하게 몰아세웠다.

그 세 명의 행동이 심하긴 했지만, 사실 그렇게 부당하지 않았고 발단은 다 거짓말에서 비롯한 것이었다.

일방적으로 공격당한 아이는 누가 봐도 알 만큼 그 세 사람을 보며 동요했고 거짓말을 늘어놓았다.

내용은 정말 사소한 것이었을 터다.

유명인에게 사인을 받았는가 받지 않았는가, 뭐 그랬던

것 같다.

거짓말을 인정하고 모두에게 사과하라는 것이 세 사람의 요구.

반면 거짓말이 아니라고 주장하면서 사과하지 않는 한 사람.

그 자리에 우연히 있었던 나는 객관적으로 분석해서 거짓말한 아이에게 그만 인정하라고 설득했지만, 그 아이는 끝까지 버텼다.

얄팍한 거짓말. 무의미한 고집이었다.

일이 점점 커져 폭력 사태로 번질지도 모르겠다고 생각하면서도, 나는 가만히 있었다.

어차피 잘못은 괜히 거짓말한 아이에게 있다.

허세 때문인지 뭣 때문인지는 몰라도 정말 시답지 않은가.

도와줄 필요 없다.

나와는 상관없는 일이다.

진심으로 그렇게 생각했다.

아니, 오히려 한 대 맞고 좀 배워야 한다는 생각마저 들었다.

그렇지만── 결국, 거짓말한 아이에게는 아무 일도 일어나지 않았다.

궁지에 몰린 상황에서 갑자기 제삼자가 등장하더니 기지를 발휘해서 그 아이를 구해주었기 때문이다.

같은 반이라는 이유만으로 거짓말한 것을 비난하지 않고 지켜주었다.

이해되지 않았다. 그건 정의가 아니다.

옳은 쪽은 거짓말하지 않은 세 사람인데.

찌뿌둥한 마음이 영 개운해지지 않았다.

누가 올바른가.

진실을 말하지만 난폭하게 행동한 세 사람일까, 계속 거짓말한 한 사람일까.

아니면 거짓말한 것을 알면서도 친구를 도운 제삼자일까.

이 다툼을 처음부터 끝까지 지켜본 한 어른이 있었다.

그는 내 머리에 손을 얹으며 이렇게 말했다.

『도와줄 힘이 없다면 달아나도, 못 본 척해도 괜찮겠지. 하지만 힘이 있으면서 쓰지 않는 것은 어리석은 사람이나 하는 짓이야.』

그때는 몰랐다.

결국 그 말은 거짓말쟁이를 도와주라는 뜻이 아니었을까.

하지만 점점 커가면서 이해가 되었다.

도와준다는 것은 꼭 거짓말한 아이만을 가리키는 게 아니었다.

그 공간을 지배할 힘이 있다면 어떤 시각을 가지고 서 있든 상황을 수습할 수 있지 않았을까.

자신에게는 없는 줄 알았던 뜨거움, 맺혀 있던 뭔가가 움직이기 시작한 순간이었다.

처음 만난 그 사람의 말을 지금도 잊지 못한다.

나는 고도 육성 고등학교에 입학한 후, 서툴지만 사람을 사귀어보는 쪽을 택했다.

어려움을 겪는 사람이 있으면 조금이나마 도와주는 법도 배웠다.

반의 리더로 인정받은 이치노세의 옆에서 든든히 받쳐주고 싶었다.

하지만 결국 뜻대로 되지 않고 좌절해버렸다.

그런 나를—— 아야노코지 키요타카의 말이 구원해주었다.

아야노코지……. 정말이지, 인연이란 참 신기하다.

○지피지기 백전불태

11월도 하순으로 접어들고, 마침내 기다리고 기다리던 수학여행의 날이 코앞으로 다가왔다.

맑지만 쌀쌀한 아침 통학로, 나는 앞에서 하루카를 중심으로 한 세 명 소그룹이 걸어가는 것을 바라보았다. 큰 웃음까지는 없지만, 최근에 생긴 공백을 메우겠다는 듯이 한창 이야기꽃을 피우고 있었다.

"말 안 걸어도 되겠어?"

옆에서 걷던 케이가 그렇게 물었다.

"괜찮아. 아이리가 퇴학한 시점부터 정해졌던 흐름이야."

저 그룹에 이제 나는 필요 없는 존재다. 오히려 그렇게 되어야 한다.

"그럼 나도 더는 말 안 할게. 키요타카가 됐다고 하면 그게 정답이라는 걸 아니까."

남 일이라고 생각하는 케이로서는 전 아야노코지 그룹의 태도가 딱히 마음 쓰이지는 않겠지.

"게다가, 그만큼 내가 키요타카를 독점할 수 있고~?"

망설임 없는, 진심 어린 미소를 보내왔다.

지금까지 긴 시간이 지나면서 케이에게 내가 완전히 정신적 지주가 되었다는 사실은 의심할 여지가 없는 듯하다.

"이번 수학여행, 진짜 기대돼. 어디로 갈 것 같아?"

"교토였으면 좋겠다는 꿈은 포기 못 했어."

"그러고 보니 그렇게 말했었지? 난 교토만 아니면 어디든 좋은데."

무슨 이유에서인지 내가 열망하는 교토를 바로 제외해 버렸다.

"교토가 그렇게 싫어?"

"으음, 거기는 온통 절이랑 문화재밖에 없는 느낌이잖아. 하나도 재미없을 것 같지 않아?"

난 오히려 그게 묘미 중 하나라고 생각하는데…….

하긴, 케이 입장에서 절이랑 신사를 돌아보는 건 별로 기대가 안 될지도 모르겠군.

"어쨌든 내가 지금 궁금한 건 딱 그거야, 응응."

"여행지도 중요하지만, 기말고사 결과는 안 궁금해?"

"지금 와서 결과를 신경 쓴다고 해서 점수가 올라가는 것도 아니잖아? 뭐, 내 기준에서 그럭저럭 괜찮게 치지 않았나 싶어. 이것도 다 키요타카 덕분이야."

그렇게 자신감이 지나친 건 조금 문제가 있지만, 사실은 사실이니까.

비록 높은 점수까지는 기대할 수 없어도 바닥권에서는 다소 올라갔다고 봐도 좋겠지.

모호하게 알려주긴 했지만, 자가 채점을 해본 결과 분명히 성장했다.

"나도 스도처럼 키요타카랑 하는 공부 시간을 좀 더 늘

려볼까?"

검지 끝을 입술에 대면서 그렇게 중얼거렸다.

똑같은 시간을 공부해도 스도처럼 학력이 올라가지는 않으리라는 사실을 케이는 전혀 모르겠지. 본인의 동기도 아주 중요하지만 그만큼 가르치는 사람의 기량도 중요한 법이다.

스도가 눈에 띄게 성장한 것은 분명 호리키타에게 교육자의 재능이 있기 때문이다. 학력이 비슷한 케세이보다 뛰어난 부분이다

반면 나의 교육은 그런 토대가 없다.

철저하게 가르쳐서 케이의 학력을 강제로 끌어올리는 건 쉽겠지만, 그건 내 역할이 아니다. 반의 다른 학생에게 맡겨야 하는 부분이다.

내가 해주는 일은 최소한뿐. 또 공부에 집중하는 자세만 잡아주는 것.

언젠가 그에 걸맞은 학생이 뒤를 자연스레 이어받을 수 있도록.

1

오늘은 오전에 두 시간, 수학여행 설명에 관한 시간이 잡혀 있었다. 다른 일반 학교라면 좀 더 일찍 설명해주었

겠지만, 이 학교 학생들에게는 그전에 쳤던 기말고사가 더 중요하니까. 우선 그 결과부터 알아야 한다.

수학여행 이야기를 다 전달받아 놓고 기말고사 때문에 퇴학당한다면 웃음도 나오지 않을 것이다.

"그럼 지금부터 2학기 기말고사 결과를 발표하겠다."

찌릿찌릿한 공기. 긴장과 불안. 하지만 절망하는 학생은 아직 없었다.

작년 이맘때에는 페이퍼 셔플이라는 이 학교 독자적인 기말고사를 치렀었다.

쿠시다의 획책, 류엔의 그림자. 호리키타의 전략과 특색도 강했었지만, 올해는 다르다.

규칙도 무난했는데, 학교 측에서 낸 문제를 풀어 낙제점보다 낮은 점수면 퇴학이다. 또 반별 경쟁이기도 해서 1위는 50 반 포인트, 2위는 25 반 포인트를 획득한다. 3위는 마이너스 25 반 보인트, 4위가 마이너스 50 포인트. 순수한 반 포인트 경합이라고 할 수 있다.

낙제점은 전 과목 평균 점수가 39점 이하. 내용을 자세히 살펴봤을 때, 어느 과목이든 수업만 제대로 들었으면 무난하게 낙제를 면할 수 있는 수준이었다.

"이번 기말고사. 우선 하위 학생부터 발표하겠다."

차바시라 선생님의 얼굴은 조금도 풀어지지 않고 딱딱하게 굳어 있었다.

그 표정이 학생들을 부추기는 것처럼 느껴졌다. 이런 일은 적당한 긴장감이 있는 편이 좋겠지.

"먼저 최하위는──."

상위 성적보다도 중요할 하위 성적.

"평균 53점을 받은 혼도, 너다."

"우와앗?! 나?! 아아, 그래도 53점이니까 나쁘지 않은 거지?! 엥, 기뻐해도 돼?!"

낙제점이 아니라는 기쁨과 꼴찌라는 현실이 뒤섞여 괴성을 내질렀다.

늘 꼴찌조이긴 했지만, 혼도가 최하위인 건 처음이지 않을까.

그 후로도 순서대로 하위부터 발표되었고, 이윽고 상위권의 이름이 불리기 시작했다.

하위 그룹의 도약은 확실하다고 봐도 되겠지.

여자친구인 케이도 평균 56점으로 예상보다 나쁘지 않은 결과였다.

이런 요인의 필두는 틀림없이 만장일치 특별시험에서 아이리가 퇴학당한 것에 있다.

그 시험 이후 OAA 상에서 꼴찌인 학생은 언제든 내쳐질 수 있다는 위기감이 싹트면서, 다들 어떤 시험이든 최선을 다해 도전하게 되었다.

나랑만 공부하고 싶어 하는 케이도 성적이 착실히 올라가고 있듯이.

다만 이 문제는 빨리 해결해야 하겠지. 나는 정말 최소한으로만 가르쳐주고 있으니, 실력 향상의 정도 차이에서 다른 학생에게 뒤처질 위험이 있다. 꼼꼼히 계획을 세워서 가르치는 호리키타와 케세이 또는 요스케에게라도 공부를 봐달라고 부탁해야 한다.

모니터에 순차적으로 이름이 호명된 학생의 각 과목 점수와 총점, 평균점까지 추가로 떴다. 나는 12위. 잔잔하면서도 착실하게 순위를 올리고 있다.

마침내 반의 탑10 발표로 넘어갔다.

10위는 스도. 조금 불안했었는데, 저번과 비슷하게 견실히 점수를 따내 상위권에 안착했다. 순위도 한 계단 올라 자기 최고 기록을 갈아치웠고.

마지막으로 1위는 93.5점으로 드물게 평균 동점이 나온 호리키타와 케세이, 두 명이었다.

"학년 순위가 이치노세 반의 평균보다 앞서서 2위를 차지했다. 다들 잘했어."

1위는 사카야나기의 A반, 2위는 호리키타의 B반, 3위 이치노세의 D반, 4위 류엔의 C반.

이렇게 해서 반 포인트 25점을 받았다. 다만 사카야나기의 A반은 하위 학생들의 성적도 좋아, 호리키타반은 이번에도 1위를 차지하지 못했다. 얼마 안 되지만 A반과 차이가 다시 벌어졌다.

"자, ——너희가 수학여행을 기대하고 있다는 건 기말고사를 열심히 준비한 것만 봐도 잘 알 수 있지. 하지만 그

이야기를 하기 전에 한 가지 해야 할 일이 있다."

그렇게 말하고 모니터에 어떤 영상을 띄웠다.

차바시라 선생님의 지시에 따른 학생들의 태블릿에 낯익은 반 아이들의 이름이 적힌 표가 떴다. 앞에 있는 모니터와 똑같은 것이었다.

이름, 성별, 번호 세 항목이 있었는데 이름과 성별은 이미 칸이 채워져 있었다.

그것이 차바시라 선생님의 설명대로 반 총인원의 몫만큼 있었다.

번호만 비어 있는 것을 보아 앞으로 채워 넣으리라는 것을 짐작할 수 있다.

표는 본 순간 대충 이해했는데, 무엇을 기준으로 한 번호인지를 모르겠다.

내 자리에서 엿볼 수 있는 범위에 한하지만, 나와 마찬가지로 이해하는 학생이 한 사람도 없다.

"이 표는 2학년 B반, 그러니까 우리 반 학생 일람이다. 이름과 성별 옆에 작게 번호라고 적힌 칸이 비어 있지? 번호는 1번부터 시작해 반의 전체 인원인 38명에서 본인을 뺀 37번까지 쓸 수 있다. 같은 번호는 두 번 쓸 수 없고. 먼저 자기 이름이 적힌 번호 칸에 보기 쉽게 『본인』이라고 써넣어라."

2학년 B반은 퇴학한 야마우치와 아이리를 제외하고 총 38명.

자신을 제외하고 37번까지 각 학생에게 번호를 매겨야 한다는 것 같다.

문제는 이 번호가 무엇을 의미하느냐겠지.

대충 아무 의미 없이 매긴다고 생각하기는 어렵다.

모두 태블릿을 붙잡고, 시키는 대로 본인이라는 글자를 써넣었다.

그것을 다 확인하자 차바시라 선생님이 번호에 대한 설명을 시작했다.

"지금부터 매길 번호의 의미는, 자기가 그 사람을 어떻게 평가하는지에 있다고 생각하면 돼. 단순히 능력이 높아 동경하니까 1번, 친하니까 1번, 재미있으니까 1번. 뭐 어떤 이유든 자기 나름의 기준에 따라 긍정적인 평가를 하는 게 중요하다."

요컨대 반 아이들에게 순위를 매기라는 이야기인가.

아니, 하지만── 화면을 옆으로 슬라이드 하니 우리 반뿐 아니라 다른 세 반의 표도 있었다.

"이미 눈치챈 사람도 있겠지만, 반별로 2학년 전체의 순위를 매겨야 해. 다른 반 학생 중에는 어쩌면 말 한 번 안 해본 사람도 있을지 모르겠지만, 그것 또한 당사자가 가진 기준이야. 아는 범위에서 번호를 매기면 돼."

학생이 다른 학생을 평가한다. 조금 비슷한 것을 작년에 했었지만, 그때와는 또 크게 다르다고 볼 수 있겠지.

그런데 대체 무슨 목적으로 학생에게 성적표 비슷한 걸

쓰라고 시키는 거지?

"물론 어떤 숫자를 썼는지는 다른 학생에게 절대 알려지지 않는다. 우리 담임교사들도 어떤 식으로 평가했는지 알 수 없으니까 안심해."

즉, 이 표를 관리하는 것은 학교를 운영하는 윗선이라는 뜻.

"그리고 이 표에 숫자를 쓰는 동안 사적 대화 금지, OAA를 보는 것도 금지야. 기억하는 부분과 별개로, 생각도 추측도 해보지 않고 학교의 평가를 참고해 순위를 매기는 건 목적에 맞지 않기 때문이다."

어떤 것에 의지해 기계적으로 번호를 매기는 것도 제한된다는 모양이다.

"정말 말 한 번 안 섞어본 여자애도 꽤 많고, OAA 기록도 전혀 모르면 대충 아무렇게나 매길지도 모르는데, 그래도 돼요……?"

폭넓은 교우 관계를 가진 일부 학생과 달리 자신 없는 혼도가 중얼거렸다.

"그래. 극단적으로 말하자면 관계성이 희박한 사람은 아무렇게나 번호를 매겨도 상관없어. 다만, 학교 측에서 이 리스트를 어떤 목적으로 사용할 텐데, 결과가 어떻게 나오든 자기 책임이야."

기본적으로는 총평 순으로 하겠지만, 결국은 숫자를 써넣을 개인 재량이라는 거겠지. 대신 앞으로 미칠 영향에 불평불만을 가지지 말라는 뜻.

학생 개개인을 적절하게 채점할 수 있는지도, 지금까지 쌓아온 관계에 들어갈 테니까.

적당히 대충 했다간 후회할 수 있으니 진지하게 임하라. 그런 이야기다.

"지금부터 1시간 안에 다 마쳐라. 만에 하나 제한 시간 내에 끝내지 못하면 수학여행 설명 시간을 할애해서 계속해야 하니까 정신 바짝 차리고."

설마 수학여행 전에 이런 걸 시킬 줄은 아무도 몰랐을 것이다.

학생들이 당황하고 있는 와중에 차바시라 선생님이 당장 시작하라고 지시했다.

모두 아직 마음의 준비가 채 되지 않은 상태에서 숫자를 써넣기 시작했다.

그나저나— 총평이라니.

나는 제일 시간이 많이 소요될 우리 반은 나중으로 미루고 A반부터 처리하기로 했다.

단순히 능력만 보면 사카야나기에게 1위를 줘야겠지만, 학교가 요구하는 것은 종합 평가.

친구를 잘 사귀는 사람, 마음에 드는 사람에게 1위를 주는 것도 개인 재량.

어찌 됐건 명확한 기준을 세우고 숫자를 써넣어야 한다.

바로 숫자를 쓰려고 했는데 의외로 어려웠다.

내가 봤을 때 역시 무난한 건 현재까지의 종합적인 능력일까.

교류가 전혀 없는 학생에 관해서는 OAA의 기억에서 산출해도 상관없겠지.

방향성을 정한 다음 1위부터 써넣었다.

이건 다른 많은 학생과의 공통점이겠지만, 역시 A반은 사카야나기에게 1위를 주는 것이 기정 노선이라고 할 수 있겠다. 그런 느낌으로 20분 정도 들여서 세 반의 모든 학생에 대한 평가를 마쳤다. 이제 남은 것은 내가 속한 B반뿐.

이 반에는 OAA 이외에도 다양한 정보가 있어서 단순한 채점은 어렵다.

잠재력이라든지 소통 능력, 성장성까지 포함해야 한다.

어떤 의미에서는 OAA와 유사한 부분도 있는데, 현재까지 1위는 요스케일까.

단순한 종합적 수치뿐 아니라 지금까지 공헌해온 것들까지 계산에 넣는다면 달리 선택의 여지가 없다.

요스케 없이는 이 반의 협조를 얻을 수 없으니까.

2위로는 코엔지를 골랐다. 잠재력 그리고 2학년 무인도 시험에서 했던 공헌, 체육대회에서 의도하지 않은 공헌 등 반에 가져다준 구체적인 도움이 아주 크다. 특이한 성격과 비협조적인 부분을 빼더라도 타당한 평가겠지.

지금의 B반이라는 위치까지 올라온 것은 의심할 여지 없이 코엔지의 공이 크다.

공부 쪽으로 늘 좋은 성적을 거두는 호리키타, 케세이, 미짱 등도 높이 평가했다.

그리고 뛰어난 신체 능력에 학력까지 무시할 수 없게 된 스도에게는 9위를 주었다. 2학년 이후만 보면 코엔지 다음인 3위나 4위 정도의 평가라고 해도 좋다.

이렇게 모든 학생에 대한 평가를 마치고 고개를 들었다.

다 합쳐서 40분 가까이 지났는데, 나 말고 다른 학생은 아직 마치지——.

그렇게 생각하다가, 학생들을 관찰하던 차바시라 선생님과 눈이 마주치면서 옆에 앉은 코엔지가 먼저 끝냈다는 사실을 알았다.

단정 지을 수는 없지만, 십중팔구 아무 생각 없이 번호를 매겼겠지.

태블릿을 다시 보지도 않고 자기 손톱을 후후 불고 있었다.

이 번호로 그룹을 짜는 것 이외에도 어떤 특별시험에 이용할 가능성이 있다. 그렇게 생각해봤을 때 어떤 패턴을 예상할 수 있을까.

학교 측이 부감해봤을 때, 이를테면 각 반의 종합 1위와 2위 학생들만 시험을 치르게 할 수도 있을까. 아니면 반대로 종합 점수가 낮은 학생들만 모아 결과적으로 균형이 맞는 과제를 줄 수도 있다.

하지만 그렇다면 능력의 우열에 따라 번호를 매기라고

더 일찍 전달했어야 했고, 애당초 학생들에게 서로를 평가하라고 시킬 필요까지도 없다. 좋고 싫고를 기준으로 번호를 매기면 그 결과 불균형한 대결이 성사될 위험이 훨씬 크겠지.

2

정해진 시각까지 몇 분 남지 않았을 때 차바시라 선생님이 입을 열었다.

"자. 모두 끝냈으니 이상으로 리스트 작성 작업은 이만 마무리하고."

다들 무사히 시간 내에 모든 학생의 평가를 마친 듯했다.

"내 예상보다 좀 더 빠르지만, 지금부터 수학여행 이야기를 해보자."

"기다렸다고요!"

딱딱한 리스트 작업에서 해방되자 이케 무리가 손뼉을 쳤다.

예전과 달리 그런 이케에게 주의 주지 않게 된 차바시라 선생님이 태블릿을 만졌다.

수학여행 이야기야 이미 들었지만, 아직 장소는 모른다.

만장일치 특별시험에서 나온 선택지는 세 군데였다.

홋카이도, 교토, 오키나와.

이 세 후보지를 두고 각 반에서 한 표씩 행사해 투표수가 가장 많이 나온 장소가 수학여행지로 선정된다.

참고로 나는 호리키타, 케세이와 같은 교토를 희망한 소수파였다.

이 반의 투표권은 홋카이도 쪽으로 가버렸지만, 아직 희망이 없지는 않다.

세 반 중 두 반이 교토에 투표하면 소원을 이룰 수 있다.

과연 그 결과는——.

"우선 지난번 만장일치 특별시험 결과야."

일부러 재듯 몇 초간 뜸을 들이는 차바시라 선생님.

"——각 반의 선택 결과, 세 표를 획득한 홋카이도가 수학여행지로 선정되었다."

그 말을 들은 직후의 환희와 낙담. 그것들이 동시에 뒤섞이는 결과가 나왔다.

하지만 호리키타 반의 표가 홋카이도였던 것을 봐도 학생 다수는 좋아한다고 해도 되겠지. 그렇군, 홋카이도가 되었군.

호리키타의 뒷모습만 봐서는 실망하는 기색이 없다.

케세이도 특별히 불만스러운 느낌은 전혀 없었다.

한편 오키나와파였던 스도 무리는 처음부터 받아들였는지 딱히 신경 쓰는 것 같지 않았다.

상황을 공유하는 것은 금지였어도 풍문 정도는 들었을 가능성이 있다.

좀 아쉽기는 하지만 교토는 교토, 홋카이도는 홋카이도다.

나한테는 어디나 미지의 세계여서 기대감에 별 차이가 없다.

"알고 있겠지만, 수학여행은 글자 그대로 학문과 지식을 익히기 위한 여행이라는 점을 잊지 마라. 일반 고등학교와 달리 지켜야 하는 규칙이 많아."

들뜬 학생들에게 차바시라 선생님이 놀러 가는 것과 혼동하지 말라고 가벼운 주의를 주었다.

"설마 특별시험 같은 게 있는 건 아니……겠지요?"

확신이 있을 리 없으니, 학생들을 대표해 확인하고 싶은 것도 무리는 아니다.

머뭇거리며 확인하는 혼도 그리고 학생들을 본 차바시라 선생님이 살짝 웃었다.

"안심해, 반 포인트를 가지고 경합하는 특별시험은 없으니."

확실히 단언하는 말투에 반 아이들 모두 안도의 한숨을 내쉬었다.

"자세한 설명에 들어가기 전에 4박 5일 일정부터 보도록 하자."

수학여행 일정

1일 차
학교 출발→ 하네다 공항→ 신치토세 공항→ 스키장 도착, 강습→ 스키→ 숙소

2일 차
종일 자유행동

3일 차
삿포로 시내 관광→ 숙소

4일 차
종일 자유행동 ※조건 있음

5일 차
귀가

2일 차는 종일, 4일 차도 조건은 붙으나 종일 자유롭게 다닐 수 있다.

"긴장했는데 그냥 평범하네! 아니, 더 좋아! 자유 최고!"

다른 학교와 비교해도 손색없는지, 무난한 수학여행 일정에 학생들 대부분 좋게 받아들인 듯 몹시 들떠 했다.

하긴 이 학교라면 더 변칙적인 일정이어도 이상하지 않으니.

"흥분하는 것까진 상관없는데, 내가 한 말을 벌써 잊었나? 자유행동이 보장되는 반면, 너희는 고도 육성 고등학교 학생으로서 해야 할 과제도 적지 않아."

특별시험은 없다고 했는데 대체 뭘 요구하려는 것일까.

"지피지기 백전불태. 그게 이번 수학여행의 주제야."

"네? 어, 지피…… 뭐라고요?"

선생님이 말한 『손자병법』의 명언을 이해하지 못하고 고개를 갸우뚱거리는 혼도.

"싸울 상대를 파악하고 자기 실력을 알아야 한다. 그렇게 하면 싸움에서 지지 않는다는 뜻이야."

누구보다도 빠르게, 속담을 알기 쉽게 설명한 사람은 스도였다.

"오오, 제법인데……. 네가 그런 것도 아냐?"

"별로 대단한 것도 아닌데. 어차피 말 그대로의 뜻이고."

지식 하나에 으스대지 않는 모습도 호감을 주게 되었군.

"보통 수학여행에 가면 여러 명이 그룹을 지어 다니지. 너희도 그렇게 다니게 되겠지만, 다른 학교와 명백하게 다른 점이 있다. 바로 그룹을 반이 아니라 학년 전체에서 짜야 한다는 점이야."

"네? 허억? 으앗? 그러면 설마 하나도 안 친한 녀석이랑 같은 그룹이 될 가능성이 아주 큰 거 아닌지?!"

아직 가지도 않은 홋카이도에 들떠 있던 학생들이 단숨에 현실로 끌려왔다.

그것을 나타내기라도 하듯 차바시라 선생님이 상세한 설명을 시작했다.

"그래. 교우 관계와 조합에 따라서는 거의 모두 처음 보는 멤버일 수도 있겠지."

나 같은 경우 다른 반에 친구가 많다고는 빈말이라도 절대 할 수 없다.

그룹의 인원수에 따라서는 차바시라 선생님의 말한 전개가 충분히 펼쳐질 수 있겠지.

"한 학년에 학생이 160명 정도인 일반 학교가 있다고 가정할 때, 보통은 우리 학교 학생보다 교우 관계가 더 넓을 가능성이 크다. 우리 학교는 구조상의 문제로 그렇게 되기 어려우니까."

보통 1년 반이 넘게 같은 환경에서 공부하면 친구가 늘어나기 마련.

이 학교의 구조가 그것을 방해하고 있다는 것은 새삼 상상하기 어렵지 않다.

"너희에게 가장 중요한 것은 A반으로 졸업할 수 있는가에 있겠지. 즉, 반별 싸움은 앞으로도 변함없이 계속 이어진다. 당연히 친구보다 라이벌로 의식할 때가 많을 수밖에 없어."

그런 환경이 넓은 만큼 친구 사귀기에 적합하지 않다는 뜻이다.

"그래서 평소 학교생활만으로는 다른 반 학생의 실생활

그리고 실정을 알 기회가 그리 많지 않아."

하긴 우리는 지난 1년 반 동안 같은 반 아이들만 깊이 있게 알 수 있게 되었다.

반면 다른 반 상황은 당연히 겉으로 드러난 모습밖에 모르는 사람이 많다.

잘못해서 약점을 보였다간 그 부분을 이용당할 위험이 있으니.

그리고 완전히 다른 방향에서 보자면 쓰러트리는 것을 주저하게 될 수도 있겠지.

다른 반에 있는 친한 친구도 A반으로 졸업하면 좋겠다는 생각이 들어버리는 것이다.

그런 감정이 싹트면 경쟁할 때 많이 망설이게 될지도 모르지.

의도적으로 알려고 하지 않는 부분도 많지 않을까.

"이번 수학여행은 그러한 문제를 없애는 것이 목적이야. 다른 반이기 이전에 이 학교 학생으로서 그리고 한 사람으로서 상대방을 알 수 있는 절호의 기회지."

4박 5일은 짧은 듯하면서도 긴 시간이다.

그 기간에 그룹이 함께하는 시간이 많으면 많을수록 거리가 좁혀질 가능성도 크다.

하지만 반대로 거리가 전혀 좁혀지지 않는 경우도 있지 않을까.

학교 측에서 아무리 장애물을 제거해도 학생 스스로 벽

을 쌓아버리면 어쩔 방법이 없다.

"뭐랄까…… 신경 쓸 게 많은 수학여행 같아서 도저히 못 즐길 것 같은데요!"

학교가 정한 규칙은 바꿀 수 없다는 것을 알면서도 이케처럼 반론하는 학생이 여럿 보였다.

마음 맞는 친구들과 시간을 보내는 것을 양보하기 싫은 이유도 있겠지.

특히 여자친구가 생긴 지 얼마 안 된 이케는 시노하라와 그룹이 달라질 가능성이 생겼으니 당황할만하다.

점점 소란스러워지자 분위기를 가라앉히기 위해 한 남자가 자리에서 일어났다. 요스케였다.

"난 학교 측 생각에 찬성해."

반대 의견만 난무하는 가운데, 앞장서서 찬성을 표명했다.

"너야 좋겠지, 히라타. 다른 반에도 친한 애들이 많으니까. 자랑하는 거면 됐거든?"

하긴 교우 관계가 넓은 요스케야 누구와 그룹이 되든 별로 문제없어 보인다. 다만 그것을 자랑하려고 요스케가 나섰을 리는 없다.

"그런 게 아니야. 나도 우리 반보다 더 잘 아는 다른 반 애는 한 명도 없어. 괜히 너무 가까워지면 안 좋을 것 같다고 생각했었으니까."

일단 요스케는 자신도 원래 이케 무리와 같은 의견이라

고 주장했다.

"그런데 왜 찬성한다는 거야?"

"확실한 의의를 느껴서. 동아리 등을 제외하면 우리 학교는 분명 횡적 관계가 약하고 다른 반 학생과 친해질 기회가 별로 없다고 생각해."

그것도 필연이라면 필연이다.

몇몇 특별시험에서는 일시적으로 같은 편이 된 적도 있었지만, 기본적으로는 반끼리 경합하는 성질이 있는 이상 요스케가 방금 말했듯 쓸데없이 가까워지는 것을 피하는 경향이 있다.

마음씨 착한 사람일수록 상대하기 더 힘들 테니까.

"지금이 딱 적당하지 않아? 라이벌끼리 나름의 거리가 있는 게 경쟁하기 편하잖아."

"음…… 하지만 난 반이랑 상관없이 친구는 친구라고 생각하는데."

여자들 사이에서도 의견이 갈렸다. 이건 관점의 문제다.

"닭이 먼저냐 달걀이 먼저냐, 결국은 그런 이야기라고 생각해. 친구이기 이전에 라이벌인지, 라이벌이기 이전에 친구인지. 분명 둘 다 틀린 답은 아니겠지. 선생님이 말씀하셨듯이 수학여행은 그걸 배울 좋은 기회가 아닐까. 선택지는 하나가 아니야. 선택지가 많으면 많은 만큼 가능성도 무궁무진해질 거라고 난 생각해."

"히라타의 말도 일리가 있는 것 같아. 그리고 말이야,

여기서 발버둥 친다고 해서 학교가 규칙을 바꿔주는 것도 아니잖아?"

불만을 늘어놓아서 상황이 나아진다면 저항에도 의미가 있다.

하지만 그렇지 않다는 것은 반 아이들도 잘 알고 있겠지.

"의논에 열을 올리는 것도 나쁘지 않지만, 지금은 일단 수학여행 설명을 마저 하겠다. 너희도 구체적인 흐름을 들은 다음에 의논하는 게 더 나을 테고."

그러자, 태블릿에 떠 있던 일정 화면이 바뀌었다.

"수학여행 4박 5일 동안 최대한 모두가 평등하게 그룹을 나누도록 정해졌다. 한 그룹은 기본 8명으로 구성된다. 심플하게 반마다 남녀 한 쌍씩 모인다고 생각하면 돼. 단, 2학년 전체 인원이 오늘 기준으로 156명. 8명 그룹이 딱 떨어지지 않기 때문에 8명 그룹이 18개, 6명 그룹이 2개 만들어질 거다. 성별 비율도 가능하면 평등하도록 조정하고."

퇴학한 네 명은 남녀 두 명씩으로 똑같지만, 소속한 반이 다르다는 문제가 있기에 8명 그룹은 딱 나눠떨어질지 몰라도 6명 그룹은 반마다 다소 편차가 생겨나고 만다.

하지만 이건 피할 수 없는 부분이기에 어쩔 도리가 없다.

물론 수학여행 당일 전까지 새로 퇴학자 또는 병결 등이 생기지 않는다는 전제가 붙지만.

"어디서부터 어디까지 그룹으로 행동해야 하는지 궁금할 텐데, 홋카이도에 도착하면 바로 시작이다."

말뿐 아니라 모니터에도 그룹 규칙이 표시되었다.

그룹 행동이 필요한 상황
*현지에서 학교가 지정할 경우
*자유행동

그룹 행동할 필요 없는 상황
*숙소 시설 내

반별로 버스를 타고 학교에서 출발해 하네다 공항으로 향한다. 거기서 비행기를 타고 신치토세 공항에 내린다. 그 후 공항 안에서 정해진 그룹으로 나뉘는 흐름인 듯하다.

그 이후부터는 버스를 타고 학교에 돌아오는 마지막 이동까지 쭉 그룹 행동이 원칙이다.

학교에서 공항 이동 그리고 홋카이도에 간 이후에도 집단으로 하는 버스 이동이 많다. 취침 시간까지 포함하면 거의 모든 시간을 그룹 멤버들과 보내야 하는 셈이다.

"자유행동 때도 개인이 마음대로 해도 되는 건 아니야. 어디까지나 그룹 내에서 의논이 필요하고 그룹 행동이 절대적이다. 논의해서 목적지 조율이 되지 않을 경우, 숙소 밖으로 나갈 수 없다."

친한 사이라면 서로 양보하기도 쉬울 텐데, 일이 꽤 성가실지도 모르겠군.

자기주장이 강한 학생들이 모이면 의견이 제대로 조율되지 않을 것이다.

그 결과 어디도 못 가는 전개마저 얼마든지 일어날 수 있다.

"단 숙소 내에서는 그룹 행동을 하지 않아도 된다. 원하는 시간에 대욕장에 가도 좋고, 로비에서 느긋하게 쉬어도 좋고, 식사 또한 정해진 시간 내라면 자유롭게 해도 상관없어."

유일하게 예외인 장소는 숙소인 료칸.

방이야 남녀별 그룹끼리 같은 방을 쓰지만, 조식과 석식, 입욕, 그밖에 시설 내 산책은 개인이 자유롭게 해도 된다는 모양이다.

"숙소는 4박 모두 같은 곳이지만, 홋카이도 내에서도 아주 유명하고 좋은 료칸이야. 지겨울 일 없이 쾌적하게 지낼 수 있을 거다."

"으으, 료칸만이 힐링 공간이라니……."

"다시 말하지만, 이번 여행은 다른 반 학생에 대해 자세히 알 좋은 기회야."

그런데 차바시라 선생님의 설명을 들은 요스케가 다른 의문을 느낀 모양이었다.

"많은 사람을 접하는 게 목적이라면 여행 내내 그룹이 계속 같은 것에 위화감이 좀 들어요."

"너의 그 지적도 옳아, 히라타. 사실 우리도 매일 돌아가며 그룹을 바꾸는 걸 검토했었다. 하지만 아무렇게나 다수를 접하면 상대방을 제대로 알 수 없어. 하루 좀 안 되는 시간이면 형식적으로만 잘 지내는 것도 어렵지 않겠지. 하지만 4박이나 되면 상황이 많이 달라져. 상대방에게 진심을 보이면서 보내지 않는다면 소중한 여행도 즐길 수 없어."

하긴 하루 정도쯤이야 참기만 하면 된다.

그룹이 마음에 안 들어도 다음 날이면 다시 바뀌니까 언젠가 마음 편한 그룹이 될 때까지 인내할 수 있다.

하지만 그룹이 고정임을 안다면 거기서 어떻게든 잘해 나가는 수밖에 없다.

"히라타와 쿠시다처럼 다른 반에 친구가 많은 사람이야 어떤 그룹에 속하든 친하게 지낼 수 있겠지. 반면 친구가 별로 없는 사람은 어떤 그룹에 속하든 괴로운 전개가 될 수도 있겠고. 그래도 절대 소극적으로 받아들이지 말고 좋은 기회라고 생각해라."

물론 말처럼 인간관계가 간단하지는 않다.

친구를 사귀고 싶어도 못 사귀는 타입이라면 차바시라 선생님의 말처럼 긍정적으로 받아들일 재료가 될지도 모르지만, 친구가 필요 없다고 생각하는 사람들에게는 다소 부담스러운 수학여행이 될 것이다.

뭐, 그런 후자 쪽 인간이야 처음부터 수학여행의 존재 자체를 우울하게 느끼고 있을지도 모르지만.

"만약 그룹 단위로 행동하지 않았다는 사실이 발각될

경우, 자유행동 시간도 박탈된다."

자유행동 박탈, 그런 사태가 된다면 수학여행의 절반 이상이 의미를 잃는다.

요컨대 결성된 그룹끼리의 행동은 절대 엄수라는 뜻이다.

규율을 지키는 학생이 대부분이지만 그중에는 그렇게 하지 않는 학생도 있으니까 말이지…….

학생들의 시선이 일제히 제일 마지막 줄에 있는 코엔지에게로 향했다.

"뭐지, 제군들. 나에게 선망의 눈빛을 보내오네. 계속 보내도 상관없어."

차바시라 선생님의 이야기를 제대로 듣지도 않은 코엔지가 그렇게 말하며 산뜻한 미소를 날렸다.

여러 가지로 분위기 파악 못 하는 남자이긴 하지만, 이렇게 학교에는 꼬박꼬박 나오고 얌전히 있는 것 또한 사실. 수학여행의 그룹에서도 의외로 조용히 지낼……지도 모른다.

어찌 됐건 앞날이 완전히 불투명한 만큼 웬만하면 코엔지와 같은 그룹이 되고 싶지 않다고 생각하는 학생이 많겠지.

"그룹을 나누는 방법은 랜덤이 아니라 아까 작성한 표를 바탕으로 짜게 된다."

일부러 수학여행 설명에 들어가기 전에 시간을 할애해서 했던 작업.

그것이 수학여행 그룹 나누기와 관련되어 있었던 듯하다.

"또 평소에 사용하는 휴대전화는 수학여행 중에도 문제 없이 쓸 수 있다. 단, 전화를 걸어도 되는 상대의 범위는 그대로야. 2학년 및 재학생 그리고 긴급 상황 발생 시 경찰, 구조대에 연락하는 것은 인정되지만, 그 이외에 가족이나 학교 밖 사람들에 연락하는 것은 여전히 금지다. 학교 측에서 발신 이력도 관리하고 있으니 주의하도록."

이 수학여행의 주제라고 했던 이야기.

이것은 단순히 학생들끼리 친하게 만들려는 것뿐이라고 생각하긴 어렵다.

앞으로의 학교생활을 바라본, 그 포석 중 하나라고 생각해도 되지 않을까.

이후로도 차바시라 선생님의 수학여행 관련 설명은 계속 이어졌지만, 다른 것과 크게 다른 부분이 있다면 학년 전체로 그룹을 짜야 한다는 점 정도였다.

그 밖에 다소 조심해야 하는 점으로는 현금 사용이 있달까.

프라이빗 포인트밖에 없는 우리는 학교 밖에서 쇼핑할 수단이 없다. 그래서 학교 측에 미리 신청해 프라이빗 포인트와 현금을 교환해야 했다. 또, 현지에서 돈이 부족하면 최대 만 엔까지 교환해준다고 한다. 수학여행이 끝나고 돌아오면 현금을 다시 프라이빗 포인트로 바꿀 수 있다고 하니, 환전은 많이 해두는 편이 좋겠지.

3

점심시간이 되자 나는 요즘 들어 일과가 된 케이와 점심 약속에 나섰다.

다만 이번에는 평소와 다르게 게스트가 몇 명 있다. 요스케와 사토다.

"왠지 커플 데이트 느낌이네, 아야노코지."

옆에 선 사토가 살짝 수줍은 듯이 중얼거렸다.

"잠깐잠깐, 마유 짱. 그런 말을 왜 키요타카한테 해?"

싸우는 것 같기도 하고 친하게 구는 것 같기도 한, 잘 알 수 없는 대화를 여자끼리 나누면서 걸었다.

"나, 홋카이도 처음이야. 키요타카는 가본 적 있어?"

"아니, 없어."

화이트 룸에 있었던 나는 대부분이 아직 경험해보지 못한 영역이다.

커리큘럼 과정으로 여기저기 가보는 유사 체험은 해본 적 있지만, 홋카이도는 그런 경험조차 없었다. 대지가 광대한 한랭지라는 인식 그리고 나머지는 텔레비전, 교과서 등을 통해서만 아는 세계다.

역시 화제의 중심은 수학여행이 될 듯하다.

"그나저나 고등학교 수학여행이라는 게 원래 이렇게 자유로운 거야? 너무 심하게 자유롭지 않아?"

"나도 놀랐어. 보통은 하루 중 일부분, 한 시간 또는 두 시간 정도만 자유 시간을 줄 텐데."

"자유 시간이 많으면 그냥 좋은 거 아냐? 자료관에 가거나 현지인 이야기 같은 걸 정자세로 앉아서 오래 듣는 것보다 훨씬 낫다고 보는데."

그 반응에 요스케는 웃었고 사토는 공감한다는 듯 고개를 마구 끄덕였다.

나로 말하자면…… 그런 정석 같은 일정도 나쁘지 않은데 말이지.

자유가 지나칠수록 수학여행 본래의 형태에서 벗어나고 만다.

"그룹 부분은 좀 신경 쓰이지만 말이야. 다른 반이랑 친해지는 방향성 자체는 환영하지만, 그다음에 뭐가 있을지 너무 궁금해."

"친해진 그다음?"

요스케는 고개를 끄덕이더니 그 답을 구한다는 듯이 내게로 시선을 던졌다.

"단 하나뿐인 A반 자리를 걸고 대결하는 이상, 정(情)이라는 감정은 걸림돌이 될 거야."

"역시 그런 생각이 들 수밖에 없지."

이미 그 방향성을 강하게 느끼고 있는 요스케로서는 복잡한 감정이 들겠지.

친해지고 싶지만, 한편으로는 너무 친해지면 따라오는

문제가 있다.

"난 좀 무서워. 다른 반의 누군가 중에 반드시 A반으로 졸업해야만 하는 사람들이 있는데, 그 사정을 내가 알아버리거나 그들과 친해지고 마는 것이."

"으음…… 그렇구나. 히라타가 하는 말도 좀 알 것 같아. 동정하게 되는 거."

사토도 상상해보았는지 살짝 납득했다.

"난 딱히 그런 식으로는 생각 안 하는데? 어차피 자기가 A반으로 올라가는 게 더 중요하니까. ……내가 너무 차갑나?"

케이가 그 감정을 정면으로 부정했다.

그건 차가운 게 아니라 지극히 정상적인 대다수의 본심이다.

"사람 감정은 그 누구도 본질을 볼 수 없어. 그저 나 개인적인 생각을 말하자면, 사람은 그 장소, 그 순간에 한해서는 표면적으로 얼마든지 쉽게 다정해질 수 있는 생물이야. 그리고 싫어하는 감정이 있어도 남에게 드러내는 걸 꺼리지."

이 애호와 혐오라는 감정이 아주 성가시다.

"요스케의 말처럼 꼭 A반으로 졸업해야만 하는 학생이 다른 반에 있다고 쳐. 그 학생은 A반이 되지 못하면 나중에 목숨을 끊을 위험이 있어."

"뭐라고?! 그건 좀 너무 나갔다……."

"물론 과한 표현이긴 하지. 하지만 절대 100%라는 보장이 없다는 것도 사실이야."

사람 감정의 한계선이 어디에 놓여 있는지는 그 사람 말고 아무도 모른다.

"만약에 그 사정을 알고 있고, 자기들한테 2,000만이 넘는 프라이빗 포인트가 있다고 해. 단, 그 프라이빗 포인트는 자기 반을 지키기 위해 써야만 하는 거야. 없어도 싸울 수는 있지만 소중한 보험인 거지. 그런 상황에서 반의 누군가, 이를테면 요스케 같은 인물이 목숨을 끊으려 하는 학생만이라도 구해주고 싶다고 말한다면?"

"앗…… 그건……."

"속으로는 농담하지 말라고 쏘아붙일지 몰라도, 반 분위기가 구해줘도 좋다는 쪽으로 가버린다면? 일부 학생은 표면상으로 도와줘도 좋다는 얼굴을 할 가능성도 있지 않을까."

반대하면 남의 목숨을 가볍게 여긴다는 경멸의 시선이 날아오겠지.

경멸하는 사람도 사실 속으로는 어떤 생각을 하는지 모를 일이지만.

"좀 과장되게 이야기했지만, 적을 아는 게 꼭 장점만 있는 건 아니야."

"그럼 왜 학교에서는 우리를 가까워지게 하려고――."

짐작 가는 부분이 있었는지 케이가 도중에 말을 멈추었다.

"혹시 다음 특별시험 같은 거랑 관련 있다거나⋯⋯?"

"그럴 수도 있지."

적어도 지금의 우리라면 다른 반에서 누군가가 퇴학당해도 대부분 크게 마음에 담지 않을 것이다.

친한 사람을 빼고 사라져준다면 A반으로 올라가기 유리해지니까.

"그 표도 수학여행도 만약 무대 장치 중 하나일 뿐이라면 진짜는 학년말 시험일지도 모르겠네."

"만약 그렇다면 일이 꽤 성가셔지겠는데⋯⋯. 난 순수하게 좀 무섭다."

"동감이야. 왠지 싫다."

요스케도 사토도 이야기를 나누면서 점점 미래가 얼마나 불안한지 이해하기 시작했다.

퇴학자와 얽혀 있을지 어떨지 아직은 전혀 알 수 없지만, 작년보다 더 힘든 시험이 되리라는 것만은 틀림없어 보인다.

4

수학여행으로 애태우는 학생들의 열량이 사그라지지 않은 채 맞이한 방과 후.

나에게 어떤 인물의 메시지가 잇따라 들어왔다.

그는 케야키 몰 근처에 있는 벤치에서 지금 바로 나를 만나고 싶다고 했다.

여자친구인 케이는 오늘 사토를 비롯한 여자애 몇 명과 기숙사에서 놀기로 약속되어 있다.

상대방의 메시지는 당연히 무시하거나 아니면 다른 날로 잡을 수도 있지만, 지금 이 타이밍은 나에게도 좋다.

어쩌고 있는지 궁금하기도 하니 만나는 편이 낫겠지.

바로 만나자는 답장을 보낸 나는 약속 장소로 향했다.

예정보다 10분 정도 일찍 도착해서 벤치에 앉아 기다리기로 했다.

이제 막 방과 후가 된 참이라 학생들이 케야키 몰에 가기 위해 벤치 앞을 지나갔다.

그런데 마음에 걸리는 건 왜 약속 장소를 이렇게 눈에 띄는 곳으로 정했는가다.

내가 경계해서 만나지 않는 선택지를 고를까 봐 염려했을 수도 있지만, 그건 상대의 성격과 어울리지 않는 답이다.

굳이 미리 연락한 것도 평소 행동과는 좀 다르다.

단순히 정신적으로 문제가 있거나 혹은 다른 힘이 작용하고 있는 걸까.

그렇게 얼마간 케야키 몰로 향하는 학생들 무리를 구경하고 있었는데…….

약속 시간이 다 되었는데도 상대는 아직 오지 않았다.

다소 늦을 수도 있겠지 하면서 별생각 없이 웹 서핑을

47

계속하기로 했다.

"야호."

스마트폰으로 인터넷을 보며 시간을 보내고 있는데 이쪽을 향한 여자애 목소리가 멀리서 들렸다. 고개를 드니 메시지를 보낸 장본인, 아마사와 이치카의 얼굴이 보였다.

아마사와의 옆에는 다른 반인 나나세도 있었다.

웃고 있는 아마사와와 대조적으로 나나세는 살짝 놀란 듯 보였다.

아마사와는 손을 흔들며 다가오더니 눈앞 수십 센티미터 정도까지 와서 걸음을 멈추었다.

"많이 기다렸어요?"

"나나세도 같이 왔군."

앞에 있어서 무시할 수도 없었기에 형식상 언급은 했다.

"네. 미리 말도 없이 같이 와서 죄송합니다."

"뭐, 별로 사과할 필요는 없어. 좀 의외이긴 하지만."

오늘 나를 부른 것은 아마사와가 일대일로 대화하고 싶어서라고 짐작했었기 때문이다.

그런 나의 의문은 아마사와의 말에 바로 해소되었다.

"제가 늦은 건 다 나나세 쨩이 붙잡아서라고요오."

그렇게 말하면서 나나세 책임이라고 손가락으로 가리켰다.

"게다가 기어이 따라오질 않나, 그 정도로 아야노코지 선배를 만나고 싶었어?"

"응? 그런 거야?"

"앗, 아니 그게 아니라――."

나나세가 살짝 당황하다가 곧바로 아마사와의 말을 수정했다.

"아마사와 씨의 행동이 어딘지 마음에 걸려서 따라왔는데 이곳에서 아야노코지 선배와 만나기로 한 줄은 몰랐습니다."

"오잉~? 내가 말 안 했었나? 말한 줄 알았는데에."

"아야노코지 선배랑 눈이 마주친 타이밍에, 말했죠."

"오호호호, 그랬나."

그래서 나와 눈이 마주친 순간 당황했구나.

상황 설명을 하는 1학년 두 사람의 대화를 계속 듣고 있었다.

다만 이만 가려고 하지 않는 점을 보건대 나나세도 같이 있으려는 이유가 있는 거겠지.

나나세는 일단 내버려 두고 아마사와에게 의식을 집중했다.

"학교를 잠시 쉬었다면서?"

"잘 아시네요? 역시 제가 신경 쓰여서 조사했어요? 아야노코지 선배라면 스토킹한다고 해도 환영이랄까."

문화제가 끝나고 주말이 지난 이후에도 아마사와는 학교에 모습을 드러내지 않았다.

어디가 아파서 그랬던 것은 아닐 테지.

"제가 아야노코지 선배한테 보고했거든요."

"그럼 나나세 쨩이 스토커였어?!"

일부러 그러는 듯 과장된 리액션으로 두 팔을 벌리는 아마사와.

"여자애인가. 뭐, 요새는 다양성의 시대이기도 하고? 나나세 쨩은 귀엽기도 하고? 괜찮을지도."

"마음대로 오해하지 마세요."

텐션 높은 아마사와와 달리 나나세가 냉정하게 말했다.

"제가 오늘 아마사와 씨에게 말을 건 이유가 바로 그것 때문입니다. 야가미 군이 퇴학당한 이후로 줄곧 학교를 쉬었죠. 아파서가 아니라 정신적인 면 때문인 게 분명했는데, 갑자기 다시 나오면 불신감을 품는 게 당연합니다."

느닷없이 다시 등교한 화이트 룸생의 동향을 주시하는 것은 자연스러운 흐름인가.

야가미 타쿠야. 몇 차례 얽힌 적은 있지만, 그가 아마사와와 같은 화이트 룸 출신이었다는 것은 퇴학 사건을 봐도 틀림없는 사실이리라.

같은 동료로서 아마사와가 느낀 것이 컸음은 상상하기 어렵지 않다.

"아야노코지 선배를 만난다는 걸 알았으니 돌아갈 수도 없게 되었네요."

"뭔가 선배를 지키는 기사 같아."

"그렇게 거창한 것은 아니지만 지금 아마사와 씨의 정신

상태라면 무슨 짓을 할지 모른다고 판단했습니다."

갑작스러운 흐름이기도 하지만 나나세 나름대로 추측하는 게 있겠지.

학교를 쉬던 아마사와가 단지 수업 들으러 다시 등교했다고 생각하긴 어렵다.

"그렇다네요오."

지금까지 밝게 굴던 아마사와지만, 평소와 같은 활기는 아직 느껴지지 않았다.

"좀 방해되겠지만 뭐, 상관없나 싶어요."

"여전히 학교에 남아 있다는 건 스스로 답을 구했다는 뜻이겠지?"

그렇게 묻자 아마사와의 얼굴에 미소가 싹 가셨다.

눈동자가 흔들리는 것을 보건대 아무래도 그건 아닌 모양이었다.

"선배는 어째서 저를 데려가라고 지시하지 않았나요? 타쿠야와 같이 저도 퇴학시킬 수 있었을 텐데."

"넌 나를 퇴학시키는 것보다 자기가 이 학교에서 즐겁게 지내는 쪽을 우선했으니까. 적어도 난 그렇게 느꼈지. 그럼 나도 억지로 퇴학시킬 생각은 없어."

이건 야가미였어도 다르지 않다.

직접 허심탄회하게 얘기한 적은 없지만, 그가 학교에 남는 것을 우선했다면 굳이 퇴학시킬 필요는 없었겠지.

"그런데 사실은 선배의 생각과 다르게 저, 아직 답을 구하지 못했어요. 어차피 이제는 돌아갈 곳도 없겠구나……
그런 생각을 하는 사이에 시간만 이렇게 흘렀을 뿐이랍
니다."

그렇게 말하고 자조하듯 웃었다.

그러니까 계속 머물러 있을지 아니면 앞으로 나아갈지
아직 정하지 못했다는 것이다.

혹은 나에게 적의를 드러내는 선택지도 있겠지.

"그래도 어떤 방향성은 잡았겠지. 그래서 나를 불러낸
거 아닌가?"

"뭐, 그렇죠. 이왕 남을 수 있게 됐으면 그냥 남아도 괜
찮지 않을까 하는 생각이 들기 시작하더라고요. 화이트 룸
에는 이제 못 돌아가고, 학교를 그만둬도 부모님이 어디
사는지도 모르고. 갈 데가 없다는 이유로 이상한 알바 같
은 거라도 해야 하는 패턴은 좀 아니잖아요?"

길거리를 방황하게 되면 살기 위해 수단과 방법을 가리
지 않아야 한다.

하지만 이 학교에 있는 동안에는 퇴학당하지 않는 한 졸
업 때까지 생활이 보장된다.

게다가 프라이빗 포인트는 마지막에 학교 측에서 사주
는 시스템.

미리 들은 이야기에 따르면 등가 교환은 아니지만, 예컨
대 반액이라 해도 상당한 수입이 될 수 있다.

돈이 어느 정도 있으면 제대로 된 일자리를 구하는 것도

가능하겠지.

아니면 또 다른 길. 어디 있는지 모르니까 아마사와는 생각도 하지 않고 있겠지만, 부모님을 찾아서 원래의 삶으로 돌아가는 선택지도 있다.

다만 형식상 화이트 룸 탈락생이 되면 기본적으로 어떤 대우를 받을지 보장할 수 없다.

요컨대 그 선택지를 고를지 말지는 아마사와의 부모에게 달렸다.

첫 번째로 아마사와의 부모님이 자산가, 저명인 등 권력을 가진 사람일 경우.

화이트 룸 측도 아마사와가 이름 있는 집안 자녀라는 사실을 알면 함부로 대하지 않을 가능성이 크다.

그리고 부모가 딸인 이치카를 필요로 할 경우.

이 두 가지 조건을 충족한다면 평범한 여자아이로 새로운 인생을 시작하는 선도 있지 않을까.

하지만 그 선택지를 지금 무리하게 고를 필요는 없다.

내가 침묵하고 있는 게 마음에 걸렸는지 아마사와가 자신 없는 목소리로 말했다.

"제가 이 학교에 남는 걸 아야노코지 선배가 싫어하지 않는다면…… 말이지만요."

"만약 내가 학교를 그만두라고 한다면?"

"그만두겠어요."

매달리거나 화내거나 또는 슬퍼하거나.

어떤 반응을 보일지 궁금했는데, 아마사와가 바로 그렇게 대답했다.

"주저하지 않네. 야가미의 복수를 할 생각은 없는 건가?"

"더 이상 민폐 끼칠 생각 없어요."

그만큼 아마사와 나름대로 각오를 다지고 이 자리에 나왔다는 거겠지.

"호전적인 아마사와 씨와는 어울리지 않는 말이군요."

"맞는 말이긴 해. 이렇게 특별 대우하는 사람은 아야노코지 선배뿐이야. 다른 사람은 앞으로도 일절 봐줄 생각 없달까."

이건 거짓 없는 진심이겠지. 아마사와는 내 생각보다 더 야가미를 동향, 동포인 화이트 룸생으로 평가하는 듯하다. 야가미의 퇴학에 연루된 인간은 앞으로 아마사와의 타깃이 될 가능성이 충분히 있다.

"내가 싫어할 이유는 하나도 없지. 남고 싶으면 아마사와가 하고 싶은 대로 하면 돼."

그 말이 얼마나 격려가 되는지는 모르겠지만 살짝 기쁜 듯이 웃었다.

"제 실력 따위 선배 발끝에도 못 미치니까 위협조차 안 되는 건가요?"

"그런 게 아니야. 나도 이 학교에 계속 남아 있는 한 사람인 만큼, 아마사와도 같은 선택을 한다면 응원하고 싶은 건 자연스러운 감정 아니겠어?"

같은 편인지 적인지는 그리 큰 문제가 아니다.

물론 내 계획에 지장을 주면 내버려 둘 수 없지만.

그건 야가미 사건을 통해서도 잘 이해하고 있다고 믿고 싶다.

"……그렇구나."

"아마사와 씨의 말씀이 진심이라면 저도 응원하겠습니다."

나나세의 표정은 아직 완전히 경계심을 풀지 않은 듯 보였지만, 그렇게 말했다.

"어머나, 갑자기 눈에서 물이…… 이거, 뭐지…… 이런 감정 처음이야."

"아니, 아무리 봐도 눈물 한 방울 안 나오는데."

"아핫, 이상하네요오. 이렇게 감동했는데."

평소와 다름없는 태도였지만, 억지로 자신을 고무시키기 위한 연기로 보였다.

"대답하기 싫은 질문일 수도 있는데, 야가미는 어떤 녀석이었어?"

"그건 저도 궁금하네요. 아야노코지 선배를 퇴학시키기 전에 왜 계속 에둘렀는지 그 이유를 아직도 모르겠거든요."

리스크가 크다는 것을 알면서도 시노하라 그룹을 망가트린 이유는 무엇일까.

아무 상관 없는 1학년 C반 학생을 퇴학으로 내몬 건 무엇 때문일까.

학교 측에서 야가미가 지은 잘못을 고지했기 때문에 많

은 사람이 알고 있었다.

나나세도 역시 마음에 걸리는 부분이 많겠지.

"음……."

잠시 생각하던 아마사와가 이내 입을 열었다.

"타쿠야는 무서웠을 거예요. 아야노코지 선배랑 싸우는 게. 하지만 그 두려운 감정은 본인도 자각하지 못할 만큼 마음속 깊은 곳에 있었던 게 아닐지."

누구보다도 야가미를 잘 알 아마사와의 분석.

내가 끼어들어 더 자세히 물을 것도 없이 그게 정답이 겠지.

"공포심으로부터 도망치기 위해 자기도 모르게 멀리 돌고 또 돌아서……."

끝에 가서는 자기 무덤을 파는 결과를 낳고 말았다는 이 야기.

"좀 더, 제가 평소 제 모습으로 되돌아가려면 시간이 좀 더 필요할지도 몰라요. 하지만 조만간 다시…… 밝은 모습을 되찾을 수 있을 거예요."

무리해서 서두를 필요는 전혀 없겠지.

아직 아마사와의 학교생활은 시작한 지 일 년도 채 지나지 않았으니까.

앞으로 천천히, 자기가 나아가야 할 방향을 고민하면 된다.

"그냥 그 말 하고 싶어서. 그럼 오늘은 이만 돌아갈게요.

나나세 짱은?"

같이 갈래? 하고 권하는 듯 보였지만 나나세는 고개를 가로저었다.

"미안하지만 저는 선배와 좀 더 이야기하고 갈게요. 그래도 괜찮죠?"

"그래? 그럼 오늘은 특별히 빌려줄게."

난 네 것이 아니지만, 저러는 게 지금 최대한 부릴 수 있는 허세겠지.

아마사와는 더 오래 머무르려고 하지 않고 바로 기숙사 쪽으로 걷기 시작했다.

그 모습이 완전히 사라질 때까지 나와 나나세는 둘이서 묵묵히 지켜보았다.

나나세의 옆얼굴이 엄하게 굳어 있었다.

"저 애의 말과 태도, 몸짓을 관찰했을 때 무슨 생각이 드셨어요?"

"무슨 생각이라니?"

"앞으로 아마사와 씨가 문제를 일으키지 않을지 저는 아직 좀 걱정스럽습니다."

계속 엄격한 눈빛을 보냈던 건 그런 염려 때문인 모양이었다.

"안 믿는 거야?"

"아마사와 씨를 믿고 싶지 않은 것은 아니에요. 하지만 아무리 그래도 방심은 금물이 아닐지."

표현은 부드럽게 했지만 믿지 않는다는 사실은 틀림없었다.

"방심은 안 해. 아니, 말하자면 늘 하던 대로 할 뿐이야."

내가 여기에 있는 이유는 학교생활을 경험하기 위해.

가깝고 멀고에 상관없이 적대자에게 좌지우지되지는 않는다.

"저의 기우……였군요."

"마음은 고맙다. 한 명이라도 내 편이 많아서 나쁠 건 없으니까 말이야."

내 생각에 어느 정도는 납득한 듯하지만 나나세가 계속 말을 이었다.

"집요하다고 느끼실지도 모르지만, 각오하고 하나만 더 말씀드릴게요. 아야노코지 선배의 실력 그리고 아마사와 씨가 마음을 고쳐먹었을 가능성. 그런 것들을 이해하더라도 조심하세요. 아마사와 씨가 화이트 룸 출신인 건 틀림없는 사실입니다. 무슨 수단을 쓸지 알 수 없는 일이에요."

만일의 사태에는 대비했으면 좋겠다. 그런 나나세의 강력한 요청이었다.

"아야노코지 선배는 이 학교에 계속 남아서 졸업하셨으면 좋겠습니다."

아무 상관 없다고 할 수는 없지만 나나세는 자기 일 이상으로 나를 걱정해주는 듯 보였다.

"혹시라도 힘든 일 있으시면 아무리 사소한 거라도 좋으니 언제든지 저한테 말씀해주세요."

"하고 싶은 말이 뭔지는 잘 알겠다. 기억해둘게."

여기까지 대화하자 이제 나나세도 만족했으리라.

"그럼 저는 이만."

더 있으면 방해가 된다고 생각했는지 뒤돌아 기숙사로 돌아가려고 하는 나나세.

아마사와에 대한 경계를 계속 풀지 않는 것치고 묘하게 마음에 걸리는 점이 있었다.

나는 그것을 확인하기 위해 살짝 캐보기로 했다.

"아, 말하는 걸 깜빡했는데, 이번 주에 수학여행 간다."

"아, 그런가. 그랬었지요. 선배, 마음껏 즐기고 오세요. 수학여행이야말로 학교생활의 묘미니까요."

"그러려고."

역시 위화감이 든다. 수학여행을 간다는 걸 알든 모르든, 나에게 꼭 해야 할 말이 있을 텐데. 그런데도 나나세는 이 흐름까지 왔는데도 그럴 기미조차 보이지 않았다.

마치 그 생각이 머리에서 완전히 사라지기라도 한 듯.

"뭐 갖고 싶은 기념품 같은 거 있어?"

나는 나나세를 잡고 수학여행에 관해 더 파고들어 보았다.

"아, 그러고 보니 어디로 가시나요?"

"홋카이도."

"오오, 좋은데요, 홋카이도. 홋카이도 하면…… 뭐가 있었죠? 버터?"

"달랑 버터 하나 선물하기는 좀."

그게 제일 갖고 싶다면 그냥 받아들이겠지만, 딱히 그런 느낌도 아닌 듯했다.

"아, 그럼 초콜릿이 코팅된 감자칩이요. 유명하죠?"

"……몰라."

그런 어딘지 뒤죽박죽인 느낌의 대화가 되고 말았다.

"초콜릿 감자칩, 나중에 검색해보지 뭐. 거기 갔다가 보이면 사 올게."

"감사합니다."

그렇게 대답하고 다시 가려는 나나세를 힘주어 불러 세웠다.

"나나세. 하나만 물어봐도 될까?"

"네? 무슨?"

아마사와의 일과 수학여행.

평범한 학생이라면 관련성을 못 찾아내겠지만 나나세는 할 수 있다.

아니, 못 하면 이상하다.

"나를 그렇게 걱정해주면서 정작 수학여행에서 생길 우려스러운 부분은 전혀 언급하지 않네."

"네……?"

무슨 말인지 모르겠다는 투로 고개를 갸우뚱거리는 나나세.

"모르겠어?"

잘 생각해봐. 그렇게 재촉하는 듯한 한마디를 내뱉자마자 부드럽게 미소 짓던 나나세의 얼굴이 순간 굳었다.

"이 학교는 보안도 철저하고, 24시간 외부로부터 보호하고 있다고 말해도 좋은 시설이지. 실제로 츠키시로가 직접 이 안에 들어와 나를 퇴학시키려고 했던 것처럼. 하지만 수학여행이라면 이야기가 많이 달라져. 교사의 눈이 다 미치지 못하고, 무인도 때 이상으로 경계해야 하는 시간과 기회가 많아."

그렇다. 그 위험은 이제 한풀 꺾인 아마사와보다 큰 게 당연한 법.

"그들에 대해 안다면 억지로 차에 태우는 수법도 얼마든지 쓸 수 있다는 게 쉽게 상상이 갈 거야. 그만큼 아마사와를 경계하고 있다면 더욱, 한마디 정도는 보태도 됐을 텐데. 조심하라고 말이야. 안 그래?"

아마사와가 어떻게 나올지 모른다면서 등교할 때까지 상황을 주시했다.

게다가 접촉을 예상하고 이곳에까지 모습을 드러냈을 정도다.

그런 나나세가 수학여행의 위험성을 모를 리 없다.

"야가미 군과 아마사와 씨를 이긴 아야노코지 선배를 제가 걱정——."

"그 말은 이상해. 그럼 오늘 여기서 아마사와 옆에 붙어 지켜볼 필요도 없지 않나? 게다가 집요할 만큼 경고한 것

61

과도 앞뒤가 안 맞아. 어른들이 대거 몰려올 가능성이 있는 바깥과 달리, 아무리 화이트 룸생이라지만 아마사와는 한 명이야. 위험성으로 따지자면 비교할 바도 못 되지."

나나세가 당황했다가 곧 입을 열었는데…… 그러나 말은 나오지 않았다.

"둘러댈 말이 생각 안 나나?"

"무슨 말씀이세요? 아야노코지 선배, 뭔가 오해하시는 것 같아요."

직전까지 분명히 동요하는 걸 엿볼 수 있었는데 지금의 나나세는 냉철했다.

"오해일지도 모르지. 그럼 수학여행에 대한 네 생각을 다시 들려줘. 아마사와가 자폭해버릴까 걱정해서 지켜본 네가 왜 수학여행은 불안하다고 한마디도 하지 않았는지."

"창피한 말씀이지만, 위험하다는 인식이 부족했던 것 같습니다. 생각해보니까 아야노코지 선배의 말씀처럼 바깥세계는 온통 위험투성이인데……."

단순히 인식이 안이했다고 대답하는 나나세.

하긴 그렇다고 하면 이야기의 흐름으로는 납득이 간다.

하지만 그렇게 결론 내리는 것은, 미안하지만 난 못 한다.

"너와 알고 지낸 이후부터 쭉 의문을 느낀 게 있었어. 츠키시로와 화이트 룸생 그리고 나나세의 관계에 대해서야. 넌 츠키시로에게 여러 가지 지시를 받았을 텐데 왜 구체적인 건 하나도 따르지 않았지?"

나나세 츠바사는 마츠오 에이치로의 복수를 위해 그 감정을 이용당하는 형태로 츠키시로의 말에 복종했다.

반면 츠키시로로부터 화이트 룸생의 정체에 대해서는 전혀 듣지 못했다.

"제가 일반인이어서……가 아닐까요. 화이트 룸생과 같은 실력이 없는 이상에는 신뢰받지 못해도 이상하지 않죠."

"난 처음에 츠키시로라는 남자를 그리 높이 평가하지 않았어. 더 효율적인 방법으로 나를 퇴학으로 내몰 방법이 있다고 생각했었거든. 하지만 실제로 대하고 점점 생각이 바뀌었어. 그 남자라면 나를 정말 퇴학시킬 수 있었을지도 모르겠다고."

그가 일부러 힘을 뺐다, 그런 답을 내도 좋다고 생각할 만큼.

"결과적으로 선배는 퇴학당하지 않았잖아요. 그건 아야노코지 선배의 실력이 츠키시로 전 이사장 대행의 예상을 넘어섰기 때문이 아닌가요?"

"단순한 이야기로 끝내면 그럴지도 모르지."

요컨대 이 일련의 흐름은 그리 단순한 구조가 아닐 가능성이 있다.

"이야기를 다시 되돌려서, 아마사와를 그렇게 경계해놓고 바깥 세계의 위험성은 경고하지 않았던 이유가 따로 있다고 난 짐작해."

"정말로 저의 인식 부족 때문입니다. 그것 말고 다른 무슨 이유가 있나요?"

"오늘까지 아마사와가 어떻게 나올지 너도 몰랐기 때문 아니야? 그리고 수학여행 도중 일어날 일의 위험성을 경고하지 않은 건 화이트 룸 측에 그럴 의도와 의사가 없다는 걸 이미 알고 있어서가 아니고?"

공격이 들어올 확률이 전혀 없다면 나나세가 걱정하지 않는 것도 자연스럽다.

"잘 모르겠습니다. 어째서 그럴 가능성이 없다고 딱 잘라 말씀하실 수 있죠?"

"그건 내가 묻고 싶은데."

"전 선배 얘기를 듣고 나서야 수학여행 중에 생길지도 모를 위험을 강하게 인식했습니다. 지금은 아마사와 씨 이상으로 경계하시길 바라고요."

내가 계속 되물어도 나나세는 일관적으로 인식 부족이라고 주장했다.

"이건 그냥 가설일 뿐인데, 한번 들어볼래?"

"물론입니다."

"츠키시로는 나를 퇴학시킬 의도가 애초부터 없었다──그게 내가 세운 가설이야."

지금까지의 전제를 완전히 뒤집는 생각이기는 하지만, 이 가설이면 여러 가지 연결을 시사해준다.

"그건 이상하지 않나요? 그럼 아마사와 씨와 야가미 군의 존재는 어떻게 설명할 수 있습니까? 특히 야가미 군이 아야노코지 선배를 퇴학시키려고 했다는 거, 그 사실은 아마사와 씨와 나눈 대화를 통해서도 알 수 있는데요."

"아마사와와 야가미가 진심으로 움직였던 건 윗선에서 진짜 목적을 듣지 못했기 때문이라고 가정하면 앞뒤가 맞아."

"그럼 츠키시로 이사장 대행은요? 절대적 지위를 이용해서 강제적인 수법을 계속 쓰지 않았습니까."

"진심으로 나왔다면 난 아마 퇴학당했겠지."

실력이 어떻고 따지기 이전에 무수한 선택지를 통해 나를 억지로 제거했을 것이다.

"선배의 생각은 잘 알겠습니다. 어쩌면 정말 그런 의도가 숨겨져 있었을지도 모르죠. 하지만 저까지 한패로 묶는 건── 좀 뜻밖이네요. 수학여행의 위험성 한번 놓쳤다고 해서 적으로 오해받고 싶지는 않습니다."

"그럼 말이 나온 김에 묻겠는데 문화제 때는? 그땐 정말 화이트 룸 관계자가 가까이 접근했었는데, 넌 내 앞에 모습을 드러내지도 않았어. 그것도 안이한 인식 때문이었나?"

"……그건……."

"그냥 자기 반 부스 때문에 정신없이 바빠서? 걱정은 뒤로 미뤄둔 건가?"

"그, 그건 아닙니다. 그게, 당연히 걱정은 했습니다. 선배 모습도 종종 지켜보고──."

"그래도 되겠어? 지켜봤다고 그렇게 딱 잘라 말해도.

그럼 나는 몇 시에 어디서 나를 봤는지 다시 묻게 되잖아."

나나세가 어느 쪽에 서 있는 사람이건 나에 대해 충분히 파악하고 있을 것이다.

안이하게 거짓말하면 바로 들키는 것을 피할 수 없다.

난 아직 문화제 때 하루가 어떻게 흘러갔는지 상세한 부분까지 다 기억하고 있다.

"문화제 때도 그들은 나를 강제로 퇴학시키려고는 하지 않았어. 스스로 그만두라고 재촉하기야 했지만, 고작 그런다고 내가 그만두진 않는다는 건 생각할 필요도 없이 잘 알고 있었을 거야. 그러니까 더욱, 나나세가 내 앞에 나타나지 않았던 것과도 연결이 돼."

나나세가 감정을 억누르며 조용히 숨을 삼켰다.

"문화제도 그랬고 수학여행 때도, 화이트 룸 측은 나를 퇴학시킬 생각이 없다. 아니, 애당초 처음부터 그럴 계획이 없었다. 이 가설이 맞는다면 네 존재는 내 눈에 아주 기묘하게 비쳐, 나나세."

"…………."

"마츠오는 정말로 자살한 거야? 그리고 그 아들인 에이치로는 죽은 게 맞아? 제삼자라고 생각한 나나세가 한 말이어서 마츠오의 죽음에 진실미가 컸었는데, 네가 처음부터 다 계산해서 이 자리에 있는 거라면 신빙성을 완전히 잃게 돼."

무인도에서 이야기했던 것도, 적이 되어 앞을 가로막았

다가 아군으로 돌아선 것도 다 믿을 수 없게 된다.

"전부 진짜입니다, 아야노코지 선배. 그리고 가설이라고 전제를 깔았다지만, 그런 식으로 의심해버리면 의구심이 절대 사라지지 않을 텐데요."

이것이 진실인지 아닌지 확인하려면 호적등본이라도 확인하는 수밖에 없다.

물론 화이트 룸 측이 관여했다면 그조차도 의심스럽지만.

"그 가설대로라면 제가 이 학교에 온 이유는 뭘까요? 설명이 안 되는데요."

"아니, 설명돼. 나나세는 나를 보조하는 역할이라고 생각하면 딱 맞거든. 혹시라도 야가미, 아마사와 같은 화이트 룸생의 손에 퇴학당하는 일이 없도록 뒤에서 돕는 역할인 거지. 마츠오 일로 나와 한 번 다투었던 것도 경계심을 풀기 위해서라고 생각하면 말이 맞아."

적으로 싸웠다가 아군으로 넘어온 사람. 때와 상황, 사정에 따라서는 단기간에 신뢰를 쌓을 수 있다.

"정말로 아마사와가 말한 기사 역할을 맡았다—— 그런 이야기지."

츠키시로는 야가미, 아마사와 진영에 나를 퇴학시키는 역할을 부여했다.

그리고 나나세에게는 나를 적대하는 척하면서 내 실력을 확인하고 아군이 되는 역할을 맡겼다.

그 역할에 의도적으로 화이트 룸생 정보를 주지 않으면

나와 함께 정말로 추리해나갈 수 있다.

"그저 가설일 뿐이야. 실제로는 정말 퇴학을 노렸을 가능성도 충분히 있지. 그리고 이랬든 저랬든 나는 손해 볼 게 없어. 이 가설이 맞는다면 나나세는 순수한 아군인 거고, 가설이 틀렸더라도 지금까지 해왔던 대로 아군인 건 똑같고."

동전에 앞뒤 개념이 없고 양면 모두 똑같은 그림이 그려져 있을 뿐.

하지만 머리 한쪽 구석에는 남겨 두자.

그 남자가 나를 퇴학시키려고 움직이고 있는 게 아닐지도 모른다는 가능성을.

그럼 대체 무엇 때문에?

도대체 어느 단계부터?

마츠오의 생사, 그 아들의 생사.

그것이 진실이든 거짓이든 상황에는 아무런 영향을 주지 않는다.

지금까지의 모든 것을 완전히 뒤집는다면…….

내가 이 학교에 입학하는 것은 처음부터 다 정해져 있던 일인지도 모른다.

"이 자리에서 제가 무슨 말씀을 드려도 아야노코지 선배는 그대로 받아들이지 않으실 듯하네요. 시간을 들여 의심을 차차 걷어 내는 수밖에 없겠습니다."

"의심을 걷는 방법이 있을지 잘 모르겠지만, 그렇겠지.

오히려 난 지금까지 해왔던 대로 똑같이 나를 대해도 상관 없어."

"그렇게는 못 합니다. 그럼 제가…… 납득할 수 없어서."

나나세는 재빨리 고개를 숙인 후, 이만 돌아가기 위해 걸음을 서둘러 떼기 시작했다.

나나세는 화이트 룸생에 필적할 만큼 신체 능력이 높은 편은 아니다.

학력 수준은 어떤지 모르겠지만 머리 회전도 아마사와에게 조금 뒤처진다.

하지만──.

나나세 츠바사에게는 아직 뭔가가 있다.

그런 예감만은 확실히 피부로 느껴졌다.

5

오후 7시가 지나고 해도 완전히 저물었을 무렵, 스도가 방에 찾아왔다.

"연락도 없이 갑자기 미안하다. ……킁킁, 오늘 카레야?"

현관 앞까지 풍겨오는 저녁 메뉴 냄새를 맡고 스도가 중얼거렸다.

그런 그가 문득 시선을 던진 것은 현관에 나란히 놓인 신발 두 켤레.

"누가 와 있어?"

"어, 케이랑 카레 먹으려고 준비하던 중이었어."

"카루이자와인가……."

그렇게 대답했을 때, 거실과 통하는 문을 열고 사복 차림의 케이가 얼굴을 내밀었다.

"나 있으면 안 돼?"

"아, 아니 딱히 안 되는 건 아니지만. 그런데 뭐야, 너희 항상 붙어 있냐……?"

아무도 없는 줄 알고 왔다는 것은 이 반응을 봐도 추측할 수 있다.

"늘 붙어 있는 게 당연하지. 커플인데."

"커플이라고 꼭 종일 함께……인 이미지가 전혀 없지는 않구나."

반론하려던 스도였지만, 가까이에 있는 몇몇 커플을 떠올렸는지 풀 죽은 모습으로 인정했다. 이케와 시노하라 같은 경우 요즘에는 남들 눈도 개의치 않고 손을 잡거나 무릎 위에 앉는 등 눈에 띄는 행동도 많이 하고 말이지.

오늘만 해도 방과 후가 되자마자 단둘이 노래방에 간다고 했던 것 같다.

"스도는 동아리 갔다 오는 길인가?"

대체로 늘 이쯤에 돌아오는 듯한 인상이었다.

"여자친구도 없는 나는 농구뿐이니까."

그건…… 뭐라고 대답해야 좋을지 모르겠다.

"그런데 식사 전에 미안하지만 잠시 시간 좀 내줄래? 그리 오래 걸리진 않을 거야."

일찌감치 신발부터 확인한 것을 봐서도 뭔가 내밀한 이야기를 하려는 걸까.

"케이, 먼저 먹고 있어."

"엥~? 기다릴래. 빨리 끝나는 거지? 오래 안 걸린다며."

그 물음에 다시 잠시 고민하던 스도가 5분도 채 안 걸린다고 대답하자 케이는 만족했는지 문을 닫았다.

나는 신발을 꿰어신고 스도와 함께 복도로 나갔다.

어떤 이야기가 되었든 케이가 다른 사람에게 소문낼 일은 없겠지만, 이러는 편이 더 안심할 수 있겠지.

"아야노코지 너 말이야…… 그게, 뭐라고 해야 하지? 역시…… 카루이자와랑 이미?"

더듬더듬 애매한 말로 확인해왔다.

"그건 너의 상상에 맡길게."

"헉…… 그 대답, 실질적으로 대답한 거나 마찬가지 아니냐고……."

어떻게 받아들일지는 그 사람에게 달렸다.

"그래서, 무슨 일 때문에 온 거야?"

"아, 그렇지. 네가 인기 있어도 별로 이상한 일은 아니고, 난 그런 거 신경 쓸 때도 아니어서 말이야."

잡념을 떨쳐버리려는 듯 고개를 휘저은 스도가 주위를 확인했다.

"실은 요즘 들어 오노데라의 대시라고 해야 할까? 그게 꽤 적극적이어서 말이야. 좀 당황스럽단 말이지."

스도는 기쁜…… 게 아니라 곤란하다는 투로 말했다.

문화제에서 내가 했던 말이 연일 스도를 무겁게 짓누르고 있다는 것을 알 수 있었다.

그러니 그 책임이 있는 몸으로서 이 이야기에 진지하게 귀 기울여 줘야겠지. 하지만 정정해야 할 것은 정정해야 한다.

"오노데라의 대시라고 했지만, 옆에서 보기에는 체육대회 직후랑 별로 큰 차이가 없는 것 같던데? 아마도 스도, 네가 보는 시각이 달라져서 그렇게 느끼는 거겠지."

오노데라 본인은 자신이 스도에게 호감이 있다는 것을 전혀 모르고 있다. 표면상으로는 그냥 평범하게 친구에게 같이 밥 먹자고 하거나 놀러 가자고 하는 감각일 뿐일 터.

"……어쩌면 그럴지도 모르지."

스도는 머리를 긁적이며 안절부절못했다.

"너한테 오노데라 이야기를 들은 다음부터 영 마음이 가라앉지 않는달까, 대하기 불편해졌달까. 이야기를 나눠도 진짜 진심은 뭘지 계속 생각하게 된다고."

스도야 단순히 운동 잘하는 사람이라는 인상 그리고 마음 잘 맞는 좋은 친구로만 봤을 테니까.

오노데라가 자신에게 호감을 느끼는지도 모른다, 그 사실을 알아버리면 시각이 달라지는 것도 무리는 아니겠지.

여기서 스도가 말을 멈추었다. 그리고 10초 정도 침묵이 흘렀다.

"그래서? 나한테 하고 싶은 말은 뭔데? 그 뒤에 뭐가 더 있을 것 같은데."

내가 그렇게 재촉하자 스도가 결심이 섰는지 다시 입을 열었다.

"그런 오노데라랑 있으면 말이야…… 내 안에서 나쁜 감정 같은 게 올라와. 차라리 그냥 사귀어버리면 인생 첫 여자친구를 갖게 되는 거라고, 어차피 스즈네가 나를 봐주지 않으면 그것도 괜찮지 않을까 하고. 지금 좀 객관적으로 보고 있는 건지는 모르겠는데, 오노데라도 제법 귀엽고."

게다가 스도와 말도 잘 통하는 데다가 둘 다 철저한 스포츠맨.

잘 맞는지만 놓고 본다면 가까운 사람 중에는 제일 괜찮은 조합이다.

"그렇게 생각하는 건 나쁜 게 아니야. 어차피 이성에게 느끼는 호감이라는 게 꼭 쌍방은 아니잖아. 일방통행도 많지."

말은 그렇게 해도 모두가 순순히 받아들일 수 있는 것은 아니지만.

여기 있는 스도 역시 그것 때문에 고민하고 있었다.

"그럴지도 모르지……. 그리고 말이지, 다른 생각도 드는 거야. 애초에 아야노코지가 잘못 안 거고, 사실 그 녀석은 나를 그냥 친구로 생각하고 있을지도 모르잖아? 만일 그렇다면 이렇게 고민하는 게 너무 창피하고. 그래서 지금 머리가 터질 것 같아."

오노데라가 스도에게 호감을 느끼는 건 거의 틀림없으리라.

하지만 정말 그게 생각대로라는 확실한 보장은 과연 어디에도 없다.

내일은 그 화살표가 다른 누군가에게로 향해버릴 수도 있고.

"너도 이런 고민 많이 했어? 카루이자와는 히라타랑 사귀기도 했잖아."

"뭐, 그렇지."

사실은 전혀 아니지만 지금은 그런 방향으로 이야기를 맞췄다.

"만약에, 정말 만약에 오노데라가 나한테 고백하면——그게 무서워."

"고백받으면 어떻게 할 건데?"

"……몰라……. 아니, 그건 아닌가……. 아마 난 고백을 거절하겠지."

행복을 거머쥘 기회를 스스로 버리겠다, 그렇게 스도는 대답했다.

"역시, 좋아해. 스즈네를."

그게 스도가 지금 가진 확실한 답 중 하나.

"하지만 거절해서 그 녀석이 상처받는 걸 상상만 해도 마음이 괴로워."

"그래서 앞으로 어떻게 해야 할지 몰라서 여기 왔다는 거야?"

"아니……. 너한테 조언을 구하려는 건 아니야. 이건 그냥 내 감정 문제지, 누구한테 답을 구해도 그건 정답이 아니니까."

도움을 청하러 여기 온 것은 아닌 모양이다.

"나 나름대로 한 가지 답을 냈거든. 그걸 좀 들어줬으면 해서."

"그럼 한 번 들어볼까. 어떤 답을 냈는지."

"나—— 수학여행 가서 스즈네에게 정식으로 고백할 거야. 진지하게, 나랑 사귀어달라고."

"그렇군."

지금은 승산이 있다 없다, 뭐 그런 문제가 아니겠지.

이 상황을 해결하려면 직접 움직이는 수밖에 없다고 판단했다.

"역시 난 스즈네가 좋고 지금은 걔 말고 다른 애랑 사귀고 싶은 생각이 도저히 안 들거든. 어떤 결과가 나오든 확실히 해두고 싶다."

지금까지 스도는 눈에 띄는 성장을 보였다.

그것을 호리키타도 높이 평가하고 있는 건 틀림없다.

"확률은 낮을지 모르지. 창피만 당할지도 모르고. 그렇다고 해도……."

스도는 마음을 전하지 않으면 앞으로 나아갈 수 없다고 생각했다.

그래서 결심했겠지.

"만약에 차인다고 하더라도 냉큼 오노데라에게 가도 괜찮겠다고 생각하는 건 아니거든? 오히려 포기할 수 없다는 마음이 더 강해질 수도 있고……."

그렇게 말한 스도가 주먹을 꽉 쥐었다.

"오늘 아야노코지한테 온 건 내 그 각오를 끝까지 지켜봐 줬으면 해서야."

"지켜봐 달라고? 설마 고백하는 장면을 말이야?"

"원래 고백은 남들 보는 데서 하는 게 아니지만, 아무래도 난 필요한 것 같아."

용기를 쥐어 짜내기 위해 뒤에서 자신의 등을 밀어줄 존재가 필요한 건지도 모른다.

퇴로를 차단해버리면 호리키타에 대한 마음을 말로 꺼낼 수 있게 된다.

"사귀어 달라고 손을 내밀어 볼 작정이야. 만약 사귀겠다면 내 이 손을 잡아달라고……."

그렇게 말하며 마치 예행 연습하듯 오른손을 내밀었다.

아직 그럴 때도 아닌데 벌써 뜨거운 열기가 담겨 있는 것을 잘 알 수 있었다.

호리키타 앞에서는 그런 마음을 전부 말로 표현하고 부

딪히겠지.

지금 단계에서 평가하자면 승산이 절대 높다고 말할 수는 없다.

하지만── 어쩌면── 그런 생각이 들어버릴 만큼 굳건한 마음과 열의 그리고 결의가 느껴진다.

다른 사람도 아니고 호리키타니까 바로 연인이 되자고는 대답하지 않을지도 모른다.

그래도 친구부터 시작하는, 그런 전 단계의 대답은 충분히 나올 수 있다.

"알았어. 때와 장소에 따라 달라질 수도 있지만 최대한 지켜봐 줄게. 그럼 되겠지?"

그렇게 말하니 안심했는지 스도가 가슴을 쓸어내렸다.

"그래, 미안하다. 이런 부탁을 해서. 그럼 그렇게 하는 걸로…… 다시 연락할 테니까 잘 부탁한다. 카루이자와와의 시간을 방해해서 미안했다."

더는 시간을 빼앗을 수 없다면서 스도는 자기 방으로 돌아갔다.

뒷모습을 지켜본 후 나도 방에 돌아오니 케이가 테이블 앞에서 쿠션을 깔고 앉아 있었다.

카레도 그릇에 담지 않고 기다렸던 모양이다.

"어서 와~. 무슨 얘기 했어?"

"이것저것."

"이것저것? 그렇게 말하면 궁금하잖아, 가르쳐 줘. 비밀로 할게."

"알려줘도 되긴 한데, 그 전에 잠깐만 일어서봐."

"응?"

나는 이상해하며 고개를 갸우뚱거리는 케이를 세우고 쿠션 위에 손을 댔다.

그러자 싸늘한 감촉이 느껴졌다.

"역시 다 들었지?"

"……들켰나?"

만약 앉아서 기다렸다면 쿠션이 따뜻하지 않은 게 이상하다.

"내 연기가 서툴렀어?"

"연기는 완벽했어. 그냥 케이라면 몰래 엿들을 것 같았을 뿐이야."

"윽, 그랬구나."

"그리고 말이야, 속일 거면 쿠션 지적 정도는 쉽게 피했어야지. 직전에 냉장고에서 음료수를 꺼내 왔다거나. 물 말고 우유랑 차도 냉장고에 들어 있는데."

"뭐어~? 하지만 아직 카레도 안 먹었는데 이상하잖아? 컵에 물도 담겨 있고. 키요타카라면 냉장고에 가서 음료가 얼마나 남았는지 확인할 것도 같고."

"안 들키고 엿들을 거면 그 정도는 필요하다는 뜻이야. 물은 마시면 해결되고, 못 마시겠으면 주방에 가서 흘려버려도 되고. 요리하다 보면 어차피 물이 묻기 마련이니까."

물을 흘려버려도 알아보기란 불가능하다.

만약 부엌에 물기가 전혀 없었다면 화장실을 쓰는 방법도 있겠지.

"그, 그런 것 말고, 그 왜, 수학여행 이야기를 하자."

화제에서 도망치듯 케이가 몸을 앞으로 내밀며 말했다.

지금 이 화제를 계속 이어가 봐야 더는 의미도 없었기에 그 말에 따르기로 했다.

"케이는 수학여행 일정에 대해 어떻게 생각했어? 자유 시간이 많다고 반에서도 말이 많았는데."

"그렇더라. 하지만 난 그냥 손해 보는 느낌? 왜냐하면 같은 그룹 사람들이랑만 시간을 보내야 하잖아? 키요타카랑 같은 그룹이 될 확률도 낮고. 안 그래?"

그럴 확률은 5% 정도. 다만 이건 단순히 확률만으로 정했을 때의 이야기지만.

"으으, 신이시여, 제발 같은 그룹이 되게 해주세요!"

두 손을 깍지 끼고 하늘에 기도하는 케이.

"자유행동 때는 같이 못 있더라도 숙소에 있을 때는 제한이 없으니까. 오히려 난 다른 반 애들을 잘 알 수 있는 절호의 기회라고 생각해."

케이와 같은 그룹이 되면 당연히 온종일 같은 시간을 공유하게 되겠지.

그게 나쁘다고 할 수는 없지만, 좀 아깝다는 생각이 든다.

함께 있는 건 지금 여기서도 그렇듯 기회가 얼마든지 많으니까.

"뭔가 나랑 같은 그룹이 되고 싶지 않은 느낌이네."

"그렇지 않아. 다만 같은 그룹이 안 되더라도 즐겁게 지내자는 마음가짐을 갖는 게 좋아."

케이도 머리로는 알아도 순순히 받아들여지지 않는 듯했다.

"하지만……."

토라진 듯 볼을 부풀리더니 내 어깨를 껴안았다.

"키요타카가 없으면 외로워서 죽어버릴지도 몰라."

"그건 너무 심했다."

"하지만 하지만……."

지금은 조금이라도 케이의 의욕을 끌어올리기 위한 수가 필요할지도 모르겠다.

"내가 케이랑 다른 그룹이어도 괜찮다고 생각한 데는 이유가 있어. A반에 올라가기 위해 각 반의 정보가 필요한 단계까지 와 있잖아. 수학여행 때는 많은 학생이 무방비한 상태일 거야."

불만을 드러내는 케이를 향해 계속해서 말했다.

"수학여행 시간표와 그룹에 대해 들었을 때 다른 학교는 어떤지 살짝 인터넷 검색해봤어. 거의 이틀이 통으로 자유행동인 건 극히 드문 사례라는 걸 알지. 그래서 짐작해봤는데, 학교에서는 지금 다른 반과의 관계에 변화를 주는 게 목적이 아닐까 해."

"뭣 때문에?"

"그건 아직 모르지만, 2학기 말 아니면 3학기 말. 어쨌든 조만간 수학여행에서 얻은 정보가 쓰일 가능성이 있어."

"그래서 내가 무기가 될 만한 정보를 모아왔으면 좋겠다는 거야?"

"네 능력에는 놀라운 면이 있으니까. 모처럼 온 기회인 만큼 효율적으로 활용하고 싶어."

머리를 쓰다듬으며 그렇게 말하자 불만이 완전히 가시진 않았어도 점점 그리 나쁘지 않겠다는 태도로 바뀌어 갔다.

"음, 으음? 나한테 기대고 싶은 마음을 모르진 않지만?"

"물론 같은 그룹이 되면 즐겁게 지내자. 단지 그렇게 안 됐을 때도 의욕을 잃지 말고 즐기면서 반을 위해 도움을 줘."

"……알았어. 키요타카가 그렇게 말하니까 나 열심히 할게."

계속 머리를 쓰다듬으면서 화제를 돌렸다.

"그런데 아까 스도 일 말인데——."

"아, 스도가 호리키타한테 고백할 거라는 얘기 말이지? 그래, 그거 좀 궁금하긴 해."

캐물을 자신은 없었어도 생각보다 마음에 걸렸던 모양이다.

"다른 사람 고백 이야기를 참 좋아한다니까, 여자들은."

"그야 당연하지? 뭐, 분명히 거절당할 거라고 보지만."

"그래?"

"뭐야? 그럼 키요타카는 잘될 거라고 생각했어?"

"가능성은 있겠다고 봤지. 친구 이상의 관계에서 시작하는 것도 성공으로 쳐준다면 난 성공 쪽에 걸겠어."

"으앗, 정말? 그럼 나랑 내기해. 성공할지 실패할지 걸자고."

"뭘 걸 생각인데?"

"음~. 그럼 내가 이기면 크리스마스 선물, 좀 비싼 걸로 받아 볼까~."

그렇게 말하면서 벌써 이런저런 망상을 하기 시작했다.

"참 알기 쉽네. 그럼 내가 이기면?"

"그때는 말하는 거 뭐든 들어줄게."

"괜찮겠어? 그렇게 크게 걸어도."

"하지만 절대 무리잖아? 스도가 좋다 나쁘다 그런 얘기가 아니라 상대가 호리키타니까. 연애에 관심 없을 테고."

"과연 어떨까."

하긴 언뜻 봐도 호리키타가 연애를 할 것 같지는 않다.

하물며 지금 이 시점에서 특정한 누군가를 좋아하는지 묻는다면 큰 의문이 남으리라.

하지만 상대에게 호감이 없다고 해서 꼭 고백이 성공하지 않는다고 단언은 할 수 없지 않을까.

호리키타도 지금은 많이 배우고 있는 단계에 있다.

나처럼 그 스테이지에 한 발 올라올 가능성을 부정할 수 없다.

"아~ 크리스마스 기대된다~. 뭐 사달라고 한담~."

"그럼 난 케이에게 뭘 해달라고 할지 천천히 차근차근 생각해봐야겠다."

"우왓, 왠지 좀 엉큼한 느낌인데!"

그건 케이가 멋대로 한 상상일 뿐이다.

○말 그대로의 수학여행

　수학여행 당일 아침. 총 네 대의 버스가 와 있었고, 사복 차림의 2학년이 모두 줄을 섰다.

　오늘 아침 기온은 5도를 밑돌아 차가운 바람이 종종 살을 찔렀다.

　다만 지금부터 갈 홋카이도는 기온이 더 내려간다.

　그래서 학교 측도 혹시 몰라 학생들에게 장갑과 코트 등 잊은 물건이 없는지 확인했다. 옷을 포함한 짐을 최종적으로 확인하고 휴대폰 등 필수품 확인까지 마쳤다.

　"우선 모두 아픈 데 없이 수학여행을 떠날 수 있어서 다행이다."

　차에 오르기 전 인사로 2학년 A반 담임 마시마 선생님이 그렇게 외쳤다.

　2학년 담임들은 네 대의 버스에 각각 나눠 타는 모양이었는데 1호차는 마시마 선생님, 2호차는 차바시라 선생님, 3호차는 사카가미 선생님, 4호차가 호시노미야 선생님이었다.

　요컨대 A부터 D반 순이라는 거겠지.

　탑승을 기다리면서 나는 스마트폰으로 오늘 일정을 확인했다.

　버스는 하네다 공항으로 향하고, 거기서 비행기를 타고

신치토세 공항에서 내린다.

그런 다음 현지 버스로 갈아타고 첫날 목적지인 스키장으로 향한다.

나는 조용히 그룹 일람 페이지를 살펴보았다.

그룹 번호 6번에 배정된 나를 포함해 총 8명의 멤버 이름이 나와 있었다.

A반에서는 키토 하야토, 야마무라 미키. B반에서는 나와 쿠시다 키쿄.

C반에서는 류엔 카케루와 니시노 타케코.

그리고 D반에서는 와타나베 노리히토와 아미쿠라 마코였다.

학교 측이 정해준 그룹에 큰 불만은 없지만 많은 학생이 제일 성가신 존재로 여길 류엔과 같은 그룹이 되다니.

키토, 야마무라, 와타나베, 아미쿠라에 관해서는 교류가 거의 없어서 자세히 모르지만, 같은 그룹으로 있는 동안 점점 알게 되겠지.

수학여행, 4박 5일 동안 쭉 함께 다닐 멤버가 정해졌다.

관계성이 강한 듯 강하지 않은 듯 판단하기 어려운 절묘한 그룹이다.

참고로 내가 각 학생에게 붙인 번호는 쿠시다가 6번, 와타나베가 18번, 아미쿠라가 14번, 류엔이 6번, 니시노가 18번, 키토가 9번, 야마무라가 14번이었다. 개인적으로 친하고 친하지 않고와는 상관없이 학교에서 도출한 OAA를 주된 기준으로 삼아 순위를 매겼다.

이중에서는 쿠시다와 류엔을 제일 높이 평가했다.

그런데 다른 일곱 명도 나와 같은 평가──라고 단언할 수는 없다.

특히 류엔 같은 경우는 그를 싫어하는 학생이 많아 극단적으로 낮은 번호를 매겼어도 이상하지 않기 때문이다. 특히 사카야나기의 측근인 키토가 과연 류엔에게 좋은 번호를 매겼을까.

아니, 그것도 다 결국에는 상상에 불과하다.

류엔이 리더로서 자질과 소질을 갖췄다는 점 때문에 상위 혹은 그 나름의 순위를 받았어도 모순은 없으니까.

완전한 랜덤이 아니라는 건 저번에 번호를 매길 때부터 알고 있었지만, 앞으로 아무리 상상해도 답은 나오지 않을지도 모른다.

"일곱 명 중에 다섯 명이나 모르는 사람인가……."

게다가 아는 사람 중 한 명에 류엔을 넣어도 되는 건지.

지금까지 1년 반 동안 나름대로 교우 관계를 조금씩 넓혀 왔다고 생각했는데, 역시 다른 반은 꼭 그렇지도 않네.

자, 슬슬 탑승 시간이 다가오고 있다.

학생들은 저마다 친한 학생이 있는 곳으로 모여들기 시작했다.

이제부터 탈 버스는 누가 어디에 앉는지 자리가 아직 정해지지 않았다. 옛날의 나였다면 좌석을 알아서 정해주는 게 개인적으로 고마웠겠지.

하지만 지금은 여자친구 케이가 있으니, 필연적으로 옆자리가 정해져 있어서 편하다.

미리 짜기라도 한 듯 케이가 손을 흔들며 내 옆에 섰다.

그런데 그런 케이와 거의 같은 타이밍에 요스케가 모습을 드러냈다.

"키요타카, 잠깐만."

"응?"

"버스 자리 말인데 괜찮으면 공항까지 내가 옆에 앉아도 될까?"

"내 옆자리? 그건 왜?"

그야말로 특등석에 해당하는 유스케의 옆자리.

그걸 내가 빼앗으면 반감을 살 텐데.

쿠시다의 폭로로 요스케를 좋아한다는 사실이 주위에 알려진 미짱 등은 당당하게 제안할 용기가 없겠지만, 호시탐탐 그 자리를 노리고 있는 사람은 비단 그녀만이 아니겠지.

그 사실을 뒷받침하기라도 하듯 몇몇 여자들의 뜨거운 시선이 느껴졌다.

요스케가 눈빛으로 호소했다.

자리 쟁탈전으로 빚어질 화근을 염려한 최선의 방법이라는 거겠지.

"힘들겠다, 인기 많은 것도."

"난 인기 많을 생각이 없어."

거만하게 굴지도 않고 그저 담담히 대답했다.

반의 암묵적 규칙을 알아차리는 능력이 남다르니까 말이지.

자기 일이라도 남을 걱정해서 갈등을 피하려고 하는 것 같다.

"그렇다는데, 요스케가 내 옆에 앉아도 될까? 케이."

"으에엑~~~~?이라고 말하고 싶지만 그런 거라면 어쩔 수 없지. 오케이."

갚아야 할 은혜가 있는 요스케에게는 케이도 포용력이 큰 편이어서 바로 승낙했다.

"대신 키요타카가 통로 쪽에 앉아. 난 그 반대 통로 쪽에 앉을게."

뭐, 그게 무난한 대응인 걸까. 결과적으로 우리는 버스 가운데에서 조금 뒤쪽에 한 줄로 네 자리, 왼쪽 끝부터 요스케와 나, 통로를 끼고 케이와 사토가 앉는 형태로 정리되었다.

몇 분 후, 버스 네 대 전부 승차를 마치고 공항을 향해 출발했다.

이동 중에 자리에서 일어나는 것은 금지지만 잡담은 자유이고, 가져온 음식과 음료수도 자유롭게 먹을 수 있었다.

그래서 일부 학생은 기다렸다는 듯이 바로 과자류를 꺼내기 시작했다.

"왠지 여행 가는 느낌이 나기 시작한다."

그런 주변 모습을 본 요스케가 기쁜 투로 중얼거렸다.

남의 행복이 곧 자기 행복인 이 남자에게는 그런 학생들의 들뜬 감정 하나도 기분 좋게 느껴지리라.

"아~아. 그룹도 키요타카랑 같았으면 최고였을 텐데."

케이가 반에서 같은 그룹이 된 남자는 아키토로, 평소에 거의 말을 섞지 않는다고 해도 좋을 만큼 접점이 없었다.

"오히려 더 좋은 기회 아닐까? 다른 반과 교류할 일이 별로 없으니."

"난 딱히 바라지도 않는데…… 칫."

나도 섭섭해하길 기대했는지 조금 불만스럽게 입술을 삐죽거렸다.

그래도 전에 내가 한 말은 똑똑히 기억하고 있을 것이다.

다른 반 상황을 안다는 의미에서 케이의 눈은 소중하다.

참고로 요스케는 마츠시타와 같은 그룹이고 사토는 오키야와 같다.

"야, 야, 아야노코지, 요새 케이 짱이랑은 어때? 잘 되어가고 있어?"

"잠깐, 당연한 말을 하네~? 그런 건 확인할 필요조차 없다고."

"그냥 배려해주는 것뿐이라거나?"

"뭔 소리야. 우리 완전 러브러브거든. 그렇지~?"

그런 시시한 대화는 공항에 도착할 때까지 이어졌다.

1

신치토세 공항에 내린 우리는 공항 로비에서 대열을 맞추었다.

하네다까지 가는 버스에서는 반별로 승차했지만, 여기서부터는 드디어 그룹 행동이 시작된다.

1번부터 5번까지는 마시마 선생님, 6번부터 10번 그룹까지는 차바시라 선생님, 11번부터 15번까지 사카가미 선생님, 16번부터 20번까지를 호시노미야 선생님이 맡는다.

"그룹이 모두 모이면 자리를 정하도록. 각자에게 배정된 자리를 가지고 서로 의논해서 결정하길 바란다."

6번 그룹인 우리는 버스 안에 여덟 개의 지정석이 할당되어 있었다.

이 여덟 자리 중 어디에 앉을지 의논해서 정하라는 것.

참고로 우리 자리는 2호차 앞에서부터 두 줄, 좌우로 두 자리씩이다.

"같은 그룹이 됐네, 아야노코지."

그렇게 말 걸어온 사람은 같은 반 쿠시다였다.

"그런 것 같네. 쿠시다는 역시 아무나 그룹이 되어도 아무렇지 않은 거야?"

"기본적으로는 그래. 뭐, 류엔은 별로 환영하지 않지만."

어디까지 본성을 보여주고 있는지 구체적으로는 모르겠

지만, 류엔과 쿠시다는 한때 손을 잡았었다. 그런 의미에서는 함께 있기 껄끄러운 상대일지도 모른다.

"이제는 무서운 상대도 아닐 텐데. 원래 쿠시다는 누구를 두려워하는 타입도 아니지만. 설령 부적절한 말을 듣는다고 해도 반 애들에게 미칠 영향은 없으니까."

"나도 알아. A반을 노리는 류엔이니까 언젠가 나를 협박해도 이상하진 않지. 어떻게 대처해야 할지 고민했었는데 그 부분은 이제 마음이 한결 편해진 것 같기도 해."

본성을 폭로 당한다 한들 크게 영향은 없다.

그런 각오를 쿠시다도 단단히 한 듯하다.

"키쿄 짱."

학생들 무리 속을 뚫고 나온 이치노세 반의 남학생과 여학생이 손을 들었다.

와타나베 노리히토와 아미쿠라 마코였다. 쿠시다는 당연하다는 듯 아미쿠라와도 사이가 좋은지, 같은 그룹이 되었다며 손을 맞잡고 서로 기뻐했다. 겉으로는 친한 친구처럼 굴고 있지만, 속으로는 무심하리라는 생각이 드니 왠지 엄청난 광경을 본 기분이 들었다.

"오늘부터 5일 동안 잘 부탁해."

와타나베가 말을 걸어서 나는 가볍게 손을 들며 대답했다.

지금까지 교류가 거의 없었던 만큼 개성을 파악할 좋은 기회가 되리라.

이렇게 절반. 다음으로 모습을 드러낸 사람은 니시노,

그리고 조금 늦게 류엔이 나타났다.

"안녕, 니시노. 그리고 류엔도."

쿠시다가 웃으면서 먼저 다가가 말을 걸었다. 와타나베와 아미쿠라도 뒤를 이었다.

"……잘 부탁해."

니시노는 여학생이지만 쿠시다, 아미쿠라와 별로 교류가 없는지 살짝 어색해 보였다.

한편 류엔은 특정한 누군가에게 대답하려고도 하지 않고 그저 거리를 유지한 채 걸음을 멈추었다.

"이제 키토랑 야마무라가 남았네."

"그 두 사람은 이미 와 있어."

"뭐라고?"

내가 쿠시다의 뒤편을 손가락으로 가리키자, 두 사람이 이미 조용히 합류해 나란히 서 있었다.

키토는 오자마자 무언의 압박을 섞은 눈빛으로 류엔을 노려보았다.

반면 야마무라는 아무도 보지 않고 시선을 깐 채 가까이 와 있었다.

"모두 다 모인 것 같으니 바로 자리를 정하자."

이럴 때 나서주는 존재가 그룹 내에 있는 것은 아주 큰 요소다. 문제가 하나 있다면, C반 리더를 맡은 류엔이 뭐라고 할지 살짝 마음에 걸린다는 점인데…….

하지만 의외로 딱히 끼어들 생각은 없어 보였다.

다른 반을 통솔할 의사가 없는 것일까, 아니면 고작 자리 정하는 일에 나설 필요는 없다고 생각하는 것일까.

"역시 남자는 남자끼리, 여자는 여자끼리 앉는 게 좋지 않을까?"

먼저 나선 쿠시다의 의견에 편승하듯 아미쿠라가 그렇게 제안했다.

"다들 어떻게 생각해? 다른 생각 있어?"

남녀별로 앉자는 제안에 이의를 제기하는 사람은 아무도 없었다. 니시노도 야마무라도 관심 없는 태도였다. 그리고 남자 측은 아미쿠라의 발언에 조금도 불평할 수 없겠지. 괜히 반론했다간 여자랑 앉고 싶어 하는 남자라는 이미지가 생길 테니.

"그럼 여자는 여자, 남자는 남자끼리 의논해서 정하는 쪽으로 해도 될까?"

그렇게 말한 쿠시다가 능숙한 솜씨로 남자 쪽을 따로 떼어내려고 했다.

딱딱 잘 나누는 쿠시다가 전부 정해주면 편한데…… 어쩔 수 없나.

나와 와타나베는 자연스럽게 거리를 좁힌 반면, 류엔과 키토는 한 발짝도 움직이려고 하지 않았다.

"어쩌지, 아야노코지. 문제가 성가셔질 것 같다는 느낌이 어마어마한데."

"그러게."

"난 딱히 누구든 상관없긴 한데, 류엔이랑 키토와는 대화가 오가는 미래가 그려지질 않아."

"나는 그려지고?"

"어? ……음 ……그게…… 저 두 사람보다는?"

비교 대상이 대상인 만큼 솔직하게 기뻐할 수는 없었다. 개인적으로 와타나베 옆자리가 문제에 휘말리지 않고 무난할 것 같긴 한데……. 이대로 천연덕스럽게 그런 느낌으로 정해버릴까 생각하고 있는데, 갑자기 소리도 없이 키토가 가까이 다가왔다.

"난 류엔 옆만 아니면 돼."

제일 난감한 발언을 불쑥 내뱉은 후 다시 원래 자리로 돌아갔다.

"……어쩌냐?"

"저 두 사람을 억지로 옆에 앉히면 큰일 날 것 같은데."

그 장면은 와타나베도 쉽게 상상이 가는지, 의기소침하게 고개를 끄덕였다.

"그럼 우리가 찢어지는 수밖에 없나. 넌 어떻게 하는 게 좋아?"

"아무래도 상관없어. 와타나베가 앉고 싶은 사람이랑 앉아."

"앉고 싶은 사람……?"

머리를 쥐어뜯고 싶은 두 가지 선택지 앞에서 와타나베는 잠시 고민하다가 결론을 내렸다.

"그럼 일단은 키토로 할게. 저 녀석, 평소에는 얌전해 보이니까. 내가 먼저 적의를 드러내지 않으면 아무 짓도 안할 것 같아."

과연 키토는 생긴 것처럼 무서운 느낌은 아니다.

적대자 이외에게는 무해한 이미지가 있는 게 사실이다.

자, 그럼 나도 일단 인사를 마쳐볼까.

수학여행은 4박 5일로 길다.

"기대에 어긋날지 모르겠지만, 수학여행 중에 별문제가 없는 한 내가 네 옆자리에 앉게 됐어. 일단 최대한의 배려로 창가 자리를 양보하려고 하는데 괜찮아?"

"마음대로 해라."

아직은 평소와 달리 얌전하군.

잘 생각해보면 무단결석했어도 이상하지 않은 수학여행이라는 이벤트에 이렇게 성실하게 따라오다니 류엔도 참 대단하다.

"너 뭔가 착각하는 것 같은데, 아야노코지."

"착각?"

"나와 사카야나기의 전초전은 이미 시작됐거든."

그렇게 말하며 류엔이 키토를 슬쩍 쳐다보았다.

키토 역시 그런 시선이 올 것을 예상했는지 노려보았다.

"그렇군. 다른 반과 필연적으로 교류가 생길 수학여행, 서로의 빈틈을 찾아내기에 절호의 기회라는 건가."

"키토가 실력이 얼마나 되는 놈인지 알아볼 좋은 기회야.

여차하면 이참에 밟아버리고."

지금부터 신나고 즐거운 홋카이도 여행을 떠난다고는 생각지도 못할 만큼 살벌한 발언이다.

그냥 여행으로 끝날 것 같지는 않네.

그러고 보니 사카야나기 쪽은 4번 그룹이었던가.

4번에 배정된 멤버를 머릿속으로 떠올려 보았다.

류엔 반에서는 토키토 히로야와 모로후지 리카다.

아직 2학기가 끝나지 않았지만, 이미 학년말에 대비한 탐색을 시작한 것은 나쁘지 않다. 임전 태세를 갖춘 두 반과 부딪히게 되면 만만치 않겠는데.

그룹끼리 의논이 다 끝났다고 판단한 학교 측에서 선도하기 시작했다.

류엔에게 버스 창가 자리를 양보한 나는 그 옆에 앉았다.

반 단위로 이동했던 버스 안은 활기가 넘쳤었는데, 그게 다 거짓이었던 것처럼 지금은 정적만이 감돌았다. 다른 반을 섞어 학교에서 정해준 그룹.

친한 학생들만 있는 게 아니니 허물없이 가벼운 이야기를 나눌 수 있게 되려면 다소 시간이 걸리겠지. 그것을 증명하기라도 하듯, 버스에 탄 절반 가까이가 남녀별로 따로 앉는 게 아니라 같은 반끼리 뭉치는 쪽을 우선했다.

쿠시다처럼 앞장서서 누구 옆에 앉을지 정하지 않으면 필연적으로 그렇게 된다는 것을 잘 보여주는 사례다.

그래도 즐기려는 마음은 학생 모두 같은 쪽을 향하고

있다.

버스가 달리기 시작한 지 30분 정도 지났을 무렵에는 새로 하는 자기소개도 다 끝나고, 그룹 내에서 담소를 나누는 상대가 자기 반에서 다른 반으로 점점 넓어졌다.

그리고 노래방 기계를 쓸 수 있다는 이야기에, 남학생한 명이 마이크를 잡고 노래 부르기 시작했다.

"그 1학년한테 조금이지만 너와 같은 분위기를 느꼈어. 어떻게 아는 사이야?"

이동하면서 류엔이 나에게 말 걸 일은 없을 줄 알았는데, 예고도 없이 대뜸 그런 말이 옆에서 날아들었다.

여전히 팔꿈치로 턱을 괸 자세로, 딱히 내 쪽을 보지 않아서 그냥 혼잣말 같기도 했다.

"전혀 상관없는 애라고 대답한다면?"

"그건 말이 안 되지. 교사를 패 던지면서까지 네놈이 있는 데로 가려고 했는데."

하긴 그래서는 상관없다고 생각하기 힘들려나.

"그냥 조금 아는 사이야. 그 이상도 그 이하도 아니야."

"그러니까 신경 꺼라 이 소리인가? 난 흥미로운 냄새를 맡았는데."

"1학년을 주목해봐야 무슨 소용이야. 중요한 건 A반으로 올라가는 것 아닌가?"

"난 하고 싶은 대로 한다. 언젠가 네놈을 처바를 때 도움이 될지도 모르잖아."

그렇군. 야가미에게 관심 있다기보다 그 뒤에 있을 나의 약점이 되지 않을까 싶어 주시하고 있다는 건가.

뭐, 약점까지는 아니겠지만 성가신 요소임은 부정할 수 없다.

"험악하게 생긴 사람들이 1학년을 끌고 갔을 정도잖아. 심지어 학교 측은 그걸 묵인했고. 구린 네놈의 정체를 순간 본 것 같은 느낌이다."

"하지만 유감이네. 야가미는 이미 없어."

"물론 그놈은 퇴장한 모양이지만 또 한 사람, 아마사와라는 1학년 여자애가 남아 있잖아? 그쪽이랑 놀아도 괜찮지."

아무래도 야가미가 약간의 정보를 선물하고 떠난 모양이네.

내가 침묵으로 일관하면 류엔이 아마사와에게 시비 걸 소지가 다분하다.

1대1로 붙더라도 아마사와가 지진 않겠지.

다만 류엔 같은 경우에는 그것으로 끝이 아니다.

집요하게 계속 달라붙어서 빈틈을 노리고 접촉을 시도할 게 뻔하다.

물론 그렇게 나온다고 해도 평소의 아마사와라면 어느 정도 대응할 실력이 있지만, 지금은 야가미가 퇴학당해 불안정한 상태다.

"뭐, 됐어. 어차피 너랑 붙는 건 좀 더 나중이니까."

내가 생각에 잠긴 것을 보고 그렇게 대답하는 류엔.

하고 싶은 말이 많지만, 대결이 언제 실현될지 알 수 없는 호리키타' 반보다 학년말 대결이 성사된 사카야나기 반에 주력해야 하는 것이 사실이다.

"그런데 류엔, 한 가지 궁금한 게 있어. 사실 오늘 아침부터 신경 쓰였던 거야."

"뭐?"

나는 손을 뻗어 앞 좌석 뒤쪽에 달린 그물망을 가리켰다.

그리고 안에 들어 있는 검은 비닐봉지를 꺼냈다.

"이 봉지는 어디에 쓰는 건지 궁금해서."

"뭐라고?"

의아하다는 듯 눈썹을 찌푸리더니 코웃음 쳤다.

"멀미 나서 토할 때 쓰는 봉지잖아. 지금 장난치냐?"

"그렇구나. 과연 차멀미를 하면 구토할 수도 있겠네."

이게 흔히 말하는 멀미 봉투로구나.

"무인도 시험 때라든지, 그때 탔던 버스에는 없었잖아. 늘 있는 건 아닌가?"

지금까지 몇 번인가 버스에 탔었는데, 이런 식으로 그물망에 들어 있는 것은 처음 보았다.

버스 회사의 배려이면서 동시에 자신들의 편의를 위한 것이기도 하겠지.

괜히 좌석이나 바닥에 토하면 청소하기 여간 힘든 게 아닐 테니까.

많이 공부하고 왔는데도 아직 모르는 게 많네.

학교 밖으로 나가면 미지와의 조우도 자주 있겠지.

"변함없이 특이하다니까. 버스 한 번 안 타본 도련님이냐?"

"별로 타본 적이 없긴 하지."

반고리관에 이상이 생겨 토하는 애들은 많이 봐왔지만, 이렇게 봉지에 대고 토하게 하는 환경이 아니었다. 토해도 괜찮다는 전제로 생각하지 않았기에 무리도 아니지만.

나도 가끔은 메슥거리는 느낌을 경험했던 적이 있으니, 세상에는 이렇게 편리한 것도 있다는 걸 잘 기억해둬야겠다.

2

스키장에 있는 대형 식당에서 점심 식사를 마친 2학년은 드디어 스키 강습을 받게 되었다. 분실 및 고장 위험이 크다는 이유로 스마트폰을 슬로프에 가져가는 것은 금지라는 지시가 또 내려졌다.

스마트폰에 의존하는 학생이나 스키를 잘 탄다고 주장하는 상급자들에게서 불만의 목소리가 쏟아졌지만, 학교의 지시를 어기는 것은 불가능하니 어쩔 도리가 없다.

다행히 다음 날 이후부터는 개인적으로 스키장에 갈 때는 소지해도 된다는 전달 사항까지 동시에 받았다. 다만 분실 또는 고장이 나면 그에 상응하는 프라이빗 포인트가 들겠지만.

그 후, 우리는 빌린 스키복으로 갈아입고 스키화도 받았다.

스키화 바깥쪽은 플라스틱으로 되어 있었다. 하라는 대로 버클을 풀고 이너를 벌려 발을 넣었다. 발꿈치를 대보고 잘 맞는지 확인한 다음 이너를 다시 똑바로 하고 버클을 아래에서 위로 좁혔다. 그리고 마지막으로 파워 벨트를 조여 단단히 고정.

이렇게 하면 최소한의 준비가 다 끝나는 모양이다.

그냥 걸으려고 했는데, 아무래도 올바른 방법이 아닌 듯했다.

담당자를 따라 발꿈치부터 닿게 걸으니 훨씬 수월하게 걸을 수 있었다.

준비가 다 끝난 우리는 밖으로 나갔다.

강습은 상급자, 중급자, 초보자로 나누어 받게 되어 있었다.

스키 경험이 없는 나는 망설임 없이 초보자 강습 희망자 쪽에 합류했다.

책과 인터넷 등으로 미리 공부할 수도 있었지만 모처럼 여기까지 왔으니 현지에서 배워보자는 생각에 일부러 정보를 하나도 찾지 않았다.

학년 전체 중 초보자 강습을 희망한 학생은 대략 6할 정도였다.

이게 많은 건지 적은 건지는 잘 모르겠지만, 중급자 이상이 4할이나 된다는 사실이 좀 놀라웠다. 수도권에서는 스키를 탈 기회도 별로 없을 것 같은데, 어떻게 경험해봤나 보네.

제6그룹에서는 류엔과 키토, 니시노와 쿠시다가 중급자 이상인지 보이지 않았고, 남은 멤버가 초보자인 듯했다.

사람이 많은 초보자 강습은 거기서 다시 10명씩 나누어, 담당자가 스키 타는 방법을 처음부터 가르쳐주었다.

나는 처음 만져보는 스키 도구에 강한 흥미를 느끼면서 설명에 귀를 기울였다.

한편 수가 가장 적은 상급자는 간단한 설명만 들은 후 바로 자유롭게 스키를 타도 상관없는지, 벌써 슬로프에 나가서 탈 준비를 하고 있었다.

그 속에 류엔도 있었다.

그는 부츠 바닥에 묻은 눈을 턴 다음 앞, 뒤 순으로 바인딩에 맞춰 발꿈치로 땅을 밟았다. 그렇군. 두 발을 박으면서 걷는 거구나.

걸어보니 의외로 안 넘어지는구나 하고 생각하면서, 처음 느껴보는 감각에 당황했다.

그렇군…… 일단——.

스키 폴을 써서 살짝 억지로 미끄러지면서 일부러 중심을 왼쪽으로 기울였다.

그러자 스키 플레이트가 앞으로 나가는 것과 반대 방향으로 몸이 쓰러졌다.

"……괜찮아요?"

옆에서 지켜보던 야마무라가 작은 목소리로 말을 걸었다.

"어, 괜찮아. 한 번 넘어져 보고 싶었어."

"뭐래……."

주위에서 살짝 웃음소리가 났지만, 신경 쓸 필요는 없다.

처음에는 넘어지고 실패해보는 게 중요하다.

이미 리프트 쪽으로 간 줄 알았던 류엔이 넘어진 나를 보며 피식거리더니 만족스럽다는 듯 걷기 시작했다.

어쩌면 내가 실패하는 모습을 보고 싶었는지도 모른다.

"거기! 조심해!"

주의받은 나는 살짝 머리 숙여 사과한 후 담당자의 지시에 따랐다.

그런 다음에는 그 자리에서 실제로 가볍게 스키를 타보게 되었는데 의외로 많은 사람이 넘어졌다.

나도 의도하지 않았는데 두 번 정도 넘어졌지만 응, 이제 대충 감 잡았다.

강습을 받은 지 대략 30분.

모든 과정을 마치고, 자유 시간이 찾아왔다.

"자, 그럼 가볼까."

3

연습을 마친 와타나베 일행은 다 함께 경사가 완만한 초
보자용 코스로 향할 모양이었다.

"아야노코지, 안 가?"

스키를 들고 걷기 시작한 와타나베가 뒤돌아보면서 이
상하다는 듯 물었다.

"난 다른 데서 타볼까 하고."

"그래? 그럼 나중에 보자."

그들의 뒷모습을 지켜본 나는 나대로 이동하기로 했다.

"야, 아야노코지. 넌 저쪽 초보자 코스로 가야지, 여긴
상급자 코스라고."

상급자 코스로 가려던 류엔이 성가시다는 듯 손가락으
로 가리켰다.

"아니, 괜찮아. 그냥 도전해보려고."

"뭐? 조금 전까지 펭귄처럼 걷던 놈이 뭐라는 거야."

"그만두는 게 좋을 것 같아, 아야노코지. 울퉁불퉁해서
타기 힘든 곳이랑 급경사가 7할은 돼서 나도 좀 무서웠어."

쿠시다가 그렇게 말했다. 두 사람 다 한 번 타봤는지 그
렇게 경고했다.

"그렇군——."

기껏 생각해서 해준 충고인 만큼 따르려는데…….

시선의 끝, 상급자용 코스로 가는 리프트에 불안하게 올

라탄 야마무라가 보였다.

본인이 원해서 상급자 코스를 선택한 것 같지는 않았다.

조금 전 리프트에 키토의 뒷모습이 보였던 게 원인이거나 아니면 주위에 말리는 사람도 없어서 혼자 착각해서 잘못 탄 것이겠지.

"버스에서 야마무라가 자기는 존재감이 없다고 했던 게 그냥 한 말이 아니었네."

"어?"

"저기, 야마무라야. 아마도 상급자 코스인 걸 알고 탄 게 아닌 것 같아."

나는 야마무라가 리프트를 타고 상급자 코스로 올라가고 있다고 알렸다.

"헉…… 쫓아가는 게 좋겠어."

그렇게 해서 나는 인생 첫 스키 리프트를 타고 상급자 코스로 향했다.

리프트 하나에 두 명까지 탈 수 있어서 쿠시다와 함께했다.

원래 멈추는 법이 없는 리프트가 서서히 상승하면서 발이 땅에서 점점 떨어졌다.

"재미있는 이동 수단이네."

"처음 타보지? 안 무서워?"

"무섭지는 않아. 아직 이 정도 높이에서는 떨어져도 별로 안 다칠 테니까."

"어, 그런 문제야……?"

"응? 떨어졌을 때의 충격, 그 위험성 때문에 무서워하는 게 아니야?"

"그건, 어, 결과적으로는 그렇겠지만……."

내 말의 어느 부분이 걸리는지 당황한 기색이 역력했는데, 왜 그러는지 모르겠다.

"됐어. 아야노코지에 대해서는 생각하면 할수록 쓸데없다고 요즘 들어 느끼고 있으니까."

후웃 하고 숨을 토하면서, 진짜 쿠시다의 모습이 살짝 나왔다.

리프트와 리프트 사이에는 비교적 거리가 있었고 바람도 불었기 때문에 우리가 나누는 대화가 앞서가는 류엔이나 뒤에 오는 사람들에게 들릴 걱정이 없다고 판단했으리라.

"썩 기분 좋은 표현은 아니네."

생각할수록 쓸데없는 일이라는 소리에 기뻐할 사람부터 일단 없겠지.

"어쩔 수 없잖아. 실제로 그렇게 느끼는데."

그렇게 말한 쿠시다가 멀리 펼쳐진 산으로 시선을 옮겼다.

"난 그 공간의 분위기라든지 상대가 무슨 생각을 하는지 파악하는 데 자신 있어. 이건 호리키타와 류엔이라도 똑같아. 물론 다른 요소에서 내가 뒤처지는 건 있지만."

상대의 생각을 읽을 수 있다고 해서 반드시 이기는 건

아니니까.

"아야노코지에 관해서도 예전에는 파악했다고 생각했어. 하지만 완전한 착각이었어. 무슨 생각을 하는지 이 정도로 짐작이 안 가는 사람은 처음이야."

"참고하고 싶어서 그러는데, 그건 어떤 기분이야?"

"응? 그게 알고 싶어?"

돌아보지도 않고 계속 뒤통수만 보여주면서 되물었다.

"역시 못 들은 말로 해줘."

마뜩잖게 생각한다는 것만은 분위기가 강하게 얘기해주고 있었다.

"그런데 말이야, 아야노코지."

휙 뒤돌아본 쿠시다의 표정은 아수라처럼 살벌……하지 않고 평소와 다름없었다.

"중요한 거라서 지금 확인해두고 싶은데, 나를 퇴학시킬 생각은 없지?"

"그냥 대놓고 물어보네."

"아야노코지가 파악이 안 되는 이상 내가 알아서 생각하는 수밖에 없어. 내가 아야노코지라면 어떻게 생각할까, 어떻게 행동할까."

"그래서 내린 결론이 네 퇴학을 노리고 있지는 않다는 건가."

쿠시다는 망설임 없이 고개를 끄덕이더니 내 눈을 빤히 들여다보았다.

동요하게 만들어 진짜 속내를 끌어내려고 하는 것이다.

나는 일부러 눈을 피해 퇴학을 노리고 있는 것처럼 꾸며 보았다.

보통 사람들 눈에는 정곡을 찔려 당황한 끝에 시선을 피한 것처럼 보일 것이다.

그걸 쿠시다는 어떤 식으로 받아들일지 흥미로웠다.

"장난해?"

"미안합니다……."

숨겨둔 어둠이 얼굴을 내밀어서, 미소는 그대로인데 눈은 엄청나게 째려보고 있다는 것을 알고 곧바로 사과했다.

"지금 나 놀리는 거 맞지? 그렇게 하면 재미있어?"

"아니, 하나도 재미없어. 잘못했어."

본인은 의도한 바가 아니겠지만, 방금은 정말 보란 듯이 쿠시다에게 마음을 읽히고 말았군.

"퇴학시킬 생각 없어."

"……정말로?"

"호리키타가 너를 남기기로 정한 순간 내가 널 퇴학시키는 선은 사라졌어. 지금까지 그럴 가능성을 남겨 둘 거였으면 애당초 호리키타를 말로 구워삶는 선택을 했겠지."

쿠시다의 의심은 아직 다 걷히지 않았겠지만, 이 말은 틀림없는 사실이다.

"만장일치 특별시험…… 말이지."

본인에게 만장일치 특별시험은 잊기 힘든 모욕적인 순

간이었으리라.

다만 쿠시다가 지금까지 해왔던 잘못을 앞으로 반복하지 않는 것이 대전제이기는 하나, 그 말은 여기서 굳이 꺼낼 필요까지도 없다.

어차피 반 아이들 모두가 알아버린 이상 이제는 비현실적이다.

"모두를 제거하지 않아도 내가 이 반을 버릴 가능성은 있잖아. 반 이동 티켓이나 프라이빗 포인트를 모아서. 그런 방법으로 여기서 얼마든지 빠져나갈 수 있어. 그런 위험 인자를 눈감아줄 수 있다는 거야?"

자기 입으로 자신을 위험 인자라고 말할 수 있는 것 또한 쿠시다의 재미있는 부분이다.

"그건 배신도 뭣도 아니야. 그냥 단순한 개인 전략이지. 학교 측에서도 제도로 준비했듯이, 이기는 반으로 이동하는 건 잘못된 행동이 아니야. 오히려 자기 반에 승산이 없다고 판단한다면 기회를 봐서 반을 옮겨야지."

침몰하는 배에 계속 타고 있으라고 말할 권리가 누구에게 있겠는가.

"역시 아야노코지는 속을 모르겠어. 진심으로 하는 말인지 아닌지도 전혀 모르겠고."

"얼굴에 드러나지 않는 편인지도 모르지."

"그런 수준이 아니라고……."

쿠시다가 어이없어하면서 곧 도착하는 목표 지점으로

시선을 던졌다.

"왜일까? 숨기고만 싶던 내 비밀이 다 드러났는데도, 너무 화나고 괴로워서 이제 전부 어떻게 되든 상관없다고 생각했는데…… 나, 수학여행에 와서 스키를 타면서 즐거워하고 있어. 그리고 그게 나쁘지 않다는 생각마저 들고 있어."

"수학여행은 학생 대부분에게 즐거운 이벤트이잖아."

"대부분에게는 그렇지. 하지만 난 지금까지 그 어떤 이벤트도 힘들기만 했었거든."

계속 가짜로 연기하는 노력.

이런 이벤트가 있을 때마다 더 필요했겠지.

"저기 말이야…… 야가미와 아마사와에 대해 좀 물어봐도 돼?"

"1학년 두 사람 말이지. 아마사와랑은 좀 얽히기도 했었지만, 야가미에 대해서는 거의 아는 게 없는데."

일단 그런 식으로 확실히 해두었는데, 쿠시다는 그냥 혼자 느끼던 의문을 토해내고 싶었던 것뿐인지도 모른다.

"아야노코지가 모른다면 별수 없지만."

"그럼 됐어. 그래서? 그 두 사람의 뭐가 궁금한데?"

"야가미가 퇴학당한 건 알지?"

"무인도 시험 때 폭력을 쓴 게 밝혀졌다고 했나? 그것도 교사를 때렸다는 소문까지 돌 정도였으니까, 퇴학당하는 것도 무리는 아니지만…… 네 후배지? 친해 보이던데 충격받지 않았어?"

야가미는 화이트 룸생이다. 즉, 쿠시다와 과거에 그 어떤 접점도 없다.

츠키시로 측으로부터 받은 정보를 바탕으로 그렇게 꾸몄고, 쿠시다 역시 자기 과거를 안다는 위험을 고려해 후배인 척 속였겠지. 하지만 제삼자인 나에게는 추리할 요소가 없으므로 지금은 이렇게 대답하는 수밖에 없다.

"아니야. 나와 같은 중학교였던 건 호리키타 남매뿐. 그런데도 야가미…… 그 녀석은 내 과거를 알고 있었어."

"후배도 아닌데 왜 걔가 네 과거를 안다고 생각해?"

"그 녀석이 직접 그렇다고 말했으니까. 그래서 난 당연히 호리키타와 아야노코지를 의심했지. 류엔도 내 본성을 알지만, 과거까지는 모르니까 제외했고."

하긴 본성과 과거는 완전히 다른 문제다.

"하지만 호리키타라고 하면 앞뒤가 안 맞잖아? 내 과거를 얘기해서 얻을 이익이 없는데. 그렇게 생각하면 소거법으로 아야노코지가 남아. 그게 줄곧 마음에 걸려."

"그랬군."

듣고 보니 과연 나는 쿠시다의 과거를 아는 몇 안 되는 학생 중 한 사람이다.

만장일치 특별시험에서 나에게 적의를 드러낸 것은 필연적이었는데, 그런 의심이 하나의 이유였던 건지 모른다. 게다가 아마사와가 쿠시다와 얽혔던 것은 분명한 사실이기에, 그런 아마사와와 연결고리가 있던 내가 점점 더 수상했을 것이다.

여기서 그냥 부정해봐야, 그럼 누가 말했는가라는 의문이 쿠시다를 계속 따라다니겠지. 의심을 지울 수 있는지와는 별개의 문제다.

"어느 쪽이든 상관없어. 난 그냥 진실이 알고 싶어."

"내가 야가미 쪽과 이어져 있었다고 해도 용서한다고?"

"뭐라고? 용서할 리 없잖아. 다만…… 그렇다고 해도 아야노코지를 어떻게 할 생각이 없을 뿐이야. 오히려 함부로 건드려선 안 되는 상대라는 걸 다시금 인식할 수 있겠지."

지금은 얌전히 감추고 있는 송곳니. 그것을 더 안으로 넣을 뿐이라고 말했다.

"으음, 아니야. 아야노코지 말고는 짐작 가는 인물이 없지만, 그래도 아야노코지는 아닌 것 같아. 그 녀석은 아야노코지를 퇴학시키고 싶어 했어. 그런 척만 한 게 아니라 진짜로 말이야. 그럼 모순이 생기잖아?"

내가 야가미 측과 이어져 있어서 정보를 흘리는 의미 자체에 의문도 생길 테니까.

굳이 쿠시다를 그렇게 궁지로 내모는 건 수고스럽기만 할 뿐이다.

이 의문을 품은 채 계속 학교생활을 해나가는 건 조금 가혹할지도 모른다.

그렇다고 해서 화이트 룸에 대해 구체적으로 말해줄 수

는 없다.

"야가미는 예전에…… 학교는 달랐지만, 얼굴은 알고 있었어. 근처에 살았었거든."

"뭐……?"

"아마사와도 마찬가지야. 그 두 사람은 무슨 오해를 했는지 계속 나를 원망하고 있었어. 아마사와와는 오해를 풀었지만, 야가미와는 그러질 못했지. 계속 무시해왔는데 나도 모르는 사이에 너한테 접촉했을 줄은."

"잠깐만? 그렇다고 해도 이상해. 그럼 걔는 나를 어떻게 알고 그런 짓을?"

"어떻게 알았는지 나야 모르지만, 나와 같은 반에 네가 있어서 조사했던 게 아닐까? 나에게 복수할 기회를 노리려고. 그러니까 쿠시다는 그냥 휘말린 거지."

나는 살짝 머리 숙여 쿠시다에게 사과했다.

"몰랐다고는 해도 어쨌든 나 때문에 휘말리게 된 점은 미안하다."

"……아야노코지."

완전히 의문이 해소되었다고 할 수 없겠지만, 나와 그 두 사람이 과거에 알았다는 사실이 밝혀지면서 쿠시다가 가졌던 몇 가지 의문에 답이 나오지 않았을까.

"그럼 혹시 야가미가 퇴학당한 거…… 아야노코지가 한 일이야?"

"그냥 두면 반에 협력할 선택지를 고른 쿠시다에게 또

어떤 위해를 가할 가능성이 컸어. 아마사와가 너에게 접근한 것도 야가미가 너한테 무슨 짓을 하리라는 걸 알았기 때문이겠지."

이 부분은 솔직하게 인정하는 쪽으로 대답해두었다.

나구모, 류엔, 그리고 호리키타. 여러 명이 나의 관여를 알거나 의심하고 있다.

부정했다가 나중에 사실이 드러나면 일만 더 꼬인다.

"아마사와는 학교에 계속 있지만 아까 말했던 것처럼 그 애의 오해는 풀렸어. 앞으로 쿠시다를 방해하는 일은 없을 거야. 하는 말과 행동은 여전히 문제가 있을 수도 있지만."

앞으로의 학교생활에서 쿠시다가 자기 실력을 최대한으로 발휘할 수 있는 환경.

이 계획에 없던 대화를 통해 그게 만들어졌을지도 모르겠다.

"나는——."

강한 바람이 불어서 순간 쿠시다가 머리에 걸친 하얀 니트 모자가 날아갈 뻔했다.

나는 손을 뻗어 손바닥으로 모자를 눌러주었다.

그와 동시에 쿠시다의 손과 겹쳤다.

"미안, 고마——."

내가 도와주지 않았어도 날아가지 않았을 가능성이 컸지만, 쿠시다는 고맙다며 내 얼굴을 보았다. 그 직후, 그대로 굳어 내 눈을 계속 빤히 응시했다.

"왜?"

"……아, 아니, 아무것도 아니야."

무표정해서 무슨 생각을 하는지 알 수 없었는데, 잠시 후 눈을 돌렸다.

리프트가 목적지에 다다라 우리는 내릴 준비를 했다.

"할 수 있겠어?"

"응, 어떻게든 될 것 같아."

그렇게 대답했는데도 쿠시다가 본보기를 보여주듯 먼저 내려서, 그 모습을 따라 뒤를 이었다. 리프트로 긴 이동을 마치고 그렇게 상급 코스에 도착했다.

과연 아래보다는 사람이 적었지만, 그래도 충분한 숫자 이기는 했다.

"이건 좀 굉장하다."

"생각했던 것보다 경사가 가파르지?"

쿠시다의 말처럼, 밑에서 올려다보았던 광경보다 경사 가 급했다.

"정말로 괜찮겠어?"

"뭐, 어떻게든 되겠지."

"정 안 되겠으면 스키를 벗고 가죽으로 내려오는 게 좋 을지도 몰라. 폼은 좀 안 나겠지만."

"알았어. 하지만 지금은 야마무라가 우선이야."

스키장에는 학생들 사이에 일반 손님들도 섞여 있어서 찾기 힘들었다.

"스키를 탈 수 없다는 걸 깨달아서 리프트 근처에 있을 줄 알았는데……."

쿠시다와 함께 주위를 둘러보았다.

하지만 야마무라를 바로 찾아내기란 어려웠다.

"혹시 벌써 스키를 타고 내려갔나……? 아무리 그래도 그건 아니겠지……?"

경사면을 따라 스키를 타고 내려가는 사람은 많지만, 누가 봐도 초보로 보이는 플레이어는 없는 듯했다. 한편 류엔 주위에는 여러 명의 남녀가 모여 있었다.

"저거 류엔이랑 같은 반 애들 맞지? 의외로 따르는 애들이 많나."

"즐겁게 얘기 나누는 느낌은 아닌데."

"그건 그래."

모인 학생들이 꽤 심각한 표정으로 류엔에게 뭐라고 말하고 있었다.

무리의 중심에 선 류엔은 특정한 누군가를 보지 않고 그저 담담하게 이야기를 듣는 모습이었다.

일부러 사람이 별로 없는 상급자 코스에서 모이다니 무슨 꿍꿍이지?

반에서 연락할 일이 있으면 나중에 스마트폰으로 하면 된다.

그렇다면…… 의도적으로 저런 모습을 보이는 거라고밖에 생각할 수 없다.

"혹시 무슨 보고라도 하나?"

"그런 것 같은데."

모인 멤버도 카네다와 이시자키, 콘도로 다들 평소에 류엔의 지시를 받아 움직이는 애들이다.

"앗, 찾았어, 아야노코지. 야마무라야."

그렇게 말한 쿠시다가 가리킨 방향에 정말로 야마무라가 있었다.

스키를 타는 게 아니라 이제 흩어지는 류엔 반 아이들을 가만히 지켜보고 있었다.

"야마무──."

소리쳐 부르려 하는 쿠시다에게, 나는 조용히 하라고 손가락과 눈빛으로 신호를 보냈다.

"응? 왜 그래?"

"잠시만 있어 봐."

야마무라의 행동이 어딘지 이상했다. 초보자 코스가 아니라는 것을 알면서도 빠르게 상급자 코스로 올라왔고, 몰래 숨죽여 계속 머물러 있는 의미.

"야마무라는 어떤 애야?"

"어떤 애냐고? 나도 잘 몰라."

"학교에서 누구보다 발 넓은 쿠시다가 모르는 학생도 다 있구나."

"그렇지. 자발적으로 얘기하러 다가오는 애는 파악할 수 있지만 야마무라는 달라. 먼저 말 건 적이 한 번도 없고 내가 먼저 말을 걸어도 단답형 아니면 아무 말 없이 고개만 끄덕이고 끝. 그래서야 상대를 어떻게 파악하겠어?"

자기 스스로 마음을 열지 않는다면 천하의 쿠시다라도 어쩔 도리가 없는 건가.

"A반에서 친한 애는 누가 있어?"

"그것도 난 몰라. 저 애가 누구랑 얘기하는 장면이 하나도 상상이 안 돼. 존재감이 없잖아?"

이제 막 그룹을 결성하긴 했지만, 하긴 존재감이 없긴 하다.

야마무라의 OAA를 봐서, 신체 능력은 낮고 학력이 높다는 사실은 알고 있다.

잠시 후 류엔 주위에 모여 있던 학생들이 뿔뿔이 흩어져 자기 그룹으로 돌아갔다.

그와 동시에 야마무라도 류엔 쪽으로 향했던 시선을 거두고 천천히 이동하기 시작했다.

야마무라를 놓치지 않으려고 둘이서 시선으로 좇고 있는데……

"앗, 넘어졌다."

발이 걸렸는지 그 자리에서 뒹구는 야마무라.

주위에 사람은 있었지만, 아무도 알아차리지 못했는지 도와주려고 하지 않았다.

"존재감이 없는 애들은 참 힘들겠어."

"그 말 하면서 왜 나를 보지?"

"그야 존재감 없는 사람 대표잖아? 전, 이라는 글자가 붙을지도 모르겠지만."

부정할 수 없어서 슬프다.

아무리 노력해도 그런 면은 쉽게 고쳐지지 않는 법.

"그나저나 야마무라의 행동을 쿠시다는 어떻게 봤어?"

"말 돌리네."

"안 돌렸는데."

내가 부정했지만 쿠시다는 재미있다는 듯 웃었다.

"야마무라의 행동…… 누군가의 지시를 받고 류엔의 동향을 감시했다?"

"아무래도 그런 기색이 짙지. 그 누군가는 틀림없이 한 명밖에 없고."

"사카야나기, 말이지. 하지만 야마무라랑 접점이 있는 이미지가 아닌데."

"그래서 야마무라를 고른 게 아닐까? 아무도 두 사람의 연결고리를 의식하지 않으니. 나도 야마무라와 같은 그룹만 아니었으면 신경 쓰지도 않았을지 몰라."

같은 초보끼리 어떻게 하냐면서 걱정해주었던 것이 계기. 만약 내가 중급 이상의 실력이었다면 지금도 야마무라를 신경 쓰지 않고 스키를 타고 있었으리라.

"연결고리가 있는지 확인할 수 있으면 확인해보는 게 좋겠어."

"앞으로 사카야나기랑 대결할 때 중요한 정보일 수 있으니까. 누가 사카야나기에게 중요한 수족인지 파악해두는 작업이 불가피해."

"응."

"야마무라가 저리로 간다."

우리는 야마무라의 행방을 지켜보았다.

그는 스키를 벗고 슬로프 가쪽에서 급경사면을 조심조심 걸어 내려갔다.

"내가 가서 도와줄게. 어쩌면 거리를 좁힐 수 있을지도 몰라."

자기가 할 일이라고 판단한 쿠시다가 스키를 타기 시작했다.

"꽤 빠른데."

머리 회전도 빨라서 내 의도를 바로 파악한다.

게다가 쿠시다는 사람 대부분과 친해질 수 있는 강력한 대화 스킬을 가지고 있다.

그 기술이 반에서 살아남는 길인 이상, 대충하지도 않겠지.

자, 그럼—— 나 혼자 상급자 코스를 체험해 볼까.

4

스키장에서의 일정을 마친 우리는 오후 5시 전 료칸에

도착했다.

배정된 방에 가기 위해 제1그룹부터 순서대로 로비로 향했다.

우리 제6그룹의 순서도 금세 돌아왔기 때문에 뒤따라 움직였다.

외관은 오랜 역사가 느껴졌지만, 로비 등 내부는 꼼꼼히 관리되어 청결했다.

실내 슬리퍼로 갈아신고 옷 등이 든 가방을 발밑에 내려놓은 후 방 키를 줄 때까지 대기했다.

"알고는 있었지만, 이 멤버로 잠까지 같이 자네."

로비에서 열쇠를 받아 든 와타나베가 살짝 우울한 투로 한숨을 내쉬었다.

함께 다닐 그룹끼리 같은 방을 배정받고 변경은 불가능하다.

편히 쉴 수 있는 공간이 될지 어떨지는 본인들에게 달렸다는 뜻이다.

"야, 와타나베."

이름을 불린 와타나베가 뒤돌아보자 보스턴백이 눈앞에 확 다가왔다.

"으앗!"

엉겁결에 두 팔로 받은 와타나배는 이게 다 무슨 상황인가 싶어 어안이 벙벙한 모습이었다.

"방에 갖다 놔. 난 목욕 간다."

자기 가방을 내던진 사람은 류엔이었다. 와타나베에게 시킬 모양이었다.

싫다고 말할 만큼 간이 크지 않은 와타나베가 씁쓸한 미소를 짓는 사이에 이미 류엔은 료칸 안쪽, 아마도 대욕장이 있는 듯한 방향으로 유유히 사라졌다.

"으으…… 도저히 잘 지낼 수 없을 것 같아."

"내가 들게."

"아니, 됐어. 일단 부탁받은 사람은 나니까."

그걸 부탁이라고 해야 하나, 제일 만만한 사람에게 밀어붙였다고 해야 하나.

"이리 줘봐. 내가 놈에게 다시, 아니 지옥에 던지고 올 테니."

류엔의 횡포를 지켜보던 키토가 보스턴백을 낚아채려고 했다.

나는 그 사이에 팔을 넣어 말렸다.

"괜한 짓은 안 하는 게 좋아. 그러면 나중에 제일 곤란해질 사람은 가방을 맡은 와타나베라고."

"그럼 저놈이 하고 싶은 대로 하게 놔두자고? 여기서 물러나면 다음에 또 이런 일이 생긴다고. 자기 반 애를 노예처럼 부린다는 건 모르지 않지만, 와타나베는 이치노세 반이야."

그 말은 틀리지 않았다.

하지만 그렇다고 해도 이 가방을 가지고 어떤 행동을 해서는 안 된다.

"보스턴백은 그냥 놔두고 직접 말로 해."

"말했는데 안 들으면? 여행 내내 와타나베에게 고생을 강요하란 말이야?"

"아아, 그런데 난, 그렇게까지 고생이라고는······."

"만약 다음에도 류엔이 와타나베에게 함부로 굴면 내가 막을게."

"네가?"

"그렇게 해도 안 들으면 전부 내가 책임질게."

"그건 근본적인 해결이 아니야."

"꼭 그렇다고 볼 수는 없어. 물론 짐을 맡긴 상대가 싫어하면 그건 무리한 요구고 강압적인 행동이지. 하지만 상대가 부탁을 고생이라고 생각하지 않고 오히려 그게 그룹을 위한 일이라고 생각하면 그걸로 끝이지. 그럼 문제는 사라져, 안 그래?"

키토는 자기 일은 전부 자기가 스스로 해야 한다고 생각한다.

내 이야기를 납득할 수는 없겠지만 그래도 이해는 했을 것이다.

"······마음대로 해."

키토는 나를 잠시 노려보다가, 결국에는 꺾였는지 이만 물러났다.

"미안하다, 아야노코지. 왠지 내 탓 같아서."

"와타나베, 네 잘못이 아니야. 그룹에 생긴 문제를 해결하기 위해 서로 돕는 건 당연한 일이지."

안도하는 와타나베의 표정을 본 순간, 료칸 측에서 방 키를 두 개 내주었다.

그와 거의 동시에 쿠시다를 비롯한 여자 네 명도 열쇠를 받아 이쪽으로 왔다.

"저기. 내일부터 있을 그룹 행동에 관해 의논해야 하지 않아? 기왕 온 홋카이도이기도 하니까 다들 가고 싶은 데가 여기저기 있을 것 같은데."

일정을 미리 세워두는 것은 중요하지만 우리 그룹은 멤버가 멤버인 만큼 아직 자유 일정에 관한 논의가 되어 있지 않았다.

"그래서 오늘 밤에 여자애들 다 같이 남자 방에 가려고 하는데…… 어떻게 생각해?"

"오, 오오, 그거 좋은데?"

여자들이 놀러 오겠다고 하는 말에 와타나베가 기쁜지 싱글벙글거렸다.

그러나 옆에서 듣고 있던 키토는 딱히 아무 대답도 하지 않고 가만히 있었다.

"……으음…… 아, 아야노코지도 괜찮지?"

"그렇게 하면 되지 않을까?"

곤란해하는 표정인 와타나베를 무시할 수도 없어서, 쿠시다가 웃으며 손을 모았다.

"정해졌네. 그럼 나중에 봐. 아미쿠라랑 다른 애들한테도 말해둘 테니까. 상세한 시간이 정해지면 아야노코지나 와타나베한테 연락할게."

이제부터 여자들도 온천에 가거나 저녁을 먹는 등 료칸을 만끽하겠지.

"우리도 이만 방에 갈까."

"그래."

남자는 동관이라고 부르는 구역의 객실을 쓰게 되어 있었다.

그리고 여자는 본관. 로비로 연결되어 오가는 것 자체는 그렇게까지 멀거나 어렵지 않지만, 남녀를 딱 구분한 거겠지.

"이야, 쿠시다는 진짜 애가 너무 괜찮지 않아? 귀엽기도 하고."

쿠시다에게 남자를 홀리는 매력이 있다는 것은 몸소 체험한 사실이다.

표면상의 관계라면 마음을 빼앗기는 것도 무리가 아니다.

만약 와타나베 같은 학생이 쿠시다의 본성을 안다면 어떻게 될지 모르겠다.

"알고는 있었지만 쿠시다가 없었으면 어떻게 되었을지 생각만 해도 소름이 돋는다."

하긴, 쿠시다는 그룹을 잘 이끌고 있다. 자유행동 때 뭘 할지 정하는 모임도 나서서 끌어주는 사람이 없으면 뒤로 미루기만 하겠지.

그걸 막기 위해 먼저 나서주는 건 고마울 뿐이다.

다만 그렇게 해서 문제가 모두 해결될지는 모르겠지만.

역시 제일 큰 문제는 류엔과 키토가 아닐까.

제6그룹을 결성해 같이 다니기 시작한 후로 서로에게 살기를 드러내고 있다.

서로를 견제하고 탐색하고 있어서 일촉즉발의 상황이 계속되고 있다.

우리는 슬리퍼를 질질 끌며 복도를 걸어 203호실에 도착했다.

열쇠를 끼워 넣고 실내로 통하는 문을 열었다.

안은 12첩 정도의 다다미 객실로 나름 넓었고, 테이블과 좌식 의자 4개가 있었다.

그리고 창가에는 미니 테이블, 일인용 소파 2개가 놓여 있었다.

텔레비전에서 비슷한 광경을 많이 봤었던, 딱 전형적인 료칸이었다.

방에 짐을 내려놓은 나는 바로 냉장고 문을 열어 보았다.

안에는 무료로 주는 물 이외에 소프트 드링크도 몇 개 들어 있었다.

다만 한 병당 가격이 시세보다 비싸서 굳이 마실 이유는 없어 보였다.

로비에 자판기도 있었으니, 필요하다면 사러 가면 될 듯하다.

키토는 방에 들어가자마자 아무 말 없이 구석에 앉아 눈을 감았다.

심지어 왜 그러는지 좌선 자세였다.

그런 키토는 일단 가만히 두고, 안내라고 적힌 두툼한 파일을 펼쳤다.

거기에는 관내 지도에서부터 료칸이 제공하는 인터넷 회선 이름과 비밀번호, 당일 입욕 설명에서부터 주변 관광 명소까지 대략적인 정보가 정리되어 있었다.

쿠시다를 비롯한 여자들과 섞여서 회의할 때도 쓸 기회가 있을지 모르겠군.

대충 훑어본 후 마지막으로 화장실 등의 시설도 익혀두기로 했다.

방에 개별 욕실은 없어서 씻고 싶으면 대욕장에 가야 한다는 것도 알았다. 이 부분은 특별히 문제 될 것 없겠지.

나도 작은 욕조에 몸을 비집고 들어가는 것보다 이왕 왔으니 대욕장을 드나들며 충분히 즐기고 싶다.

"자, 그러면……."

석식은 7시부터여서 아직 시간 여유가 있었다.

지금은 역시 대욕장에 가는 게 맞겠지. 이미 많은 사람이 밀려들고 있을 것이다.

"씻고 올게."

"아, 자, 잠깐만. 나도 갈래!"

좌식 의자에 앉아 있던 와타나베가 넘어질 듯하면서 몸을 일으켰다.

"키토는 어떻게 할래?"

"난 아직 됐어."

"그래? 그럼 열쇠 하나 놔두고 갈게. 류엔을 만나면 그것까지 말해둘 테니까."

방에 돌아왔는데 아무도 없으면 류엔은 방에 들어올 수 없게 된다.

그건 그것대로 골치 아파지니 피하고 싶다.

복도로 나가 문을 닫자마자 와타나베가 작은 목소리로 소곤거렸다.

"난감하다, 정말. 앞으로 키토, 류엔이랑 같이 자야 하잖아? 아침까지 살아 있을까?"

"그건 너무 과장이야."

"하지만 무려 4박이라고, 4박. 그동안 무슨 일이 벌어져도 이상하지 않다니까."

그렇게 되면 엄청나게 큰 사고가 될 것은 틀림없다.

다만 류엔과 키토는 둘째치고, 나는 남이랑 자는 것 자체가 익숙하지 않은데.

작년 합숙 그리고 케이와 지내면서 잠자리를 공유할 때가 늘어나고 있긴 한데, 언젠가는 정말로 아무렇지 않게 받아들일 수 있는 날이 올까.

어릴 때부터 혼자 자는 게 당연했었기에 환경 변화에 느끼는 당혹감은 사라지지 않는다.

"뭐랄까. 아야노코지, 너랑은 말하기가 편해."

"그래? ……난 잘 모르겠는데."

그렇게 말해주는 건 기쁘지만 두 사람과 비교해서일 뿐이라는 생각이 안 드는 것도 아니다.

"아니, 왠지 이치노세가 아야노코지를 좋아하는 것도 이해가 간달까——."

"뭐?"

"아, 아니다! ……방금 한 말은 잊어주라!"

실언했다는 것을 깨닫고 말을 고쳤지만, 이미 다 들어버렸는데.

뭐, 들었다고 뭐가 달라지는 건 아니지만…….

"느낌을 보아하니, 이미 다 아는 얼굴인데?"

내가 대답하지 않자, 와타나베가 살짝 안심하는 듯했다.

"……들었어. 여자애들이 그런 얘기하는 거. 아직 남학생 대부분은 모르고 이치노세를 좋아하지만. 그런데 너, 같은 반 카루이자와랑 사귀는 사이지?"

그것은 부정할 수 없는 사실이기에 고개를 끄덕였다.

"복잡하겠다, 이치노세를 좋아하는 남자는. 아니, 오히려 기쁘게 생각하는 녀석들이 많으려나?"

"와타나베는?"

"나? 나는…… 뭐, 비밀이야."

무덤덤한 태도를 봐서도 이치노세에게 특별한 감정을

품고 있는 것 같지는 않았다.

누군지는 몰라도 다른 여자애를 좋아하는 듯했다.

"이번 수학여행은 말하자면 빅 이벤트라고 할 수 있잖아? 아마 좋아하는 애한테 고백하는 사람이 한둘이 아닐 듯해."

"그래?"

하긴 스도도 수학여행 때 호리키타에게 고백하겠다고 결의를 굳혔었지.

그게 드문 일이 아니고, 학생들에게는 중요한 이벤트인 걸까.

"나도 말이지~…… 용기가 조금만 더 있었으면 좋겠어."

여러 가지로 상상은 하는 모양인데, 애타는 듯이 고개를 휘저었다.

"아무튼 지금의 나는 여자라는 생명체를 몰라도 너무 몰라. 일단은 그룹에 있는 여자애들 마음에 들게 호감도를 높이는 것부터 연습하려고. 인상을 남길 수 있는 사람이 되면 실전 경험을 쌓을 수도 있고."

아직 와타나베와 지낸 지 반나절도 채 되지 않지만 나쁜 인상은 전혀 받지 못했다.

기본적으로 좋은 녀석인 건 틀림없다. 다소 잘 휩쓸리고 무슨 일이든 거절하지 못하는 타입이지만, 남녀 모두와 나름대로 잘 소통하는 능력도 있다. OAA 상의 학력과 신체 능력은 둘 다 C+로 평균보다 조금 높았다. 그것 이외의 항

목도 비슷하게 C 이상이었다. 요컨대 결점 같은 결점이 없다. 상대에 따라 다르긴 하겠지만 충분히 가능성이 있다고 분석할 수 있겠는데…….

연애는 서로 얽힌 요소가 많기 때문에 단순히 외모와 능력만으로는 고백의 성공 여부를 정할 수 없다.

지금까지 두 사람이 쌓아온 관계에 많이 좌우되는 만큼 고작 반나절 지낸 사이로는 다 파악할 수 없으려나.

5

오후 8시 37분. 저녁을 다 먹은 학생들 대부분은 료칸의 묘미인 대욕장으로 향했다. 그건 호리키타 스즈네도 예외가 아니었으며, 오히려 마음속으로 기대하던 일 중 하나였다.

비교적 주위 학생들보다 일찍 밥을 다 먹은 호리키타였지만, 이미 학생 세 명이 탈의실에서 옷을 벗고 있는 모습을 보고 깜짝 놀랐다. 그중에는 알몸을 남들에게 보이기 싫어 일찌감치 식사를 마치고 온 여학생도 있었다.

반면 호리키타는 동성에게 알몸을 보이는 것에 대한 거부감이라든지 수치심이 없었다. 원래부터 초등학교, 중학교 시절에 존재감이 없어 눈에 띄지 않았고 친구가 없는 환경이었던 것도 있어서, 그녀를 신경 쓰는 사람이 아무도 없었던 영향도 있었다.

그래도 일종의 매너로 수건을 펼쳐 몸을 가리면서 대욕장으로 들어가는 문을 당겼다.

피부에 확 닿는 뜨거운 열기를 느끼며, 상상했던 것보다 더 큰 대욕장을 둘러보았다. 안에는 큰 욕탕이 두 곳. 그리고 야외 노천탕은 하나로, 꽤 큰 바위탕이 유리창 너머로 보였다.

호리키타는 따뜻한 물로 가볍게 몸을 씻은 다음 곧장 바위탕으로 나갔다.

그러다가 생각지도 못한 두 사람이 탕에 먼저 들어와 있는 것을 확인했다.

그중 한 사람은 같은 반 쿠시다 키쿄.

"앗, 호리키타."

바로 알아본 쿠시다가 환영한다는 듯 가볍게 손을 흔들었다.

물론 그게 진심이 아님을 호리키타는 바로 알았다.

A반 학생, 록카쿠 모모에가 옆에 있어서 그러는 것이다.

다른 반 학생이 있는 앞에서 본색을 드러낼 쿠시다가 아니니까.

눈빛으로 가볍게 대답한 호리키타는 쿠시다 쪽에 합류하지 않고 욕탕 끄트머리에 가서 앉았다.

그 누구도 말 붙이지 않고 방해되지 않는 곳에 자리 잡고 싶었기 때문이다. 쿠시다와 록카쿠의 수다를 한 귀로 흘리며, 아무와도 대화하지 않고 5분, 10분 계속해서 온천을 즐겼다.

그러다 어느샌가 록카쿠는 나가고 쿠시다만 남았다.

얼굴에 조금 전까지 띠고 있던 미소는 온데간데없이 사라졌다.

"왜 록카쿠랑 같이 안 나갔어? 신나게 얘기 나누더니?"

"응? 딱히 아무 이유 없는데? 나 온천 진짜 좋아하거든. 설마 너한테 말 걸고 싶어서 안 간 줄 알았어?"

"별로 그런 생각은 안 했는데."

"정말인가? 의식했으니까 물어본 거 아니야?"

"시비 걸기는."

갑자기 호전적으로 나오는 쿠시다를 보면서 호리키타는 살짝 후회하며 한숨을 내쉬었다.

"넌 정말 아는 친구가 많구나. 난 록카쿠랑은 말해본 적 한 번도 없어."

화살을 돌리려고 호리키타는 노천탕을 나간 록카쿠로 화제를 전환했다.

"그 애가 같이 가달라고 울상으로 오더라고. 창피하다나 뭐라나. 그런 볼품없는 몸이니 뭐 무리도 아니지만."

듣는 사람이 없는 걸 안다고 해도 상당히 강렬한 독설이었다.

"호리키타는── 뭐, 역시 잘 관리하고 있나. 나로서는 하나도 재미없지만."

쿠시다는 값이라도 매기듯 관찰하더니 호리키타와 살짝 거리를 좁혔다.

"뭐야? 나한테 원하는 거 있어?"

"아무것도. 그냥 거리가 부자연스럽게 먼 것도 좀 이상하잖아? 나랑 호리키타는 같은 반인데. 내 캐릭터상 더 가까이에서 얘기하지 않으면 이상하다고."

록카쿠가 있는 상황에서는 둘이 떨어져 있어도 그렇게까지 큰 위화감이 없다. 하지만 이렇게 넓은 노천탕에서 대놓고 멀리 떨어져 있으면 새로 들어온 사람이 의문을 느낄 수 있다.

"네 그 노력을 차마 다 헤아릴 수 없다는 것만은 잘 알겠어."

"제일 좋은 건 네가 여기서 나가 실내 욕탕으로 옮기는 거지만 말이지."

"그건 거절할게."

"퇴학해달라고 부탁해도 안 들어주고, 너무 빡빡하게 군다니까, 호리키타는."

아직도 퇴학이라는 단어를 태연하게 내뱉자, 호리키타는 더 큰 한숨을 내쉬었다.

그 모습을 본 쿠시다가 미소 지었다.

"아주 품위 있게 웃는구나?"

"당연하잖아? 안쪽 욕탕에서도 여기가 보이는데 경솔하게 행동할 순 없다고."

목소리 외에 시각까지도 항상 계산하고 있다. 아무것도 모르는 학생이 안에서 본다면 그냥 같은 반끼리 친하게 담소를 나누는 줄로만 알겠지.

거리감뿐 아니라 늘 주위를 살피는 것도 게을리하지 않고 빈틈을 보이는 법이 없다.

"그렇게 잘하면 아야노코지에게 안 들키고 학교생활도 했어야 하는 거 아니니?"

"입학 초기에는 스트레스가 장난 아니었으니까. 호리키타가 이 학교에 있을 줄 누가 알았겠어?"

"그건 예상 밖이긴 했지만……."

중학교 동창과 완전히 단절되었다고 안도했다가 오는 실의는 말로 표현이 안 될 것이다.

"새로 인간관계도 쌓아야 하고 학교 밖으로 나갈 수 없는 생활. 아무리 해도 발산할 수가 없잖아?"

그 결과, 발산 장면을 아야노코지에게 보이고 만 것이 비극의 시작이었다.

"나를 계속 싫어하는 건 네 자유야. 그리고 네가 반에 공헌만 해준다면 아무 불만도 없어. 문화제 때도 쿠시다의 활약에 깜짝 놀랐는걸."

"뭐, 그 정도쯤은 쉽게 해내는 게 바로 나라고. 나를 지키는 무기니까——."

쿠시다가 말을 중단하고 노천탕과 이어진 문을 쳐다보았다.

그 직후에 문이 열리고 등장한 사람은 어깨에 수건을 걸친 이부키였다.

들어오는 사람을 경계했던 쿠시다가 긴장을 풀었다.

이부키는 호리키타처럼 이미 쿠시다의 본성을 알고 있기 때문이다.

"호리키타!"

호리키타를 찾아다녔는지 발견하자마자 크게 소리쳤다.

"……이번엔 너니?"

벌거벗은 채로 당당하게 걸어와 노천탕 안으로 뛰어들었다.

거센 물보라가 일면서 호리키타와 쿠시다에게도 뜨거운 물이 튀었다.

"아주 대단한 비매너네."

"내 알 바 아니고. 그것보다도 대결하자, 대결!"

"이런 데서 대결이라니? 가위바위보라도 하게?"

"뭐래? 이렇게 넓은 탕에서 할 수 있는 게 딱 하나밖에 더 있어? 누가 더 빨리 끝에서 끝까지 헤엄치는가 대결하자!"

"수영은 탕에 뛰어드는 것보다 더한 비매너 행동인데."

"무슨 상관이야. 일반 손님이 있는 것도 아니고 아무도 안 보는데."

"좋네, 대결. 내가 공평하게 심판 봐줄게. 해봐."

"너까지 뭐라는 거야. 그리고 애당초 가식적인 너는 그런 행동을 말리는 역할 아니니?"

"호리키타와 이부키가 내가 말리는 것도 듣지 않고 멋대로 대결을 시작했다고 하면 되지. 난 당혹스럽다는 얼굴로 어쩔 줄 몰라 하고 있으면 돼. 누가 봐도 아무 상관 없어."

"쿠시다도 괜찮다잖아. 자, 그러니까 대결해!"

"안 해."

"에잇. 모처럼 대결할 수 있을 것 같아서 여기까지 왔는데. 손해만 봤네."

그렇게 말하며 얼른 욕탕에서 빠져나갔다.

"너 정말 그냥 그것 때문에 온 거야? 노천탕 좋은데?"

"너랑 사이좋게 들어가 있을 생각 없거든. 그리고 온천 그까짓 거 안이나 밖이나 다를 게 뭐야?"

대결 못 할 거면 오래 탕에 들어가 있을 생각 없다며 바로 가버렸다.

"바보네, 이부키."

문이 거세게 닫힌 후, 쿠시다가 재미있다는 듯 웃었다.

"이상할 정도로 나와의 대결에 집착해. 너도 비슷하지만."

지금까지 쿠시다는 반복해서 대결을 요구했었다.

이부키와 비슷하다고 말하는 호리키타를 보며 쿠시다가 피식 웃었다.

"저딴 애랑 같이 취급하지 마."

말과 표정이 하나도 일치하지 않지만, 호리키타는 그냥 무시했다.

더는 대화하지 않아도 되도록 새로 누가 오기만을 기다

렸지만, 아직 식사 시간이기도 해서 그 이후로는 모습을
드러내는 학생이 없었다.

"그나저나 호리키타는 참 운이 좋아."

"운? 대체 무슨 이야기니?"

"입학하자마자 아야노코지 옆자리였던 것 말이야. 그 덕
분에 가까워질 수 있었고, 뒤에서 여러 가지로 도움을 받
았던 거 아니야?"

지금까지 실제로 어땠는지 쿠시다가 자세히 다 아는 것
은 아니다.

하지만 아야노코지가 어떠한 형태로 요소요소 관여했다
는 것만은 알고 있었다.

"만약 아야노코지가 없었더라면 지금쯤 호리키타는 내
손에 퇴학당했을지도 모른다고."

여기까지 온 것은 자기 실력이 아니다.

당시에 그런 말을 들었다면 호리키타는 곧바로 반론을
펼쳤으리라. 하지만 지금은 차분하게 상황을 볼 수 있고,
뒤돌아볼 수도 있게 되었다.

"완전히 부정은 못 하겠네. 하지만 그건 나뿐만 아니라
너한테도 행운인 일이야. 아야노코지가 없었다면 모든 것
을 드러낸 지금의 너는 없어. 계속 착한 척 연기하면서 같
은 잘못을 저지르고 있겠지."

물론 결과는 알 수 없다.

학교생활 3년 동안 끝까지 가짜로 연기하면서 극복할 가

능성도 충분히 있겠지.

하지만 그걸 영원히 계속할 수 있을지는 별개의 문제다.

실제로 쿠시다는 매일 고통스러워했었으니까.

지금은 겉과 속, 두 얼굴을 적절히 나누면서 스트레스를 해소할 수 있게 되었다.

"……그럴지도."

마음에 들지 않는 상대가 들이민 사실. 평소 같으면 인정하는 것이 모욕적이기만 했을 테지만, 쿠시다는 인정할 수밖에 없는 부분도 있다며 수긍했다.

만장일치 특별시험에서 죽음의 문턱까지 내몰리고 거기서 살아 돌아오면서 얻은 것.

태어나서 처음으로 자신의 사고방식과 가치관에 변화가 찾아왔다.

"그렇게 생각하면 네가 나보다 운이 좋았던 것 아닐까?"

"솔직히 열받는다고. 호리키타가 그렇게 잘 받아치면."

여기서 두 사람 모두 말을 멈추었다.

원래라면 서로 맞지 않는 사람들끼리 오래 한 탕에 들어 있을 이유는 딱히 없다.

그런데 왜 계속 남아 있는지 두 사람 모두 명확한 답을 알지 못했지만, 먼저 나가는 것은 곧 패배를 의미한다. 그런 분위기가 감도는 것이 원인이었다.

"……실례할게요~."

둘만의 시간이 끝을 고한 것은 이부키가 나가고 몇 분

뒤였다.

이치노세 호나미가 조금 미안해하면서 노천탕에 모습을 드러냈다.

"이치노세 혼자? 웬일이야."

"아하하…… 그게, 그냥."

석식 때 많은 사람이 이치노세에게 말 붙이던 장면을 쿠시다는 똑똑히 보았다.

그런데도 혼자인 건, 애초에 혼자 있고 싶어서 여기에 왔다는 의미였다.

"누구나 혼자 있고 싶은 시간이 있지 않겠니? 혹시 방해되면 갈게."

점점 얼굴에 열이 차오르기 시작한 호리키타는 지금이 나갈 때라고 판단했다.

이치노세와 자연스럽게 교대하는 흐름이었다.

이제부터는 쿠시다와 이치노세가 별거 아닌 수다를 떨면서 끝내면 된다고 생각했던 것이다.

"아, 아니야! 전혀 그런 거 아니야! 난 신경 쓰지 마!"

일어서려는 호리키타를 이치노세가 당황하며 말렸다.

그리고 덧붙이듯이 쿠시다가 호리키타에게 미소를 보냈다.

"벌써 나가려고, 호리키타? 이치노세도 이렇게 말하는데 같이 수다 떨자."

"무슨 말이니?"

"좀 더 얘기하고 싶은데. 안 될까?"

마음에도 없는 소리를 쿠시다는 진심인 것처럼 말했다. 이치노세 역시 자기가 여기 오는 바람에 이야기가 끊긴 건가 싶어서 조금 불안해하는 표정이었다.

"충분히 얘기한 것 같은데…… 좋아. 그럼 좀 더 있다가 갈게."

일단 달아오른 몸을 밤바람에 식히려고 자리에서 일어나 바위 위에 걸터앉았다.

눈이 내리기 시작한 욕탕 밖은 추웠지만 그게 오히려 느낌이 좋았다.

"나 말이야, 이치노세한테 물어보고 싶은 게 있는데 물어봐도 돼?"

"응? 뭘까, 뭐든지 물어봐."

"이치노세, 누구 사귀는 사람 있어?"

"어? 으, 으아앗?!"

생각지도 못한 질문이 날아들어서 크게 당황하는 이치노세.

"요즘 들어서 여러 반 남자애들이 이치노세가 솔로인지 자꾸 물어보더라고."

아무것도 모른다는 듯 질문한 쿠시다였지만 진실은 다르다.

실제로는 이치노세가 현재까지 솔로라는 것 그리고 아야노코지에게 호감이 있다는 것.

그런 정보 수집을 이미 다 마쳤다.

이치노세 반의 그 누구보다도 많은 정보를 가지고 있지만, 조금도 내색하지 않았다.

"어어어, 없어, 없어!"

"그렇구나. 그럼 좋아하는 사람은 있어?"

쿠시다가 그렇게 아무것도 모른다는 얼굴을 하고서 말하는 이유는 아야노코지에 대해 더 자세히 해부하고 싶었기 때문이다. 왜 아야노코지에게 호감을 느끼는지 이유를 파악하기 위해.

그것이 언젠가 자신의 새로운 무기가 될 수 있다고 생각했다.

"어, 없어. 정말로, 그런 거, 난 없으니까."

하지만 이치노세는 인정하지 않고 물에 얼굴을 담갔다.

창피함 그리고 민망함 때문에 빨개진 얼굴을 숨기기 위한 행동이다.

여기서 인정하면 카루이자와에 대해서나 더 깊은 이야기를 하려고 했는데, 일은 그리 쉽게 흘러가지 않는다. 그래서 일부러 남으라고 했던 호리키타에게 일단 말을 돌리기로 했다.

"호리키타는? 연애담 같은 거 없어?"

"없어."

1초도 지나지 않아 즉답했다. 호리키타는 연애에 관해 거의 흥미를 느낀 적이 없었다.

"그렇구나. 호리키타도 인기 있는 것 같은데 말이지. 스도라든지 친해 보이고."

"난 몰라. 그러는 너야말로 어때? 다른 반 남자애들이랑 친해 보이던데. 이치노세도 궁금하지?"

성가신 질문에 호리키타는 다시 질문으로 받아쳤다.

빨리 자신에게서 화제를 돌려 둘이 얘기하라는 의도를 담아.

"아아, 하긴. 쿠시다에 대해 남자애들이 진짜 많이 물어봐."

쿠시다는 속으로 호리키타를 향해 혀를 차면서, 겉으로는 이치노세에게 수줍은 미소를 보냈다.

"뭐어어? 그래? 나도 연애 같은 건 잘 몰라서……. 그냥 학생일 때 연애하는 건 좀 아깝다는 생각이야."

어차피 쓸데없는 이야기를 할 거면, 하고 여기서 미리 씨를 뿌려두는 쪽으로 방향을 바꾸는 쿠시다.

"아깝다고?"

"응. 학생들의 연애는 대체로 이루어지지 않는다잖아. 10%~30% 정도? 절반도 못 미친다고 생각하니까 별로 내키질 않아서……. 그래서 지금은 스스로 의식해서 연애를 안 하려고 하고 있어."

쿠시다와 동급 또는 그 이상으로 교우 관계가 넓은 이치노세에게 이렇게 말해두면 밑져야 본전이라는 식으로 고백하려는 남학생들을 미리 차단해 주리라고 생각했던 것이다.

입학 이후 쿠시다가 남몰래 고백받은 횟수는 학년을 불문하고 벌써 열 번도 넘는다.

"좋아해 주는 건 기쁘지만…… 동시에 상처 주는 게 무섭기도 해서."

"그렇구나……. 왠지 알 것 같기도……."

학창 시절의 연애만큼 쓸데없는 짓이 또 없다. 쿠시다는 그렇게 생각했다. 그런 두 사람의 연애 이야기를 한 귀로 흘려들으면서 이번에야말로 나갈 기회라고 생각한 호리키타가 몸을 일으켰다.

"난 이만 갈게."

"어? 벌써 간다고?"

"연애에 관해서는 잘 몰라서."

"그래? 그럼 어쩔 수 없지. 그런데 나가고 싶은 건 다른 이유 때문 아니야?"

"무슨 말인지 잘 모르겠어."

"신경 쓰지 마. 뜨거워서 한계가 온 거면 어쩔 수 없잖아? 나야 호리키타랑 더 얘기 나누고 싶었지만."

"너…… 진심이니?"

"당연하지. 이치노세도 그렇지?"

"응. 나도 호리키타가 괜찮다면 더 수다 떨고 싶어."

쿠시다의 도발 같은 말과 유도에 호리키타는 일어나려다가 도로 앉았다.

"그럼—— 그럴까."

반의 리더인 만큼 쿠시다의 권유로부터 도망치는 선택지를 지워버렸다.

"정말 그래도 되겠어? 현기증 나서 쓰러지기라도 하면 큰일인데."

"걱정해줘서 고마워. 하지만 난 네가 더 걱정이야, 쿠시다. 얼굴도 뻘건데."

"연애 이야기를 해서 그럴지도 몰라."

"그것뿐이니? 무리하지 않는 게 좋아."

호리키타의 날카로운 시선 그리고 미소 짓는 쿠시다의 시선이 충돌했다.

"왠지 두 사람, 평소랑 느낌이 좀 다른데?"

이치노세가 위화감을 느끼고 살짝 고개를 갸우뚱거렸다.

그것을 본 쿠시다는 약간 남아 있던 호리키타에 대한 빈정대는 태도를 완전히 지워버렸다.

"아니, 안 그런데? 그렇지, 호리키타?"

"……그래."

비교적 신뢰할 수 있는 이치노세에게도 괜한 정보를 줄 필요는 없다. 호리키타도 그렇게 판단하고 말을 맞추었다.

그 후로 얼마간 쿠시다와 이치노세끼리 연애 이야기를 이어갔고, 나중에는 정말 시답잖은 화젯거리로 신나게 떠들어댔다. 호리키타는 시종일관 듣기만 하면서, 온천 그리고 계속 내리는 눈을 즐겼다.

그러다가 이치노세는 식사를 마치고 찾아온 친구들이 불러서 실내로 돌아갔다.

다른 여자애들이 노천탕으로 밀려 들어오자, 호리키타와 쿠시다는 거리를 조금 벌리면서도 오래 버티기를 계속했다.

그렇게 10분 정도 교착 상태가 이어지다가——.

"두 사람 다 이제 그만 나가는 게 좋지 않을까? 얼굴이 너무 빨간데?"

둘 다 한계에 다다를 때까지 버티고 있자, 보다 못한 이치노세가 안에서 얼굴을 내밀었다.

"그렇다는데, 호리키타."

"너야말로…… 이치노세 말 못 들었니?"

이 지경까지 왔는데도 버티려고 하는 두 사람이었지만, 여기서 식사를 마친 다른 학생들이 노천탕에 집단으로 몰려들었다.

이렇게 된 이상 아무래도 승부를 계속 이어가기는 어려웠기 때문에 서로 눈치를 보다가 동시에 일어났다.

"탕 좋았다."

"정말. 과할 만큼……."

"역시 두 사람 사이에 뭐 있지?"

또 기묘한 분위기를 느낀 이치노세였지만 두 사람은 아무 일도 없었다는 듯이 탕을 빠져나갔다.

6

밤 10시 전. 누군가 객실 문을 부드럽게 두 번 노크했다.

와타나베가 자기가 나가보겠다면서 재빨리 몸을 일으
켰다.

솔선하는 행동은 우리를 위해서인가 본인을 위해서인가.

"많이 기다렸어?"

그런 목소리와 함께, 와타나베가 연 문 너머에서 쿠시다
를 선두로 네 여학생이 등장했다.

"어, 어서 와. 늦었네."

긴장되고 수줍어서일까. 와타나베가 갑자기 뚝딱거리면
서 허둥지둥 길을 터주었다.

"미안해. 욕탕에 너무 오래 들어가 있는 바람에 늦어버
렸네."

그렇게 대답한 쿠시다의 얼굴은 과연 살짝 상기되어 있
었다. 게다가 머리카락도 반들반들했다.

밤, 취침 직전에 이렇게 여자애들을 만날 기회는 흔치
않다.

그러니 와타나베로서는 지금 귀한 체험을 하는 것이리라.

여자 네 명이 들어온 순간 뭐라고 표현할 수 없는 향기
가 방안에 퍼졌다.

남자들이 모여서 딱히 구린 냄새가 난 것은 아니지만,

꼭 다른 공간 같다.

"왜 이렇게 좋은 향기가 나는 거야……?"

"그러게, 진짜 미스터리다."

대욕장에 구비된 것은 업무용인지 통이 크고 두유가 함유된 샴푸와 린스였었다. 불만이 있는 건 아니었지만, 거품이 특별히 잘 나는 것도 아니고 비교적 저렴한 제품이라는 느낌을 받았다.

상식적으로 생각해서 여자 쪽 대욕장에도 같은 것일 텐데…….

그녀들이 풍기는 향기는 같은 두유 샴푸 종류와 분명 달랐다.

아니면 자기들이 가져온 걸 썼나?

"야, 한번 물어봐. 어떻게 그런 좋은 향기가 나는지."

"미안한데 역시 그건 못 물어보겠어."

아무리 세상 물정 모르는 나라도 그 정도는 안다.

그런 말을 건네면 틀림없이 기분 나빠 하리라는 것을.

"남자 방이라고 생각하니까 왠지 심장이 뛰는데?"

아미쿠라가 있기 불편하다는 듯 다른 여자애에게 속닥거리며 방 안을 둘러보았다.

방 구조가 똑같아도 이상하게 달라 보이나 보다.

"의논 끝나면 이따가 호나미 짱 방에 가지 않을래? 소등 아슬아슬할 때까지 여자들끼리 모인다던데."

"그래? 나야 완전 좋지."

바로 받아들인 쿠시다와 달리 니시노는 관심 없다며 거절했다.

"난 패스. 딱히 친한 애도 없고."

그 말에 편승하듯 야마무라도 고개를 숙이며 중얼거렸다.

"……나도 패스……."

"그래? 누구나 환영할 텐데…… 뭐, 알겠어."

여자들이 바로 해산한다는 것을 안 와타나베는 어딘지 아쉬워 보였다.

소등 시각은 약간 늦은 감이 있는 밤 11시여서 아직 시간에 여유는 있다.

모처럼 온 수학여행이니 누구나 일탈하고 싶겠지.

"이게 바로 여자애를 맞이하는 느낌인가……."

조용히 중얼거리며 와타나베가 황홀경에 젖었다.

"그보다도 와타나베. 여자애들을 빨리 도와주는 게 좋아. 지금이야말로 호감도를 올릴 기회 아닐까?"

방에 들이는 건 나와 류엔, 키토도 할 수 있는 일이다.

인상을 남기려면 거기서 한발 더 나아가야 하겠지.

"어? 도우라고? 뭘?"

여자들 모습에 감격만 하고 상황은 하나도 보이지 않는 듯했다. 여자들은 원정 온 남자 방에서 어디에 앉아야 할지 몰라 우왕좌왕하고 있었다.

"으음…… 우리는 어디 앉으면 될까?"

이미 료칸 스태프가 일정 간격을 두고 잠자리를 네 개

깔아둔 상태였기에 앉으려면 방 가장자리에 기대는 수밖에 없었다.

비좁음을 강요할 것인지 아니면 다른 방법을 쓸 것인지 능력을 보여줄 때다.

"어? 아무 데나 앉으면 되지 않아? 이불 위에 앉아도 되고, 안 그래?"

와타나베는 잘 모르겠다는 투로 말하면서 잠자리 두 군데의 이불을 걷어치워 공간을 마련했다.

여자들이 살짝 놀란 눈치였지만 달리 적당한 공간도 없었기에 쿠시다가 동의를 표시했다.

입구에서 가까운 쪽 잠자리 두 곳 위에 네 사람이 각각 자리를 잡았다.

"그럼, 소등 시간도 다 되어가니까 빨리 시작해볼까. 그런데 류엔은?"

"장지문 뒤에."

장지문 너머에는 작은 테이블과 일인용 소파 두 개, 그리고 소형 냉장고가 놓여 있다.

아미쿠라가 무서운지 장지문을 열려고 하지 않아서, 같은 반을 대표해 니시노가 성큼성큼 다가가 문을 열었다.

류엔이 소파에 앉아 스마트폰을 만지면서 놀고 있었다.

"못 들었어? 모이라고 했는데."

"여기 있어도 되잖아. 충분히 다 들려."

"그럴 수도 있겠지만 그룹의 연대감을 키우는 목적도 있으니까 모두 모인 곳으로 네가 왔으면 좋겠어."

두려워하는 기색도 없이 쿠시다가 류엔에게 가까이 오라고 말했다.

그런 쿠시다가 마음에 들지 않았는지, 류엔은 웃으면서 스마트폰 화면을 껐다.

"아주 의욕이 넘치는데 네 처지에 대해 알고는 있지?"

"무슨 의미야?"

"말 그대로의 의미. 모른다면 알려줘도 되고?"

이 견제의 의미를 다른 학생들은 이해할 수 없다.

다른 반에서 유일하게 쿠시다를 잘 알고 있는 류엔의 말은 의미심장했다.

"너 대체 지금 무슨 소리 하는 거야?"

단순한 시비로 받아들였는지 니시노가 류엔에게 따졌다.

"사람 곤란하게 하는 소리만 하지 말고 빨리 이리로 와."

니시노는 떨거나 겁먹기는커녕 당장이라도 팔을 잡아당길 기세였다.

"니시노. 너도 요즘 들어서 말 좀 한다?"

"난 원래 이런 느낌이었는데? 지금까지는 필요 이상으로 안 엮였을 뿐이지."

지금은 그룹이어서 어쩔 수 없다는 말일까.

더 물고 늘어질 줄 알았는데 류엔은 귀찮다는 듯 일어나 안으로 들어왔다. 키토가 쳐다봐서 순간 방안에 긴장이 감돌았다.

그래도 일단은 의논하기 위해 여덟 명이 한자리에 모인 것은 분명하다.

"다 모여서 할 일인가. 그냥 어플로 하면 되지."

여자들이 도착한 뒤 한마디도 하지 않았던 키토가 그렇게 말했다.

하긴 어플로 그룹을 만들면 모두에게 전달하기 편하다.

"다른 그룹도 똑같이 얼굴 맞대고 회의해서 정할 건가 보더라."

"오오, 역시 쿠시다."

정보통다운 면모에 감탄한 듯 와타나베가 과장되게 고개를 끄덕이면서 나와 야마무라 사이에 앉았다.

갑자기 남자가 가까이 다가온 것을 경계했는지, 그런 와타나베를 피하듯 야마무라가 엉거주춤하게 반보 정도 뒤로 물러났다.

"아, 미안, 야마무라. 거기 있었구나."

"아니에요…… 신경 쓰지 마세요."

그런 사소한 대화와는 별개로, 류엔과의 소통에는 여전히 강한 긴장감이 있었다.

"다른 그룹은 다른 그룹이고. 여긴 여기에 맞는 방식이 있다고."

키토가 걱정하는 건 류엔의 존재겠지.

제대로 의논하기 힘들다며 우려하는 것을 알 수 있었다.

"얼굴 보고 소통하는 게 중요하지 않을까? 모두의 진심을 듣고 싶기도 하고."

쿠시다가 어플로는 알 수 없는 것도 많다고 대답하면서 물러서지 않았다.

쿠시다도 류엔이라는 지뢰를 밟고 싶지는 않겠지만, 자기가 지켜야 할 입장이라는 게 있으니까 말이지.

가면을 쓴 쿠시다가 지금은 물러나지 않겠다고 판단하면 그냥 밀어붙일 뿐.

"그럼 바로 본론으로 들어가서 내일 이후 자유 시간에 대해——."

"그보다도 먼저 한 가지 정해야 할 게 있다는 걸 잊지 마라."

이불이 깔린 방을 둘러보며 류엔이 입을 열었다.

"네놈들이랑 나란히 누워 자고 싶은 마음은 눈곱만큼도 없지만, 한정된 공간이니까 우길 수도 없으니. 난 여기서 잔다."

그렇게 말하며 가리킨 시선 끝에 있던 것은 제일 구석에 있는 잠자리였다.

밤중에 화장실 등의 이유로 누가 일어나도 겹을 피해가 없고 누구 사이에도 끼지 않는 가장 이상적인 위치다.

하긴 아직 누가 어디서 잘지 정하지 않았군.

아니, 그런데 그걸 꼭 지금 정해야 하나?

오히려 여자애들이 돌아간 다음에 정하는 게 제일 낫다고 보는데…….

그냥 눈치가 없는 건가 아니면 일부러 지금 말을 꺼낸 건가.

지금까지 겪은 류엔을 보건대 적어도 나는 후자라는 생각밖에 들지 않았다.

하지만 다른 사람들은 어떨까.

누가 봐도 생뚱맞은 발언이어서 멋대로 군다고 여기는 듯 보였다.

"이의는 없겠지?"

일단 나와 와타나베를 쳐다보며 살짝 강한 어투로 확인했다.

"나는…… 뭐, 아무 데나 상관없지만."

와타나베는 뱀 앞의 개구리처럼 받아들였다. 자, 나는 뭐라고 대답할까.

그렇게 고민했지만, 류엔은 이미 나를 보지 않고 있었다.

"야, 키토. 하고 싶은 말 있으면 어디 시원하게 다 해보시지?"

유일하게 반발할 사람은 키토뿐이라고 여겼던 모양이다.

"인정 못 해."

그것을 상징하듯 돌아온 반론.

"뭐야?"

시원하게 다 말해보라고 해놓고, 거부가 마음에 들지 않았는지 류엔이 고개를 옆으로 기울였다.

"공평하지 않은 방식은 인정 못 한다고. 게다가 지금 꼭 해야 하는 얘기도 아니잖아. 그런 것도 모르냐?"

"그래, 모른다, 그리고 네놈한테 거부권을 허락한 기억은 없는데."

"언제 어디서 어떻게 말하든 내 자유야."

키토는 조금도 물러서지 않았고 오히려 싸울 기세였다.

"자, 자, 진정해, 키토. 잠자리 정도쯤 양보하면 뭐 어때."

"싫은데."

"윽……."

키토가 강하게 노려보자, 일어서서 말리려던 와타나베가 엉거주춤하게 도로 앉았다.

얼굴에 실린 화, 박력만 놓고 보면 키토가 류엔을 능가한다.

"저 자식의 말도 안 되는 억지를 받아줄 생각 없어."

"저, 저기, 남자들. 지금은 그런 얘기할 때가 아니니까 나중에……."

아미쿠라가 주뼛거리면서도 주의를 주려는데 니시노가 유카타 소매를 잡아당기며 말렸다. 고개를 가로저으면서, 끼어들지 않는 게 좋다고 말없이 경고했다.

"필요하다면 몇 번이고 말해주겠는데, 두 눈 빤히 뜨고 네놈한테 다 내 줄 생각 없어."

"그럼 이 자리를 걸고 나랑 한 번 해보겠다는 거야? 엉?"

"폭력을 원해? 들어줄 수는 있지만, 그럼 여행 내내 네놈은 여기 누워 지내게 될걸."

쿠시다가 당혹스러운 표정을 지었는데 그 눈을 보고 알았다.

성가셔 죽겠다, 그런 느낌이라는 것을.

"크큭, 그럼 어디 한 번 해보시든지. 다른 놈들도 이 자리 걸고 덤벼볼래?"

"난 사양할게…… 아까도 말했지만 어디든 좋아."

개인적으로는 중간에 끼는 것보다 끝자리가 좋지만, 성가신 일에 휘말리는 것도 싫다.

류엔이 이기든 키토가 이기든, 한쪽이 끝을 차지한 시점에서 두 사람이 옆에 나란히 누울 가능성은 사라진다. 오히려 완충재 역할로 중간에 나와 와타나베가 들어갈 가능성이 훨씬 크다.

"나도 패스할게. 너희 하고 싶은 대로 승부를 봐서 정해. 다만 두 사람이 그 끝자리를 희망한다면 나머지 세 곳 중에 나랑 와타나베가 먼저 원하는 자리를 정해도 되겠지?"

당연한 권리를 주장하지 않으면 나중에 또 다툼이 생길 수 있다. 두 사람 다 최우선으로 원하는 자리가 같으니, 나와 와타나베는 빈 곳 중에서 자유롭게 정하면 될 것 같다.

"그리고 폭력을 써서 정하지는 말아줘."

이것만은 강하게 언급해두지 않으면 제6그룹은 나쁜 방향으로 눈에 띌 것이다.

문제를 일으킨 그룹에게는 가차 없는 제한이 들어올 거라고 하니. 모처럼 온 수학여행인데, 조금 과장되긴 하지만 료칸 밖으로 못 나가게 되기라도 한다면 얼마나 아까운가.

"나야 치고받는 쪽이 쉽고 좋지만, 그럴 수도 없나."

일단 폭력만은 자중해준다면 고맙겠다.

"고맙다, 아야노코지. 하고 싶은 말을 대신 해줘서."

"아니야, 별말도 아닌데 뭐."

"그렇지 않아. 적어도, 그렇지. 네가 가장자리에서 자도 좋아."

이치노세 반의 학생인 만큼 기본적으로 착한 걸까. 내가 부탁한 것도 아닌데 그렇게 말하면서 끝자리를 양보했다. 이렇게 해서 안쪽부터 류엔 혹은 키토, 그리고 그 옆에 와타나베. 세 번째 자리에는 승부에서 패배한 사람. 입구와 가장 가까운 끝자리에 내가 자기로 결정되었다.

"나도 조금은 내성을 키워야지."

아무래도 양보한 이유 중 하나에 그런 개인적 목적도 있는 모양이다.

류엔과 키토 사이에서 자는 것은 과연 자극이 너무 세다는 생각이 들기도 한다.

"수학여행 하면 역시 이거 아니겠어?"

류엔이 갑자기 베개가 들었다.

"일대일 승부다. 규칙은 설명할 필요 없겠지? 키토."

"물론이다."

"뭐야? 베개로 뭘 하는데?"

변화 끝에 무엇이 기다리고 있는지 모르는 나는 고개를 갸우뚱거렸다.

"그야 수학여행이랑 베개의 조합이면 딱 하나밖에 없잖아?"

하나밖에 없다니?

전혀 모르겠는데…….

하지만 나만 빼고 다른 학생은 다 아는지 쿠시다가 얼른 자리에서 일어났다.

"자, 그럼 내가 심판 볼게. 이런 건 공정한 게 좋으니까."

말도 안 되는 곳에 와버렸다고 속으로는 후회하고 있을 듯한 쿠시다가 그렇게 제안했다.

"이럴 때마저 올곧다니까, 쿠시다 짱은."

진심이 뭔지 묻고 싶기도 하지만 가까이에 와타나베뿐 아니라 다른 여자애도 있다.

그런 것보다도 베개로 뭘 할지가 더 궁금하다.

"선공을 양보하지."

"그만두는 게 어떨까? 한 번 때려보지도 못하고 바로 지고 싶진 않을 거 아니야. 후회하지 말고 덤벼라, 류엔."

베개를 몇 번 던졌다 받으면서 류엔이 웃었다.

"그럼 사양하지 않고 죽여주마, 키토!"

그렇게 말한 류엔이 베개를 공처럼 힘껏 던졌다.

메밀껍질이 꽉 찬 베개가 빠른 속도로 키토를 덮쳤다.

어느 정도 거리가 있다지만 어이없게 바로 져도 이상하

지 않은 위력이었다.

하지만 키토는 차분하고 확실하게 베개를 잡았다.

"내가, 너를, 죽이겠다——!"

이번에는 자기가 베개를 힘껏 들어 올리더니 뒤지지 않는 위력으로 던졌다.

류엔 역시 베개를 바로 잡은 다음 곧바로 던지는 자세를 취했다.

"좀 하는데, 키토! 조금은 재미있을 것 같네, 하압!"

또 베개가 날아갔다.

"이건……."

"베개 던지기야. 아야노코지는 해본 적 없어? 초등학교, 중학교 수학여행 때라든지 수련회 같은 데서도 남자애들은 다 하는 이미지가 있는데."

처음 들어본다. 작년 합숙 때도 베개 던지기 같은 건 아무도 안 했잖아.

"다크니스 보오올!"

"미쳐 날뛰는 왕뱀이여, 놈을 집어삼켜라——!"

다크니스도 되었다가 왕뱀도 되었다가, 베개가 다양하게 변신하고 있네.

"저, 저기 이거 베개 던지기…… 맞지?"

다른 이의 갑작스러운 참전 따위 허락하지 않는 일대일 목숨 건 싸움……이 아니라 베개 던지기 싸움.

아미쿠라가 좌로 우로 날아다니는 베개를 눈으로 좇으

며 중얼거렸다.

그렇게 사투는 몇 분이나 이어졌고 결착이 날 기미는 보이지 않았다.

두 사람 모두 체력에 자신이 있어서 장기전으로 갈 듯한 양상이었다.

그러나 곧 다른 부분에서 위기가 찾아왔다.

"저 베개, 저 정도로 세게 계속 던져도 괜찮을까? 벌써 많이 너덜너덜해졌는데."

냉정하게 중얼거린 쿠시다의 한마디에 모두 베개 쪽으로 시선을 빼앗겼다.

설명할 필요도 없이 베개는 원래 던지는 데 쓰는 도구가 아니다.

가볍게 서로 던지는 거라면 모를까 강속구의 연속, 그것도 힘을 아끼지 않고 계속 던져대는데 베개에 타격이 쌓이지 않을 리가 없다.

"그러고 보니 저 베개, 누구 거지?"

와타나베의 한마디에 문득, 깔린 이부자리를 확인했다.

네 개 깔린 잠자리 중 와타나베에게 양보받은 끝자리 베개가 보이지 않았다.

"……내 건가."

내 잠자리에 있어야 할 것이 없었다.

지금 딱, 키토가 손에 쥐고 지금까지 중 최고로 어둠의 힘을 싣고 있는 참이었다. 베개의 비명을 나는 똑똑히 들

었다.

"악몽 꿀 것 같아, 저 베개 베고 자면."

아니, 애초에 베개가 형태를 유지하고 있을 보장도 없다는 점이 무섭다.

누가 이기든 간에 무사히 돌아와 줬으면 좋겠다.

"흐읍!"

이제껏 없을 정도로 강렬한 살기가 담긴 베개.

키토가 두꺼운 손가락으로 힘껏 붙잡고 있어서인지 손에서 떠난 순간 베개가 퍽 터져버렸다.

천이 찢어지면서 안을 꽉 채우고 있던 메밀껍질이 사방에 튀었다.

어지럽게 날리는 소리와 함께 모두 침묵했다.

내 머리를 부드럽게 받쳐줄 예정이었던 베개는 언뜻 봐도 무참한 몰골이 되고 말았다.

베개를 간절히 바란 건 아니었지만, 결국 무사히 돌아오지 못했다…….

전쟁터에서 무참히 쓰러진 희생자에게 애도의 뜻을 표하고 싶다.

"뭐랄까, 남자란 참 바…… 아니, 순수한 어린애네."

그렇게 쿠시다가 나에게만 들리게 중얼거렸을 무렵, 사방을 날던 메밀껍질도 이제 다 가라앉았다. 두 사람은 별로 신경 쓰지도 않고 근처에 있던 새 베개로 집게손가락을 뻗었는데, 그때 니시노가 크게 소리쳤다.

"저기 말이야. 우리도 한가하지 않으니까 재대결은 나중에 할래? 민폐야."

그렇게 항의해도 류엔은 무시하고 계속하려고 했지만, 키토는 아니었다.

조용히 그 자리에 앉아 일시 중단을 결정했다.

뜨거워졌던 머리가 식으면서 주위 사람들의 불만을 알아차린 것이다.

"그 행동, 네 패배로 간주해도 되냐? 키토."

"민폐란 소리를 들은 이상, 애들한테 피해 줄 생각 없어."

평소에 풍기는 분위기와는 딴판으로 바로 물러났다.

뭐, 이렇게 될 줄 알았으면 처음부터 하지 말지.

적어도 무참히 뜯긴 내 베개의 희생은 피할 수 있었을 텐데.

"그럼…… 일단 정리를 끝내고 의논을 시작하자."

류엔을 제외한 남자 그리고 여자 모두가 힘을 합친 것도 있어서 그리 오래 걸리지 않고 베개 잔해를 모으는 데 성공했다.

나중에 료칸 스태프에게 새 베개를 받아야겠군. 솔직하게 말할지 거짓말로 둘러댈지 고민이 된다.

어지럽게 떨어져 있던 메밀껍질은 쓰레기통에 깐 투명 비닐봉지에 담아두고 의논을 시작했다.

"자유행동 말인데, 석식 마지막 신청 시간인 저녁 7시 전까지 료칸으로 돌아오면 되지?"

당연하다는 듯 쿠시다가 그룹을 위해 먼저 입을 열었다.

"응. 그래서 실제로는 하루만 자유인 느낌이지."

아미쿠라도 바로 참여했다.

"전철이나 버스를 타면 어느 정도 멀리까지 갈 수 있는데…… 어떻게 할까? 니시노는 어디 가고 싶은 곳 있어?"

"난 스키? 아직 연습만 하고 제대로 타 보지 못했기도 하고, 모처럼 홋카이도에 왔으니까."

"나도 니시노의 의견에 찬성이야."

기왕 스키 타는 법을 배웠는데 반나절 정도 만에 끝내는 것은 아깝다.

키토도 아무 말 없이 슬쩍 손만 들어 동의를 표시했다.

"스키 희망자가 꽤 많네. 와타나베랑 야마무라는?"

"나도 딱히 반대는 아니야. 시내 관광은 3일 차 일정에 들어 있으니까, 무난하지 않을까?"

"저도, 어디든 좋아요."

아직 스키를 잘 타지 못하는 야마무라도 딱히 싫어하는 느낌은 아니었다. 주위에 맞춰주는 것뿐일까, 아니면 단순히 스키를 잘 타고 싶은 마음이 있어서일까.

그런 부분의 감정은 잘 파악이 안 된다.

"마코 짱은?"

"으~음. 난 스키 잘 못 타니까 좋지만은 않지만. 다들 스키 쪽이면 나도 따를게. 그룹이기도 하고."

그렇게 말하며 전면적으로 양보하겠다고 나왔다.

쿠시다는 자기 의견은 말하지 않고, 일인용 소파에 앉아 있는 류엔을 보았다.

"류엔은?"

"마음대로 해."

딱히 할 주장도 없는지 발언권을 바로 버렸다.

제일 골치 아픈 류엔이 그렇게 판단함으로써 그룹 내에 안도하는 공기가 흘렀다.

그런데 아마 류엔은 어디 가든 관심 없다기보다 처음부터 스키를 탈 생각이었을 거다.

○수학여행 2일 차

수학여행 2일 차 아침. 조식을 먹고 옷을 갈아입은 우리
는 스키장으로 가는 버스 출발 시각까지 방에서 느긋하게
시간을 보냈다. 나와 와타나베는 그냥 틀어둔 텔레비전을
무심히 보고 있었다. 화면 속에서 예능인들이 아침 사이의
간추린 뉴스를 읽어 내려가면서 무난한 코멘트를 달았다.
그리고 잠시 후, 새끼고양이 특집 코너로 넘어가면서 분위
기가 확 바뀌었다. 한편 같은 방 류엔은 벌써 자기만의 공
간이라도 되는 양 일인용 소파에 앉아 있었고, 키토는 료
칸에서 무료로 빌려온 잡지를 쌓아놓고 한 권씩 훑어보고
있었다. 전부 패션 잡지 같았다.

"그냥 잡지 보는 건데 분위기 한번 살벌하네⋯⋯. 꼭 살
인 매뉴얼이라도 보는 것 같아."

와타나베가 그렇게 귓속말했다. 들리지 않게 속삭인다
고 한 것일 텐데, 날카로운 눈동자가 순간 와타나베를 노
려보았다. 거기에 두려움을 느꼈는지, 내 뒤에 몸을 숨기
며 시선을 차단했다.

"저 자식, 분명 사람 몇 명쯤 묻었을 거야. 그렇지?"

내 어깨를 흔드는데, 웬만하면 고양이 특집 방송에 집중
하고 싶다.

"야, 키토. 너 어제 했던 베개 던지기로는 소화가 다 안

됐지? 오늘도 한판 붙자."

평온한 아침에 폭풍우를 몰고 오기라도 하듯 류엔이 그렇게 말하며 키토에게 제안했다.

나나 와타나베 입장에서 환영할 이야기가 아니라는 것은 굳이 말할 필요도 없다.

"멍청한 놈. 자기 발로 사지에 뛰어들겠다고? 후회하고 싶으면 말리진 않는다."

"크큭, 그래, 어디 한번 해봐."

"어떤 대결을 원해?"

"그야 오늘 타러 갈 스키인 게 뻔하잖아?"

둘 중 누가 먼저 들어오는지, 단순한 기록 대결을 희망하는 듯했다. 키토도 초보는 아니겠지만 적어도 류엔의 기량이 더 높다는 사실은 어제 시점에서 드러났다.

자신에게 유리한 판으로 끌어들이는 전략을 굳이 받아들일 필요는 없다.

하지만 키토는 표정 변화 없이 잡지를 확 덮었다.

"스키면 이길 수 있다는 건가? 그 생각을 박살 내 주마."

아무래도 수락할 모양인지 조금도 피하려고 하지 않았다.

"너무 싸우기 없기야. 야, 내 말 듣고 있냐, 둘 다."

"그 충고, 틀림없이 안 들릴 건데."

와타나베의 성량은 어린애가 본다면 개미가 말한다! 하고 말할 정도로 작아서, 옆에 앉은 나도 겨우, 정말 겨우 들을 수 있는 수준이었다.

167

"네놈이 슬로프에 엎드려 분통 터트리는 모습이 눈에 선하군."

"웃기고 있네."

우리끼리 속닥거리는 사이에도 두 사람은 점점 더 열을 올렸다. 키토가 자리에서 일어나 빌린 잡지를 손으로 돌돌 말고 류엔에게 다가가더니, 마치 검으로 겨누듯 잡지 끝을 들이밀었다.

"네놈이 지면 이번 여행 내내 남의 집에서 빌려 온 고양이처럼 얌전히 지내는 거다."

텔레비전 속 고양이 특집에 자기도 모르게 감화되었는지 그런 식으로 요구했다.

"뭐? 난 충분히 얌전히 대해주고 있는 건데."

류엔이 탁, 하고 잡지 끝을 팔로 세게 밀쳐냈다.

"말다툼은 그 정도만 해줄래? 나 고양이 특집 보고 싶은데."

그렇게 말하며 두 사람에게 서로 거리를 두고 그만 싸우라고 요구했다.

"간, 간도 크다, 아야노코지. 화살 끝이 이쪽으로 올지도 모르는데……."

"그렇진 않아. 날 상대해봐야 저 두 사람에게 아무 이득이 없잖아."

웬만큼 참견하지 않는 이상 류엔 대 키토라는 구도는 절대 바뀌지 않을 것이다.

"이제 좀 잠잠해진 것 같으니 나는 계속 특집을——."

그런데 어느새 화면에서 고양이는 사라지고 없었다.

특집이라면서 별 내용도 없이 몇 분 만에 끝나버렸다.

"아쉽겠다, 아야노코지. 고양이를 좋아했구나?"

"아니, 딱히."

"그냥 보고 있을 뿐이었냐!"

그냥 보고 싶었을 뿐이지, 고양이라는 동물에 특별한 애착이 있는 것은 아니다.

강아지 특집 또는 하마 특집이었어도 같은 느낌이었으리라.

방송에서 얼마간 화기애애하고 밝은 화제를 다루다가 갑자기 속보가 떴다.

『다음 뉴스입니다. 장기 투병 중이던 나오에 전 간사장(幹事長)이 도내 병원에서 사망했습니다. 관저에서 키지마 총리가 전하는 메시지입니다——.』

수많은 플래시 속에서 한 남자가 엄숙한 표정으로 말했다.

『명마는 타봐야 알고 사람은 사귀어봐야 안다. 제가 나오에 선생님을 알게 된 지 얼마 되지 않았을 때 해주신 말씀입니다.』

그렇게 내각 총리대신이 고인에 관한 이야기를 시작하려는데, 갑자기 화면이 꺼졌다.

"버스 시간 다 됐어."

리모컨을 쥔 키토가 검지로 전원 버튼을 누르며 말했다.

"자, 가보자고, 아야노코지."

두 사람의 승부도 살짝 궁금하지만, 나는 나대로 스키를 즐겨봐야겠다.

1

밖으로 나온 우리 앞에 약간의 문제가 기다리고 있었다. 길이 막혀 버스 도착이 10분 정도 지연될 것 같다는 연락이 들어온 모양이었다. 스키장으로 가는 버스를 기다리는 학생이 꽤 많았는데, 뒤돌아보니 현관 쪽으로 사람이 몰리고 있었다.

"춥긴 하지만 밖에서 기다리는 게 무난하겠어."

하얀 숨을 토하며 와타나베가 우울하다는 듯 하늘을 올려다보았다. 다른 학생들보다 조금 더 빨리 밖으로 나와버린 게 잘못이지만 어쩔 수 없다. 인제 와서 다시 방으로 돌아가 봐야 5분도 제대로 못 쉬겠지. 우리 제6그룹은 처마 근처에서 버스를 기다리기로 했다.

"있지, 이왕 이렇게 된 거 눈사람이라도 만들지 않을래?"

기다리는 시간을 유용하게 쓰고 싶어서인지 아미쿠라가 그룹에 제안했다.

"그거 재미있겠다. 니시노랑 야마무라도 같이 만들래?"

"……뭐, 그래도 되고?"

이런 건 거절할 줄 알았던 니시노가 의외로 냉큼 받아들였다.

"야마무라는?"

"아니, 저는…… 사양할게요."

이쪽은 예상대로, 살짝 조심스럽기는 했지만 거절했다.

여자 세 명은 남들에게 방해되지 않는 위치로 이동해 쌓인 눈을 그러모으기 시작했다.

아무래도 작은 크기가 아니라 나름대로 큰 눈사람을 만들 생각 같았다.

"저기, 류엔도 여기 와서 같이 눈사람 만들지 않을래? 재미있을 텐데."

절대 제안에 응할 리 없다는 걸 알면서도 쿠시다가 가식적인 선의를 어필하며 류엔에게 제안했다. 주위에 있던 학생들도 류엔이 열심히 눈사람 만드는 모습을 상상할 수 없어서인지 궁금해하는 투로 동향을 살폈다.

틀림없이 어제의 복수로 한 말이겠지.

탐탁지 않은 발언에 지지 않고 그대로 갚아주다니 과연 기가 세다.

"좀 견제해놓으면 얌전히 있을 줄 알았는데 잘못 생각했나."

류엔이 혼잣말처럼 중얼거렸다. 과연 반 아이들 앞에서 본성을 들키기 이전의 쿠시다였다면 그냥 참고 넘어갔을

지도 모른다.

기묘한 위화감을 느꼈겠지만, 그 비밀을 풀어줄 수는 없다.

만장일치 특별시험에서 있었던 일 같은, 다른 반이 모르는 정보를 줄 수는 없으니.

굳이 덧붙일 필요도 없겠지만 쿠시다의 제안을 류엔이 받아들일 리 없었다.

그는 눈사람이라는 말에 별다른 반응 없이 먼 곳을 응시했다.

반면, 점점 완성되어가는 눈사람을 조용히 지켜보는 사람도 있었다.

모르는 사이에 우리에게서 조금씩 거리를 벌린 야마무라였다.

"하아……."

쿠시다 일행의 눈사람 제작 과정을 구경하면서 추운지 손을 호호 불었다.

"하아."

눈사람을 만들고 있는 쿠시다와 아이들은 당연히 따뜻한 장갑을 끼고 있었다.

주위를 둘러보아도 밖에 나와 있는 학생 중에 맨손인 사람은 야마무라 말고 아무도 없었다.

당연하겠지. 이렇게 추운데, 특별한 이유라도 없는 한 오랜 시간 맨손으로 있지는 않을 테니까.

야마무라는 어제 스키 강습을 받기 전부터 장갑을 끼고 있었던 것으로 기억한다.

스키 장갑은 빌리면 된다지만, 스키장까지 장갑 없이 갈 건가.

혹시 잊은 거라면 다시 가지러 가면 그만이니까, 다른 어떤 이유가 있는지도 모르겠다.

그는 멍한 얼굴로 계속 숨을 토하며 밖을 바라보고 있었다.

버스를 기다리는 동안에도 밖으로 나오는 학생이 계속 늘어났다.

"온통 눈이네요."

익숙한 목소리의 주인은 사카야나기 아리스였다. 제4그룹 멤버로 호리키타 반에서는 혼도와 오노데라가 속해 있을 터. 그렇게 떠올리는 사이, 양반은 못 되는지 잇달아 모습을 드러냈다. 사카야나기는 스키를 탈 수 없으니, 아마 관광지를 구경 가려는 거겠지.

다만 사카야나기 그룹이 우리 제6그룹과 얽히는 일은 딱히 없었다.

이윽고 스키장행 버스보다 먼저 시내로 가는 버스가 도착했다.

인솔 교사가 버스에 타라고 지시하자 학생들이 하나둘 승차했다.

지팡이를 짚고 익숙하지 않은 눈길을 걸어가는 사카야

나기.

어딘지 위태위태하다고 생각하며 지켜보고 있는데——.

예감이 적중해, 사카야나기가 미끄러지며 엉덩방아를 찧고 말았다.

다행히 쌓인 눈이 충격을 흡수해주었는지 그렇게까지 아프지는 않은 듯했다.

"괜찮은가……."

조금 뒤에서 걷던, 같은 제4그룹이자 C반 토키토가 달려갔다.

어떻게 해야 할지 순간 주저하다가 손을 내밀었다.

"고마워요, 토키토 군."

살짝 수줍어하며 고마움을 표시하고 내민 그 손을 붙잡았다.

체구가 아담한 사카야나기를 힘으로 끌어올리기는 쉽겠지만, 토키토는 천천히 신중하게 일으켜 세웠다.

딱딱한 인상과 달리 의외로 섬세한 배려심이 돋보인다.

"조심해서 걸어. 다리 불편하잖아……."

"미안해요. 그래도 다행히 눈이 보드라워서 아프지 않았어요."

"그런 문제인가……?"

평소에는 반의 리더로 냉철한 전략을 펼치는 사카야나기인데, 인상이 제법 다르다는 것을 그룹의 다른 반 멤버들도 실감하고 있으리라.

지팡이를 쥔 채 일어난 사카야나기가 다시 한번 감사 인사를 했다.

　"도와줘서 고마워요."

　"뭘 이 정도로…….　……그 뭐냐, 그러니까, 크게 안 다쳐서 다행이야."

　멋쩍어졌는지, 사카야나기를 똑바로 보지 못하고 시선을 피했다.

　"토키토 군은 훨씬 무서운 사람인 줄 알았는데요."

　"뭐? 내가? ……글쎄, 어떠려나."

　걸음을 멈추고 이야기하는 사카야나기. 마치 관계 변화를 보여주는 듯한 대화다.

　"평소에 복도에서 스쳐 지나갈 때도 무서운 얼굴일 때가 많았으니까요."

　"어, 어떻게 그런 것까지 알아?"

　그 질문에 사카야나기가 환하게 웃으며 바로 대답했다.

　"같은 2학년이잖아요. 토키토 군이야 잘 알고 있죠."

　만약 평범한 고등학교에 평범한 남녀였다면 충분히 착각할 수도 있는 광경이다.

　하지만 사카야나기가 짓는 미소의 이면에는 언제나 지략과 책략이 깔려 있을 가능성이 있다.

　어쩌면 넘어진 것조차 다 계산일지도 모른다.

　이 자리에 있는 학생 중에 거기까지 생각이 미칠 사람은 아마도 나 그리고——.

겉으로는 관심 없다는 듯 지켜보고 있는 류엔 정도겠지.

사카야나기와 토키토는 나란히 버스 승차구까지 걸어갔고, 사카야나기가 먼저 버스에 올라탔다. 뒤로 넘어지지 않도록, 여차하면 받쳐줄 생각이겠지. 다른 의도가 있든 없든, 평소 접점이 없던 사람들이 조금씩 가까워지고 있음을 알 수 있었다.

시내로 가는 버스가 떠나자 마침 스키장행 버스가 도착했다.

2

스키장 바로 앞에 대주는 직행버스에서 내린 우리 여덟 명은 곧장 입장하지 않고 근처를 산책하기로 했다. 원래 예정에는 없었지만, 버스 안에서 주위에 기념품 가게 등이 있는 것을 보고 아미쿠라가 구경하자고 제안한 게 시작이었다.

20분에서 30분 정도 좀 들렀다 간다고 해서 스키가 어디 도망가는 것도 아니니까.

"으~ 춥다~ 홋카이도의 아침. 차 안이 따뜻해서 온도 차이가 더 느껴져."

그렇게 말한 쿠시다가 장갑 낀 손을 비비며 몸을 떨었다.

"그러게. 11월 말인데 이런 추위라니, 기온 이상으로 놀랍다. 눈이 쌓여 있는 것도 기분 이상해."

"구경할 거 있으면 빨리 둘러봐라. 아니, 아직 대부분 문도 안 연 것 같지만."

그렇게 말한 류엔이 걸음을 멈춘 그룹을 향해 말했다.

아직 9시 15분을 막 지난 시각.

스키장 오픈은 9시 30분부터인데, 주변 상점은 대부분이 문을 열지 않은 상태였다.

류엔이야 종일 스키만 탈 계획이겠지. 그 자리에서 우리를 기다릴 모양이다.

현재까지 오픈한 몇 안 되는 가게 중에는 조금 색다른 옷 가게도 있었는데, 무슨 영문인지 키토가 갑자기 걸어가더니 그 옷 가게 옷을 뚫어지게 바라보았다. 상당히 화려하고 독특한 옷이 진열되어 있었는데, 마음에 드는 옷이라도 있나.

그렇게 생각한 순간, 집어 들었던 옷을 도로 내려놓고 또 다른 옷을 물색했다.

"그나저나 키토, 발 크네. 꼭 설인이 남긴 발자국 같아."

옷 가게까지 이어진 눈 발자국을 보고 와타나베가 감탄하면서 자기 발을 대보았다.

키토는 키가 큰데, 그 점을 고려하지 않더라도 발이 상당히 큰 건 틀림없다.

"우리도 가보자."

발안자 아미쿠라가 그렇게 말하고는 시간 아깝다는 듯

이 걷기 시작했다.

쿠시다는 바로 아미쿠라의 제안에 응했지만, 야마무라는 사양하고 여기 남아 있을 생각 같았다.

와타나베와 니시노도 각자 따로 구경하기로 한 듯했다.

"야마무라는? 안 가?"

"……아, 저는 그냥 여기 있을게요…… 신경 쓰지 말고 다녀와요."

여기에 나와 류엔과 야마무라 세 명만 남았다.

사실은 나도 아미쿠라 일행과 함께 구경하러 가고 싶었지만, 같이 갈래? 하는 말을 듣지 못했기 때문에 그냥 묻히고 말았다.

자, 어떻게 할까. 와타나베처럼 혼자 구경해도 되는데.

야마무라는 거절한 이상 여기서 아이들이 돌아오기만을 기다릴 것이다.

만약 나까지 가면 류엔과 둘만 남게 되는데.

이 둘 사이가 나쁘지 않다면 그래도 상관없지만, 거의 처음 보는 사이.

서로 말을 트고 친해질 전망은 없기에, 남겨두고 가려니 너무 가혹한 것 같았다. 그러니 야마무라나 류엔이 혼자 나서지 않는 한에는 아쉽지만 나도 남는 것이 정답이겠지.

"윽……."

등이 점점 작아져 가는 아미쿠라와 아이들을 보면서 야마무라가 몸을 떨었다.

역시 그 원인은 코트 속에 감춘 손.

장갑을 챙기지 않고 여기까지 온 모양이다. 잠시 빌려줘야 하나?

하지만 필요 없어요, 하고 거부하면 그건 그것대로 민망할 것 같다.

이미 키토를 비롯한 제6그룹은 멀어졌고 세 명만 남아 정적이 흐르는 상황.

야마무라는 최대한 버텨보려고 했지만 역시 숨겨지지 않았다.

"야, 야마무라. 너 손 빼 봐."

"앗⋯⋯?!"

내가 말 걸까 말까 망설이고 있는데 류엔이 코트 주머니에 손을 쑤셔 넣은 채 우두커니 서 있는 야마무라에게 딱딱하게 말했다.

류엔도 야마무라가 추워하면서 두 손을 코트에 넣은 채 부자연스럽게 있는 모습에 눈치를 챈 듯하다. 추워서 과연 손을 꺼낼까 생각하고 있었는데, 야마무라가 시선을 피하며⋯⋯.

"싫어요."

기어들어 가는 목소리이긴 했지만, 단호하게 거부했다.

"뭐라고?"

"빼고 싶지 않아요. 추워서."

장갑이 있는지 없는지는 말하지 않고 이유만 밝혔다. 훗

카이도에서는 장갑을 껴도 차가운 바람이 느껴지니까. 코트 안에 손을 넣는 편이 따뜻한 것은 틀림없다.

여기서 대화가 끝날 줄 알았는데, 류엔이 눈 위를 걸어 야마무라에게 가까이 다가갔다.

그리고 오른팔을 잡아 억지로 주머니에서 꺼냈다.

"아──."

장갑을 끼지 않았다는 것을 바로 확인한 류엔이 팔을 놓아주자 야마무라는 당황하며 다시 코트에 두 손을 감추듯이 집어넣었다.

"그러니까 춥지. 장갑은 어쩌고."

우격다짐으로 맨손임을 증명한 류엔이었지만 야마무라는 대답하지 않았다.

그냥 내버려 두라는 듯 몸을 돌렸다.

"가뜩이나 스키를 못 타면서, 손까지 얼어서 다치기라도 하고 싶냐?"

그런 류엔의 지적은 타당했다. 초보 야마무라는 아직 자유자재로 스키를 탈 수 없는 처지일 터.

그런데다 손이 얼어 제대로 움직이지도 못하면 스키가 늘 리 없다. 넘어질 위험만 커질 뿐.

"네가 크게 다쳐서 소동이라도 벌어지면 나는 스키를 더 못 타겠지. 그럼 네가 책임질래?"

자기 스키를 강조하는 부분에서 류엔다운 제멋대로 식 태도, 그리고 어설픈 다정함이 섞여 있는 듯 들렸다.

"아니, 그건……."

단순한 감정 문제가 아니어서 야마무라는 되돌려줄 말을 찾을 수 없어 보였다.

"그래서. 장갑은?"

"……깜빡했어요."

"핫, 그런 멍청이도 다 있군."

이렇게 추운 날씨에 장갑을 잊는 사람이 그리 많지는 않겠지.

류엔은 비웃으면서 자기 장갑을 내려다보았다.

설마 야마무라를 위해 장갑을 빌려줄 생각은——.

"야, 아야노코지. 네 장갑이라도 빌려줘라."

"……나냐."

거기까지 다정한 전개는 보여주지 않고 나에게 전부 떠넘겼다.

"나도 스키 초보인데?"

"너는 다쳐도 문제없잖아."

그게 무슨 논리인지 잘 이해가 안 가지만…….

주위에 장갑을 파는 가게는 유감스럽게도 아직 문을 열지 않았다.

그럼 지금은 야마무라를 위해서라도 장갑을 빌려줄 수밖에. 스키장 안에는 전용 장갑 등도 있겠지만, 10분 15분 따뜻하게 있기만 해도 크게 다를 것이다.

"돼, 됐어요. 저는 괜찮으니까."

그렇게 말하며 거리를 벌리면서도 손에 숨을 불어넣는 야마무라.

"그러지 마. 추우면 혈관 수축이 일어날 수 있어. 몸이 떨리는 것도 근육이 체온을 올리려는 반응 때문이야. 그런 상태로 스키를 탔다간 정말 위험할지도 몰라. 류엔의 말대로 되는 게 제일 후회스럽지 않겠어?"

"그건……."

나는 막 벗은 장갑을 반쯤 억지로 야마무라에게 들이밀었다.

"하지만…… 그럼 아야노코지 군은?"

"난 괜찮아. 그보다도 스키 타다가 다치면 안 되니까 너무 무리하지 마."

추위에 특별히 강한 것은 아니지만, 류엔의 말처럼 테크닉으로 잘 조절하면 문제없으리라.

"……죄송해요……."

야마무라는 미안해하면서 덜덜 떨리는 손에 사이즈가 조금 큰 장갑을 꼈다.

그리고 그 손을 다시 코트 안에 넣었다.

처음에는 여전히 춥겠지만, 몇 분 지나면 좀 나아질 것이다.

"나중에 네 손에 맞는 장갑을 새로 사."

"네. 저기, 스키장에 도착하면 아야노코지 군의 장갑을 변상해드릴게요."

"변상이라니?"

"제가 껴버려서…… 그걸 그대로 돌려드리긴 죄송하니까요. 더러워지잖아요."

"그렇게 더러워질 일이 있겠어? 아니, 설령 넘어져서 더러워진다고 해도 딱히 신경 안 써, 그냥 그대로 돌려주면 돼."

"그런 말이 아니라. 제가 껴서 더러워지니까……."

결벽증이라도 있나? 아니, 하지만 야마무라는 조금 주뼛거리긴 했어도 큰 거부감 없이 장갑을 꼈었다. 무슨 생각인지 잘 모르겠네.

"역시 변상해드리고 싶어요."

장갑을 새로 살 때 아예 싼 장갑을 고를 것 같지도 않다.

굳이 변상할 필요도 없는데, 괜히 비싼 지출만 강요하게 되는 셈이다.

"쓸데없이 프라이빗 포인트만 낭비할 뿐이야. 그럴 필요 없어."

"기분 나쁘지, 않아요?"

역시 이상한 소리를 한다.

야마무라가 꼈다고 해서 왜 기분 나쁜 것으로 이어지는 걸까.

야마무라가 아니라도 나는 같은 감정인데.

"괜찮은데. 이상한 걸 신경 쓰면서 새로 사주는 게 더 기분 나빠."

살짝 강하게 표현함으로써 내가 지금 당혹스러워한다는 것을 전했다.

"그, 그럼 다른 방식으로라도 사례하게 해주세요."

사례도 필요 없지만, 왠지 그냥 받지 않으면 야마무라의 성에 차지 않을 것 같다.

이렇게까지 집요하게 나온다면 당사자가 납득할 만한 방식을 마련해줘야 하나.

"그럼 사례 대신에 한 가지 질문해도 될까?"

"……네?"

"아침에 버스 기다릴 때부터 장갑을 안 꼈던 건 무슨 이유가 있었어?"

"그냥 깜빡했을, 뿐이에요."

일부러 맨손인 게 아니었다는 건 알겠다.

"가지러 갈 시간이 얼마든지 있었잖아. 그때까지도 잊고 있었다고?"

마음에 걸리던 부분을 더 깊게 물어보았다.

"……그럴, 분위기가 아니었으니까……."

"분위기?"

"돌아가기 힘든 분위기, 같은 거요."

그야 로비에는 많은 학생이 몰려 있었지만, 그게 돌아가기 힘든 분위기였는지는 미묘한 부분이다.

아니, 그건 내가 그렇게 느낄 뿐 야마무라가 느끼는 방식과는 다르다고 봐야 하겠지. 고작 몇 분간 나눈 대화였지만, 야마무라라는 학생에 대해 조금이나마 알 것 같다.

그러면서 흥미가 생기는 부분도 있다.

"야마무라는 평소에 누구랑 많이 놀아?"

이런 유형의 학생이 사귀는 친구는 어떤 사람일까. 비슷하게 얌전한 아이일까 아니면 쿠시다처럼 누구든 잘 받아주는 인기인의 테두리에 들어가는 아이일까. 아니면 그냥 막 끌고 가는 아이일까. 그런데 야마무라는 그 질문에 곧바로 대답하지 않았다. 표정은 큰 변화가 없었지만, 약간 멋쩍은 듯 눈을 가늘게 뜨며 피했다.

"딱히 없어요. 대체로 늘 혼자니까."

"혼자? A반이면 누구든 혼자 있게 놔두지 않을 것 같은데."

"존재감이 없어서…… 제가 혼자 있다는 것조차도 모르지 않을지. 일상다반사라 별로 신경 쓰이지도 않지만."

존재감 없는 인간은 물론 있다.

나 또한 어느 쪽인지 말하자면 그 유형으로 분류되겠지.

다만 나와 야마무라는 성질이 완전히 다를 가능성이 크다.

생각해보면 야마무라가 추워한다는 걸 천하의 쿠시다가 알고도 무시할 리 없다.

언제나 남의 반응을 신경 쓰는 쿠시다조차 야마무라의 흐릿한 존재감에는 둔감했던 것이다.

뭐, 그런데 실제로 존재감이 없으면 장갑을 가지러 돌아가도 아무도 모를 것 같은데 말이지.

"야마무라는 너 자신을 좋아해?"

"전혀 안 좋아해요. 말도 안 돼요."

장갑을 빌렸다는 약점 때문일까. 야마무라가 솔직하게 대답했다.

자기 자신을 숨기고 싶다는 점, 일단 그것이 존재감 없는 요인 중 하나다.

자신을 보여주고 싶고 어필하고 싶다는 생각이 없으면 당연히 튀지 않게 행동하게 된다.

의논하는 자리에서도 누군가의 뒤에 숨어서 자신을 인지하지 못하게 한다.

한밤중에 검은색 옷을 입어놓고서, 왜 자신이 눈에 띄지 않는지 그 이유를 모르는 것과 같다.

게다가 불필요하게 움직이지 않기 때문에 시야 안에 들어와 의식할 기회도 적다.

최대한 존재감이 흐릿해지게 굴고 있군.

또 봤을 때 야마무라는 사람에 대한 경계심이 남들 두 배는 되는 듯하다.

요컨대 상대방이 무서워서 최대한 자기 의견을 주장하지 않고 가만히 있는 것이리라.

이러한 부분들이 복합적으로 작용하면서 야마무라라는 존재감 없는 학생이 탄생하고 말았다는 것을 알았다. 문제는 원인을 알아도 바로 해결하기 어렵다는 데 있다.

평소에 아무 관계도 없는 내가 이런 이야기를 해봐야 야마무라는 더 경계하기만 할 뿐이리라. 마음을 허락한 친한 사람이 있으면 말도 잘 전해질 텐데.

결국 여기서 우리의 대화는 종료되고 말아서 그 후로는 쭉 침묵을 유지했다.

10분 정도 지나, 스키장 개장 시간이 다 되어갈 무렵에 모두 돌아왔다.

"자, 어떤 식으로 찢어질래? 스키는 꼭 다 같이 안 타도 되는 거 맞지?"

그룹 행동이 의무라지만 세세한 부분까지 다 맞춰야 하는 것은 아니다. 초보자와 상급자가 섞여 있으면 모두 어느 한쪽으로 맞추기 어렵고, 또 미안하니까.

중요한 것은 균형. 주위에서 봤을 때 타당하다고 판단할 수 있는가에 있다.

여덟 명 중 기술이 제일 없는 사람들을 중심으로 팀을 나눌 필요가 있겠지.

"나랑 야마무라는 초보자 코스 확정인데, 어떻게 할래? 둘이 타도 되고."

우선 스키장 아래쪽에 초보자용 완만한 코스가 있기 때문에, 두 명을 그쪽에서 타게 하는 것은 확정 사항이다. 와타나베의 제안에 야마무라도 바로 동의했다.

"스키 탈 줄 아는 사람이 야마무라랑 와타나베 쪽에 붙어서 도와주면 좋을 것 같은데, 혹시 괜찮으면 내가──."

"아, 됐어, 쿠시다. 내가 초보자 코스로 갈게."

"앗? 그래도 괜찮겠어?"

"신경 쓰지 말고 타고 와. 내가 스키를 탈 수 있다지만 상급자 코스는 좀 무섭기도 해서."

스키 실력이 보통인 니시노는 그렇게 말하며 야마무라 쪽으로 가겠다고 말했다.

"나도 상급자 코스는 자신 없는데…… 나도 그렇게 할까."

아미쿠라도 처음부터 그럴 생각이었는지 니시노가 말하자마자 주위에 알렸다.

뜻하지 않게 네 명씩 나뉘어, 코스별로 스키를 타기로 의견이 모였다.

"만약 중급 이상 코스에서 타고 싶어지면 언제든지 얘기해. 교대할게."

혹시라도 니시노와 아미쿠라가 억지로 참아서는 안 된다며 쿠시다가 그렇게 덧붙였다.

"그럼 점심은 정오에. 레스토랑에서 모두 모이는 걸로 하자."

스키장 입구로 그룹끼리 이동하기 시작했을 때.

귀에 익숙하지 않은 말발굽 같은 소리가 들리나 싶더니, 갑자기 말 한 마리가 멋지게 눈을 박차며 우리 옆을 스치고 달려갔다.

무슨 일인가 했는데, 그 말에 코엔지가 타고 있었다.

다른 반 학생들은 진심으로 놀란 눈치였고, 키토마저 살짝 깬다는 표정을 짓고 있었다.

코엔지를 잘 모르는 학생들에게는 자연스러운 반응이다.

"손님――――! 그쪽은 코스가 아닙니다아아!"

그 직후, 멀리서 당황한 스태프 몇 명이 소리치며 쫓아 왔다.

"뭐야, 저거……."

"어마어마하네요……."

아연실색한 니시노와 야마무라가 콩알처럼 작아져 가는 코엔지를 바라보았다.

"뭐랄까. 살면서 처음 보는 광경인데도 크게 놀랍지는 않네."

쿠시다가 나에게만 들리게 그런 말을 했다.

"같은 반으로서 코엔지의 기상천외한 행동을 많이 봐왔 으니까 말이지……."

신기하게도 코엔지라면 지금과 같은 짓을 저질러도 이상하지 않다고 느끼고 있었다.

그냥 직설적으로 말하자면 익숙함, 이겠지.

3

옷을 갈아입기 위해 일단 흩어져서 준비를 마친 다음, 약속한 장소에 집합했다.

그리고 나와 쿠시다와 류엔과 키토 넷이서 리프트 앞까지 이동했다.

두 명씩 탈 수 있는 리프트에는 나와 류엔, 쿠시다와 키토 조합으로 타기로 했다.

이 조합이 제일 순탄하다고 판단했기 때문이다.

그리고 혹시 몰라 쿠시다와 키토 먼저 보내고 몇 팀이 더 지나간 다음에 올라탔다.

이렇게 하면 리프트에서 서로 노려보거나 하는 것을 피할 수 있다는 목적도 있었다.

"키토랑 좀 더 잘 지낼 수는 없어?"

"그건 무리한 요구야. 키토가 제발 그렇게 해달라고 애원하면 이야기는 달라지지만."

설산을 바라보며 류엔이 내뱉듯이 대답했다.

"가망이 거의 없겠군. 그럼 어쩔 수 없지만, 모처럼 온 기회잖아. 키토는 사카야나기한테도 어느 정도 신뢰를 얻고 있는 것처럼 보여. 너라면 이번 일을 계기로 마음을 얻을 생각 정도는 하고 있을 줄 알았는데. 그럼 상황에 따라서는 네 편으로 포섭할 수 있을지도 몰라."

옆에 앉은 류엔은 이번 수학여행의 주된 목적이 정보 수집에 있다고 생각하고 있는데, 그건 틀리진 않으리라. 실제로 사카야나기도 비슷하게 움직이는 경향이 있다는 것을 알았다.

"키토는 외모야 완전히 탈인간 수준이지만, 충성심 하나만은 가득해. 그리고 나랑 그룹이 된 시점에서 사카야나기는 당연히 경계하고 있겠지. 괜한 교섭은 오히려 역효과만 부를 뿐이야."

"꽤 현실적이네."

지금까지 키토와의 접점이 별로 없어서 아직 자세한 건 하나도 모른다.

하지만 철저하게 류엔을 싫어하는 자세만 봐도, 사카야나기와 함께 A반을 지키려고 하는 의지가 강하게 느껴진다. 키토 개인의 문제 행동도 들어본 적 없고. 부주의하게 자기 편으로 끌어들이기 위해 교섭하는 것은 정보를 누설하라는 뜻이나 마찬가지.

"그리고 A반에서 필요했던 인재는 카츠라기 정도지. 키토도 하시모토도 졸병으로는 충분하겠지만, 우리 쪽 장기말로 추가할 정도는 아니야. 리스크가 더 커."

그것이 키토를 계속 적대하는 이유인 모양이다.

키토와 하시모토를 높이 평가하면서도, 역시 카츠라기만을 유독 특별하게 인정하고 있다.

리프트가 도착해서 우리는 상급자 코스에서 내렸다.

먼저 와서 기다리고 있던 키토가 류엔에게 시작 지점에 오라고 눈으로 말했다.

일단 천천히 코스부터 숙지……하는 미온적인 순서는 생략할 모양이다.

"야, 신호 줘라."

류엔이 쿠시다에게 시작 카운트에 들어가라고 지시했다.

"둘 다 조심해서 타."

쿠시다가 팔을 들어 카운트다운을 시작했다. 둘 다 몇 미터 정도 사이를 두고 자세를 잡았다. 과연 누가 이길까.

"——시작!"

쿠시다가 팔을 내린 순간, 두 사람이 거의 동시에 출발했다.

"우리도 따라가 볼까."

"앗, 괜찮겠어? 난 잘 따라갈 자신이 없는데……."

"그럼 뒤에서 천천히 따라와."

그렇게 말하고 몇 초 뒤에 나와 쿠시다도 경사면을 따라 스키를 타기 시작했다.

류엔과 키토는 흐름을 타면서 엎치락뒤치락하는 대결을 펼치고 있었다.

왼쪽 오른쪽 아름다운 곡선을 그리며 빠른 속도로 내려갔다.

어제는 불완전했던 내 기술이 지금 눈앞에서 펼쳐진 훌륭한 시범에 점점 늘기 시작했다.

긴 상급자 코스인 만큼 더 깊이 있게, 더 찬찬히 배울 수 있으니까.

그와는 별개로 류엔과 키토의 대결은 호각을 다투었다.

둘 중 한 사람이 바로 치고 나갈 줄 알았는데, 정말 막상막하로군. 봤을 때 기술에 큰 차이가 없었고, 승부욕도 비숫하게 강하다. 코스 중반을 지나도 아직 결착이 나지 않았다. 얽히고설킨 승부도 드디어 막바지로 접어들었을 무렵, 서로 유지하던 간격이 점점 좁혀졌다. 예상치 못한 사고.

이대로 가다가는 스키 코스가 겹쳐서 충돌할 위험이 있었다.

아니, 저 두 사람에게는 사고가 아닌가.

상대에게 태클을 걸어서라도 승리하겠다는 뜻으로 봐야 한다.

나는 두 사람의 몸놀림을 카피해 거의 모든 기술을 흡수하며 속도를 붙였다.

"죽어랏, 키토!"

"사라져랏, 류엔!"

그런 목소리가 뒤늦게 귀에 들어온 순간, 나는 두 사람이 남긴 얼마 안 되는 틈에 억지로 몸을 들이밀었다.

제삼자의 난입에 두 사람은 당황하며 좌우로 흩어졌다.

양쪽의 눈총을 받기는 했지만, 강제로 거리를 벌리는 데에는 성공했다.

상급자 코스를 단숨에 다 탄 나보다 조금 늦게 류엔과 키토가 들어왔다.

앞까지 갔던 류엔과 키토가 곧바로 몸을 돌려 내게 다가왔다.

"왜 방해했어?"

목소리에 화가 실린 키토가 나에게 달려들 기세로 추궁

했다.

"위험하다고 판단했기 때문이야. 너무 과열돼서 스키 말고 다른 부분으로 이기려고 했잖아."

"어떤 형태든 승부는 승부야. 그건 류엔도 알고 있고."

"상대가 알았는지 어땠는지와는 상관없어. 그런 건 스키 대결이라고 할 수 없어."

불만을 드러냈던 키토는 류엔을 한 번 노려본 후 다른 곳으로 가버렸다.

재대결 할 분위기가 아니라고 느낀 듯했다.

그때쯤 쿠시다도 다 내려와 우리 앞에 도착했다.

"세 사람 다 너무 빨라…… 아니, 아야노코지는 좀 이상한 수준이잖아……!"

눈을 밟으며 불만스러운 얼굴로 류엔도 내게 가까이 다가왔다.

"너 이 자식, 진짜 초보 맞아? 뻥친 거 아니야?"

"뻥이라니? 어제 처음 탔다니까."

그렇게 말했지만, 류엔은 믿지 않는지 침을 탁 뱉고는 혼자 리프트로 향했다.

이렇게 해서 일단은 어느 정도 마음을 놓아도 되겠지. 아마도.

"화가 날 만했지. 그만큼 엄청난 실력이었어. 뭔가 노력하지 않아도 재능으로 다 완벽하게 해내 버리는 만화 속 주인공 같은 느낌? 정말 시작한 지 이틀째가 맞아?"

유감이지만 나는 그런 만화 속 주인공이 아니다.

지금까지 살아오면서 내 몸에는 무수한 경험이 축적되어 있다.

스키 자체는 처음일지라도 웬만한 스포츠는 기본적으로 얇고 넓게 이어져 있다.

그런 것들을 조합하고 말과 시각으로 얻은 정보를 더해서 스키를 탔을 뿐이다.

"못 믿겠어?"

"그렇지는 않아. 하지만 아마사와를 잡던 장면을 안 봤더라면 못 믿었을지도."

그때는 쿠시다에게, 아주 잠깐이지만 화이트 룸생들의 싸움을 보여줬었으니까.

그 의문과 의심이 나의 스키 실력에 진실미를 입혀주었을까.

"굉장해."

다시 한번 칭찬받았지만, 나는 순순히 받아들일 마음이 없다.

"아니야."

"또 그러네."

겸손 떠는 것으로만 받아들인다면 어쩔 수 없다.

하지만 실제로 류엔과 쿠시다의 스키 실력은 그야말로 상급자로, 정말 좋은 본보기가 되었다.

그들은 나처럼 막대한 양의 경험을 축적한 것도 아닐

텐데.

그런 의미에서는 나 따위보다 훨씬 센스 있다.

"우리도 리프트로 갈까. 문제가 사라졌으니 스키를 즐기고 싶어."

"그래. 스키 못 타는 사람에게는 어쩌면 괴로운 시간일지도 모르지만."

그건 놀이 전반에 해당하는 말이겠지.

잘 못 해도 즐기는 사람만 있으면 모르겠지만, 그게 그렇지 않으니.

비디오 게임이든 스포츠든, 못하는 사람은 즐기지 못하는 게 대부분이다.

4

정오가 되어 우리 제6그룹은 모두 스키장에 딸린 레스토랑에 모였다. 푸드 코트 형식이었기 때문에 저마다 먹고 싶은 것을 주문하고 자리로 돌아왔다.

나는 32번 진동벨을 받았는데, 주문한 요리가 나오면 진동하니까 받으러 가면 된다는 설명을 들었다.

"와타나베 쪽은 어땠어? 스키 많이 늘었어?"

계속 상급자 코스에 있었던 쿠시다가 초보자 코스에 간 네 사람의 성과를 물었다.

"꽤 잘 타게 됐어. 아직 니시노와 아미쿠라 정도는 아니지만."

겸손하게 나오면서도 살짝 성장했다는 자신감을 드러내는 와타나베.

한편 이름을 불리지 않은 야마무라 쪽은 표정이 어두웠고(원래도 그랬지만) 패기가 없었다.

"야마무라는…… 뭐, 아직 멀었고."

나에게만 귓속말로, 하나도 늘지 않았다고 보고했다.

당사자에게서 말 걸지 말라는 분위기가 어마어마하게 풍겼기 때문에 아무 말도 하지 않기로 했다.

그 후 진동벨이 울려 음식을 가지러 갔다.

트레이에 담긴 따끈따끈한 수프 카레를 들고 테이블로.

그렇게 여덟 명이 다 모이자 식사를 시작했다.

가볍게 햄버거를 선택한 류엔은 제일 먼저 다 먹고 포장지와 트레이를 와타나베 쪽으로 밀었다. 와타나베가 쓸쓸하게 웃으면서도 빈 트레이를 자기 트레이에 겹쳤다.

"잠깐 나 좀 보자, 아야노코지."

"아…… 나 아직 다 안 먹었는데?"

수프 카레가 3분의 1 정도 남아 있었다. 시간이 지나면 다 식어버릴 텐데.

"빨리."

와타나베가 아무 말 없이 연민 어린 눈길을 보냈다. 키토는…… 애초에 나를 보지도 않았다.

"잠깐만 갔다 올게."

"그래. 먹으면서 다 같이 기다릴게."

쿠시다에게 이 자리를 맡긴 나는 류엔과 함께 푸드 코트 안을 걸었다.

그렇게 푸드 코트 끝까지 왔을 때 마침내 류엔은 걸음을 멈추고 스마트폰을 꺼냈다.

그리고 손가락으로 잠금을 해제한 후 잠시 화면을 응시했다.

"역시. 예상했던 대로 사카야나기 녀석이 자기 수족들을 부려서 정보를 수집하는 것 같다."

아무래도 같은 반 아이의 보고가 들어와 확인하고 있는 듯하다.

"그건 피장파장 아니야?"

직접 듣지는 않았지만 류엔도 같은 지시를 내렸을 터다.

"뭐, 그렇지. 이 수학여행은 친목을 위한 게 아니야. 우두머리를 치려면 우선 수족부터 자르는 게 중요해. 사카야나기도 그건 잘 알 거고."

사카야나기도 류엔도 혼자 반 대결을 할 수 있는 건 아니다.

반이 합심하는 단체전에서 어떤 방법으로 상대를 이길 것인가.

같은 편의 능력을 끌어올리는 것도 중요하지만, 상대 전력을 깎는 것 역시 중요하다.

사카야나기는 특히 다리가 불편해서 평소 행동반경이
아주 좁다.

그 대부분을 보완해주는 사람이 카무로 또는 하시모토다.

만약 이 두 사람이 류엔에게 굴복할 만한 약점을 잡힌다
면 사카야나기는 중요한 다리를 잃는 셈이다. 정보 수집
능력이 단숨에 바닥까지 떨어지겠지.

"굳이 날 불러낸 이유를 들어볼까. 정찰전을 말해주려고
부른 건 아닐 거 아냐?"

"난 앞으로 우리 반 애들에게 지시해서 사카야나기에 대
한 철저한 항전 준비에 들어갈 거다. 학년말 시험 과제가
필기시험이든 뭐가 됐든 간에, 수단과 방법을 가리지 않고
쳐부술 거야."

"비슷한 소리를 버스에서도 들었지. 전쟁은 이미 시작됐
다고."

"그래. 그런데 그 전에 너한테 미리 확인할 게 있어."

류엔이 그렇게 말했을 때 내 스마트폰이 한 차례 진동
했다.

잠시 기다려달라고 말하고 확인해보니 쿠시다의 짤막한
메시지가 들어와 있었다.

『야마무라가 그쪽으로 가고 있어.』

내가 류엔에게 불려 나간 게 궁금해서 상황을 확인하러
나선 건가.

십중팔구 야마무라는 사카야나기의 지시를 받아 움직이

고 있다.

야마무라가 근처에서 엿들을 가능성이 생겼지만, 일부러 류엔에게는 알리지 않았다.

이건 사카야나기와 류엔의 대결 중 한 장면이기도 하다. 내가 도우면 사카야나기에게 불이익이 된다.

한편 류엔 쪽에도 다른 누군가가 연락했는지 다시 화면을 응시했다.

류엔은 표정을 유지하며 스마트폰을 주머니에 넣고 말을 이었다.

"1년 전에 내가 말했던 8억 포인트 이야기, 기억하지?"

"뭐, 지금도 실현 가능하다고는 생각하지 않지만."

"그렇겠지. 그걸 앞으로 반 애들이 알게 되면 어떻게 반응할까."

"말하려고?"

8억 포인트를 모으는 전략을 류엔 반에서 아는 사람은 이부키뿐일 터. 그 이부키도 분명 우연히 알았을 뿐이지, 구체적인 내용은 모르고 있으리라.

"토 나올 정도로 돈이 많이 들어가는 얘기야. 내가 극비리에 진행해봐야 마련할 수 있는 액수가 아니잖아. 남은 시간은 1년 남짓, 움직이기에 좀 늦기도 했고."

하긴 진지하게 그 전략의 정밀도를 높이려면 반 아이들의 협조가 꼭 필요하다.

이치노세가 모두의 프라이빗 포인트를 신뢰를 바탕으로

조금씩 받아 모았듯이, 류엔 역시 반 아이들과 하나가 되어 목표 금액을 모아야 한다.

"나에게 확인하고 싶다는 건 8억 포인트를 모으기 위한 협력에 관한 건가?"

"지금까지 나 나름대로 너희 반에 온정을 베풀어줬잖아? 체육대회 때도 그렇고 문화제 축제도 그렇고. 또 학년 말 시험에서도 사카야나기와 붙는 방향으로 정리해줬고. 그러니 불만은 없겠지."

하긴 류엔과 의논했던 작년 그날 이후로 호리키타 반은 류엔의 존재를 반쯤은 잊을 만큼 자유롭게 움직일 수 있었다. 1학년 때와 변함없이 류엔이 호전적으로 나왔다면 여기까지 원활하게 오지는 못했으리라.

"쿠시다와도 꽤 잘 지내고 있잖아? 퇴학시키겠다고 난리 치더니."

"미안. 가끔은 방침 전환을 할 때도 있지."

그 말이 꽤 마음에 들었을까, 아니면 마음에 걸렸을까, 류엔이 웃으면서 손뼉을 쳤다.

"내가 마음만 먹으면 쿠시다를 짓밟는 것쯤 일도 아니야. 그건 알고 있겠지?"

류엔은 다른 반에서 쿠시다의 본성을 아는 몇 안 되는 학생 중 하나다.

언제든 공격할 수 있었는데도 하지 않았던 것은 그야말로 약속의 결과겠지.

"그러니까 약속을 지키라고? 협박까지 하다니, 강제적이네."

"강제든 뭐든 상관없어. 할래? 안 할래?"

그때는 구두로 한 약속이었지만, 딴말하면 봐주지 않겠다는 식으로 류엔이 말했었다.

"대답하기 전에 물어보고 싶은 게 있는데, 사카야나기를 잡고 나면 그다음은?"

"학년말 시험에서 A반을 끌어내리고 나면 우리 반과 너희 반의 일대일 대결이지, 당연한 거 아냐? 너를 쓰러트리는 것까지가 내 계획이거든."

역시 그럴 생각인가. 지금까지 해온 걸 보면 의심할 여지도 없지만.

"그건 너무 너 좋을 대로 아니야? 그때 넌 네 자리에서 한 번 내려왔어. 카네다와 히요리에게 사전 교섭 역할만 자청했고. 그런데 지금은 다시 공식적인 자리로 돌아와 있지. 약속 이행을 원한다면 너는 손 떼는 게 맞아. 우리가 A반, 너희가 B반이 되면 그대로 승부를 양보하는 흐름이 되는 게 필연적이지 않나?"

그래야 비로소 8억 포인트 협력 이야기를 꺼낼 수 있다.

"안 내킨다는 건가?"

"당연하잖아. 호리키타와 류엔, 두 반이 정식으로 붙은 결과 너희가 이겨서 A반으로 올라가면 우리만 손해일 뿐이야. 아니면 8억 계획이 잘 진행되면 호리키타 반 학생을

A반으로 올려주겠다는 약속이라도 해줄 건가?"

류엔에게서 웃음기가 사라지고 곁눈질로 나를 노려보았다.

"그건 안 될 소리지. 남은 프라이빗 포인트는 당연히 우리 거야."

졸업 후에도 유효한 돈이니 아무 상관도 없는 학생을 구제하는 데 쓸 생각이야 없겠지.

"자기 반이 지면 우리한테 구제받고, 자기 반이 이기면 우리를 버리겠다…… 뭐, 그런 건가? 더 고려해 볼 것도 없는 얘기군. 앞으로 8억을 모으는 계획에 협력할 일은 없을 거야. 단, 지금부터 네가 어느 반을 어떻게 공격하든 그건 네 자유다, 나한텐 막을 권리는 없으니."

"역시 쉽게 나오지는 않겠다는 거냐, 아야노코지."

"이건 나 혼자만의 문제가 아니니까."

"그럼 어쩔 수 없지. 그때 했던 이야기는 없었던 걸로."

생각보다 시원시원하게 물러났다. 당연히 거절할 줄 알았다는 투다.

"교섭이 결렬되었는데도 8억 포인트를 모을 생각이야?"

"지금 와서 전략을 바꿀 생각은 없어. 나에게 가장 중요한 건 8억을 모으는 거다. 그리고 사카야나기와 너, 둘 다 밟아줄게. 돈을 쓰지 않고 A반으로 올라가면 거금을 가지고 졸업할 수 있지. 안 그래?"

가뜩이나 말이 안 되는 계획이 더 꿈같은 이야기로 대체

되었다.

하지만 류엔은 앞으로 8억을 모으겠다고 호언장담했다.

"지금까지 카스라기를 빼 오고 1학년들을 이용하는 데 돈을 썼지만, 이제부터는 회수 타임이야. 철저한 프라이빗 포인트주의로 전환할 거다."

기를 쓰고 프라이빗 포인트를 모으려 하면 그만큼 리스크도 따라온다.

뒤죽박죽인 류엔의 지금 이 생각과 태도는 내 생각에 묘한 그림자를 드리웠다.

"한 치 양보도 없이 약속 이행만 요구하는 게 이상해 죽겠다는 표정이네."

"그야 그렇지. 이야기의 본질이 안 보이는데."

"단순한 얘기야. 계약 파기는 이미 정해진 노선이었다는 거지. 너랑 어중간하게 이어져 있어서는 너를 쓰러트릴 수 없어. 하지만 이렇게 약속을 깨면 이야기는 다르지. 철저하게 상대할 수 있으니."

요컨대 이해관계의 일치보다 되살아난 승리에 대한 집념을 선택했다는 뜻이다.

버스에서도 비슷한 소리를 했었는데, 다시 선전포고한 것이다.

그래도 나는 완전히 이해가 가진 않았다. 이 이야기의 흐름에는 어떤 의도가 숨겨져 있다.

하지만 여기서 캐물어도 대답해주지 않겠지.

"앞을 내다보는 건 상관없는데, 재대결은 사카야나기부터 이기고 나서 생각하는 게 어떨까."

"푸핫. 그 여자애 머리가 비상하다는 건 나도 잘 알지. 하지만 어차피 그게 전부 아니겠어?"

그렇게 말하며 학년말 시험의 대결에 대해 절대적 자신감을 드러냈다.

류엔, 넌 한번 졌고, 그리고 부활했다.

그 재능이 내 예상보다 뛰어났다는 것도 인정해주지.

류엔 카케루의 성공 스토리가 차근차근 궤도에 오르고 있는 것 또한 사실이리라.

하지만——.

그렇게 해서 가장 마지막 순간, 장벽을 넘을 수 있을지는 또 다른 문제다. 장애를 장애로 인식하지 않는 이 차이가 언젠가 대결의 무대에서 영향을 미칠지도 모르니까.

물론 사카야나기도 류엔을 어떻게 인식하는지에 따라 또 그 징후와 기색이 달라질 것이다.

"먼저 가라, 아야노코지."

그렇게 말한 류엔은 화장실 방향으로 걸어갔다.

조금 멀리 떨어진 자리에서 이쪽을 보고 있던 히요리가 나를 알아보고 손을 흔들었다.

히요리의 그룹도 스키 타러 온 모양이었다.

히요리에게 가볍게 손을 흔들어 답한 나는 그룹 테이블로 돌아왔다.

야마무라는 이미 돌아와 태연한 얼굴로 조용히 스마트폰을 만지고 있었다.

"류엔은?"

"화장실 갔다 올 건가 봐."

"……별일 없었어? 맞거나 하진 않았고?"

와타나베가 걱정스러운 투로 몸을 구석구석 확인했다.

"걱정하지 마. 얘기 조금 나눴을 뿐이야."

"그럼 다행이지만……."

그때, 천천히 밥을 먹던 야마무라가 식사를 마쳤고 니시노도 야마무라와 함께 트레이를 들었다.

"저…… 트레이 갖다 놓고 올게요."

두 사람은 같은 가게의 요리를 시켰기 때문에 함께 정리하러 가려는 듯했다.

"아야노코지. 혹시라도 약점 잡혔으면 혼자 고민하지 말고 나한테 말해."

와타나베가 묻는 방식이 너무 안이하다고 느꼈는지 키토가 진지한 눈빛으로 중얼거렸다.

그 말은 웬만하면 불려 나가기 전에 해주면 좋았을 텐데.

잠시 후 류엔이 돌아오자 키토가 내게서 시선을 뗐다.

"너 이제는 나를 피해서 다른 반 애를 협박하기로 마음을 바꿨냐?"

"뭐? 크큭, 걱정은 접어둬라, 키토. 난 너희 A반부터 확실하게 손봐줄 거니까. 어차피 사카야나기는 나한테 그냥 통과 지점에 지나지 않는다는 걸 가르쳐주지."

"넌 A반을 못 쓰러트려."

"글쎄 어떨까?"

여유, 아니 그렇게 보이기 위한 류엔의 연기라고 말하는 편이 좋으려나.

이기겠다는 것은 진심으로 하는 말이겠지만 실제로는 그럴 수 있는 근거가 없다. 물론 내가 모르는 정보를 쥐고 있을지도 모르지만, 단순한 능력을 비교하자면 사카야나기 쪽이 한 수 위다.

"학년말 시험 얘기할 것 없이 언제든 덤벼."

"야, 너한테 그럴 권한도 없잖아, 키토. 충견 역할밖에 쓸데도 없는 네놈이 경솔하게 입을 놀리면 곤란해지는 사람은 네 주인님인데?"

개에 비유 당한 키토가 테이블 위에 커다란 손바닥을 올리고 벌떡 일어났다.

"원래도 네놈을 쓰러트리는 건 나 혼자면 충분해."

"호오? 그럼 세 번째 정식 대결로 가?"

베개 던지기는 베개 파손. 스키는 나의 개입으로 결착이 나지 않은 상태였다.

"둘 다 잘 좀 지내. 이제는 우리 그룹 자체가 몹시 위태위태하다는 소문이 돌고 있다고."

주위에 있는 일반 손님 중에도 류엔과 키토가 서로 노려보는 모습을 이상하다는 듯이 쳐다보는 사람이 나오기 시작했다.

너무 튀는 짓을 계속했다간 교사들 귀에 들어가는 것도 시간문제다.

"그나저나 니시노랑 야마무라, 너무 안 오는 거 아니야?"

"그러고 보니 그러네."

트레이만 두고 오는 거면 1분도 걸리지 않을 텐데 돌아올 기색이 없었다.

니시노와 야마무라가 돌아오지 않는 것을 이상하게 여긴 쿠시다가 두 사람을 찾았다.

"아, 저기 있다. 그런데 처음 보는 남자들이 있어."

혼잡한 푸드 코트에서 쿠시다가 가리킨 방향에 학생으로 보이는 나이의 남자 다섯 명에게 에워싸인 니시노와 야마무라가 보였다. 양쪽 다 표정이 험악했다.

"야, 니시노, 심하게 싸우는 거 아니야? 도우러 가자."

"우르르 몰려가진 않는 게 좋아. 괜히 싸움 붙으면 큰일 나니까."

내가 그런 충고를 하고 있는데 이미 자리에서 일어난 사람들이 있었다.

충고 따위 들을 리 없는 그 두 사람은 소통하려고도 하지 않고 곧장 니시노에게로 향했다.

"너희는 여기서 기다리고 있어."

나는 쿠시다와 아미쿠라, 와타나베에게 움직이지 말라고 말했다.

발을 쿵쿵거리며 현장으로 향하는 류엔과 키토를 쫓아 갔을 때 대화 내용이 귀에 들어왔다.

"어깨 부딪쳐놓고 사과도 안 하냐? 라멘 국물이 튀어서 옷이 더러워졌잖아."

아무래도 싸움의 발단은 니시노가 아니라 남자에게 부딪친 듯한 야마무라 쪽에 있어 보였다.

"걸어오는 야마무라를 못 본 너희가 잘못이지."

남자들이 놀리듯이 비웃으며 자기 어깨를 만졌다.

"아니, 저 여자애는 유령 같아서 보이지도 않더만. 안 그래?"

"……정말…… 죄송해요."

야마무라가 작은 목소리로 사과했다. 아마 사과를 한두 번 한 게 아니겠지.

하지만 남자들은 계속해서 하나도 들리지 않는다는 듯이 굴었다.

"우리는 기후(岐阜)에서 수학여행 왔는데, 같이 놀자. 그럼 용서해줄게."

야마무라를 지키려고 앞을 가로막고 선 니시노의 팔을 억지로 붙잡는 남자.

"뭐? 농담하지 마. 누가 너희랑 놀 것 같아?"

팔을 억지로 뿌리치다가 니시노의 손바닥이 남자의 볼에 살짝 닿았다.

"아얏!"

시종일관 천박하게 웃던 남자들의 표정이 순간 확 변했다.

그 직후, 다섯 명 중 한 명이 보기 좋게 나가떨어졌다.

"뭐, 뭐야, 네놈은!"

"그건 내가 할 말이야, 이 멍청아. 내 일행한테 무슨 볼일 있냐?"

남자의 등짝에 멋진 발차기를 먹인 것은 류엔이었다.

그리고 곧바로 또 다른 남자의 멱살을 잡아 들었다.

"여자 앞에서 참새처럼 쫑알거리지 말라고."

"뭐야…… 죽여버린다, 너!"

"어디 해보든지. 뭣하면 한 방 때리게 해줄까? 수학여행 기념품은 필요 없어?"

그렇게 말하며 자기 왼쪽 뺨을 내밀고 검지를 세웠다.

"오호, 그럼 사양하지 않고 한 대 때려줄게!"

하라는 대로 힘껏 휘두른 팔.

"아, 그건——."

진짜로 때리게 해준다고 생각하면 안 되는데. 그런 충고를 하기에는 이미 늦었다.

쓸데없이 크기만 한 상대 동작을 본 류엔은 남자의 양어깨를 붙잡고 배에 무릎을 힘껏 꽂았다.

고통스러워하며 바닥을 구르는 다른 학교 학생.

"지루한 수학여행에서도 약간은 재미있는 이벤트가 생기네?"

일어날 일이 일어난 이 상황에 류엔이 즐거움을 드러냈다.

인생 처음 경험해보는 다른 학교와의 만남 이벤트가 살벌한 폭력 사태라니.

남자 중 하나가 힘을 가득 실은 두 주먹을 부딪쳤다.

일대일로 싸우려는 게 아니라 머릿수로 밀어붙여 이길 생각 같았다.

그때 키토가 슬쩍 모습을 드러냈다.

절대 고등학생으로 보이지 않는 외모와 위압감에 상대편 남자들이 당황했다.

"우리 편…… 들어줄 모양인가 봐."

니시노가 야마무라의 어깨를 잡아 보호하면서 내 쪽으로 걸어와 중얼거렸다.

"야마무라는 키토랑 같은 반이니까. 위험한 걸 알면 가만히 못 있는 건 당연하지."

다행히 푸드 코트 안에서 더 싸우면 좋지 않다는 것을 피차 이해했는지 줄지어 밖으로 나가기 시작했다.

"누가 어른이라도 불러와야 하는 거 아니야?"

"저렇게 된 이상 못 말려. 그럼 차라리 남들 눈을 피해서 붙는 게 낫지."

내가 봤을 때 상대는 숫자야 더 많지만 다들 딱히 세 보이지 않았다.

류엔과 키토가 같이 싸우면 그리 오래 지나지 않아 상황

이 정리될 것이다.

그렇게 10분 정도 지나서 류엔과 키토가 돌아왔다. 손봐준 남자들을 데리고.

그 후 야마무라와 니시노 앞에 무릎 꿇려 용서를 빌게 했다.

반항심이 완전히 꺾일 때까지 철저하게 때린 모양이군.

이 모습도 이 모습대로 누가 보면 문제지만, 야마무라와 니시노를 위해서라도 필요한 일일지 모른다.

두 번 다시 눈앞에 얼씬도 하지 않겠노라고 맹세하고 나서야 남자들은 풀려났다.

"지루하진 않은 그룹이네."

속삭이듯 중얼거린 쿠시다의 인상적인 한마디에 동의할 수밖에 없었다.

5

시간이 허락할 때까지 실컷 스키를 탄 우리는 19시 전에 료칸으로 돌아왔다.

아직은 좀 부족하지만, 조금의 아쉬움을 남기는 것이 딱 좋을지 모른다.

이틀째 일정도 끝이 다가오고, 밤이 차근차근 시간을 새기고 있었다. 석식 때 스도의 제안으로 다 함께 대욕장에

간 나는 몸을 씻은 후 온천에 몸을 담갔다.

"캬! 효과가 있다니까!"

평소 농구부에서 땀 흘리는 스도는 특별하게 효능을 느끼는지도 모른다.

그는 양손으로 따뜻한 물을 떠서 얼굴 씻는 동작을 반복하며 피로를 풀고 있었다.

"요오."

잠시 머리를 비우고 온천을 즐기고 있는데 A반 하시모토가 옆에 다가왔다.

가볍게 손을 들어 답하니 스도도 덩달아 손을 들었다.

"하아…… 오늘은 진짜 힘들었다."

많이 지친 얼굴로 어깨를 뱅뱅 돌리면서 깊은 한숨을 토했다.

"무슨 일 있었어?"

"일이고 뭐고, 우리 그룹에 있는 문제아 녀석 때문에 골이 아파."

하시모토 그룹은 내심 처음부터 신경 쓰이긴 했었다.

"코엔지가 있어서 그러지?"

"정답. 자유행동 때는 모두 같이 움직이는 게 원칙이잖아? 보통, 정상적으로 사고가 박혀 있으면 서로 의논하는 게 당연한데, 우리는 전부 그 자식이 가고 싶다는 곳에 따라가야 해."

코엔지가 순순히 따를 타입이 아닌 것은 분명했는데, 그건 모든 반을 포함한 어떤 그룹 환경에서든 역시 변하지 않는가 보다.

"오늘은 승마 체험을 할 수 있는 목장에 간 것 같던데 그것도 코엔지가 원해서였어?"

"그걸 네가 어떻게 알아? 아…… 그 난리를 봤어도 이상하진 않나."

하시모토는 머리를 쥐어뜯은 후 물에 얼굴을 반쯤 담갔다.

"지나가는 걸 봤을 뿐인데, 그 후에 코엔지는 잘 돌아간 거야?"

얼굴을 10초 정도 담갔다가 어깨를 으쓱하며 올라온 하시모토.

"1시간 정도 뒤에. 우린 승마 체험을 할 정신적 여유도 없어서 그냥 기다리기만 했지."

그 뒤에 어떤 자유 일정을 보냈는지 이야기를 풀었다. 처음부터 지옥의 연속이었다. 스도가 불쌍하다고 중얼거리며 두 손을 모았다.

"그리고 점심은 일단 텔레비전에도 나온 맛집에 가기로 정했었는데, 갑자기 코엔지 자식이 스키 타러 가자는 거야. 좀 옥신각신하다가 자기 멋대로 스키장으로 직행했어. 더는 진 빠져서 즐길 여유도 없더라. 이렇게 우리의 이틀째 일정은 끝났어."

거기서 무시하고 그 유명 맛집인지 뭔지에 간다면 그룹

의 규칙 위반이 되는 건가.

정말 가엾기 짝이 없는 얘기다.

"같은 반인 너희라면 그 자식에 대한 대처법을 좀 알지 않을까 싶어서."

수학여행도 반환점을 돌아 이제 이틀 남았다.

적어도 4일째의 자유 일정은 그룹이 원하는 선택을 하고 싶겠지.

"그 녀석은 감당이 안 돼. 도저히 어떻게 할 방법이 없어."

스도가 자기 생각을 그대로 말했다.

차갑게 들리겠지만, 오래 알고 지낸 만큼 이제는 포기했을 뿐이다.

"넌 어때, 아야노코지."

"코엔지를 설득하는 건 비현실적이야. 솔직히 이렇다 할 방법이 없어."

"……비정한 현실이네."

"다만, 혹시 모를 사태에 쓸 수 있는 수단이 하나 있지."

"뭐야. 말해봐."

일말의 희망이라도 좋으니 사태에서 벗어날 방법을 알고 싶은 하시모토가 혹해서 덤볐다.

불이익만 허용한다면 자유행동이 약속되는 단 하나의 방법.

그것을 다 들려주니 하시모토가 납득했다는 듯 고개를 끄덕였다.

"뭐, 그 정도 방법밖에 없다는 거겠지."

"어떻게 할지는 그룹끼리 잘 의논해서 결정해."

"그렇게 할게, 그거라도 진지하게 검토해 봐야겠어."

생각에 잠긴 하시모토가 다시 물속으로 가라앉았다.

6

대욕장에서 느긋하게 한 시간 정도 보내고 유카타를 입은 나와 스도는 탈의실에 있는 냉장고 케이스에서 무료 생수를 하나씩 꺼내 허리에 손을 댄 채 꿀꺽꿀꺽 마셨다. 뜨겁게 달아오른 몸속에 차가운 물이 스며들었다.

"좋았어── 각오는…… 다 됐다, 아야노코지."

"드디어 때가 왔나."

오랜 입욕으로 열이 올라서 그런지 얼굴이 살짝 빨갰다. 아니면 앞으로 일어날 일을 상상하고 긴장한 탓이기도 하려나. 호리키타에게 다시 자신의 마음을 전할 때가 온 것이다. 스도는 반쯤 남은 물을 단숨에 다 마셨다.

"하앗! 그럼 가볼까!"

이제부터 농구 시합에라도 나가는 듯이, 두 뺨을 찰싹 때리며 기합을 넣었다.

"그래서? 구체적으로 어떻게 할 계획인데?"

오후 9시 반이 지난 시각. 아직 자진 않겠지만 많은 학생이 방에서 친구들과 쉬고 있을 타이밍이 아닐까. 같이 즐기고 떠드는 이미지는 없지만, 호리키타가 따뜻한 눈으로 그들을 지켜보고 있어도 이상하지 않다.

"일단, 그래……. 전화를 걸어 볼게."

한 손에 스마트폰을 쥔 채 가림막을 헤치고 남탕에서 나와…… 바로 전화를 걸었다.

"……어, 아, 나야. 지금 어디 있어?"

그리 오래 지나지 않아 전화를 받았는지 허둥지둥 그렇게 물었다.

"로비? 아, 그러면 거기서 잠깐만 기다려줘. 그게, 지금 바로 갈 테니."

전화를 끊은 스도가 거친 숨을 토하며 걸음을 떼면서 나를 보았다.

"료칸 로비에 기념품 파는 작은 코너 있잖아? 거기 있대."

"보자마자 고백하지는 마라? 로비면 보는 눈이 많아. 호리키타도 곤란할 테니."

"나, 나도 알아."

고백하는 사람뿐 아니라 고백받는 사람도 배려해야 하는 일대 이벤트다.

"으음, 어디서 고백하는 게 좋으려나……."

"뒤뜰로 이어지는 복도면 이 시간에는 아무도 안 오지 않을까?"

뒤뜰에서 높은 지대로 이어지는 계단을 오르면 멋진 풍

경을 즐길 수 있는 자그마한 나무 데크가 나온다.

다만 밤 9시 이후부터는 뒤뜰을 이용할 수 없어서 사람의 발길이 뚝 끊길 터였다.

"역시 아야노코지라니까. 친구는 있고 봐야 해."

나이스, 하고 엄지를 세우며 웃었다. 긴장해서 뚝딱거리는 미소이긴 했지만.

스도가 안절부절못한 상태로 빠르게 로비에 도착하니 호리키타가 기념품 구경을 멈추고 근처에서 기다리고 있었다. 한편 나는 거리를 두고 사각지대로 보이는 위치에서 멈추었다.

로비에는 종업원 한 사람, 그리고 학생 몇 명이 기념품을 구경하거나 의자에 앉아 담소를 나누고 있었다. 역시 고백할 장소로는 어울리지 않았다.

스도는 손짓, 발짓 동원해가며 무언가를 호리키타에게 전했다. 이윽고 뒤뜰로 이어지는 복도까지 유인하는 데 성공했는지, 둘이 나란히 그쪽으로 걷기 시작했다.

원래라면 여기서 쫓아가는 걸 그만두는 게 좋겠지만, 나중에 스도가 추궁하면 귀찮아진다. 나는 그 당당한 모습을 지켜봐 주기 위해 발소리를 최대한 죽이고 뒤를 밟았다.

잠시 후 예상대로 인기척이 사라지고 아무도 없는 복도 중간쯤에서 걸음을 멈추었다.

"무슨 일이야?"

뒤돌아보며 이상해하는 호리키타. 우리보다 조금 전에

목욕하고 왔는지, 어스레한 조명에서도 알 수 있을 만큼 머리카락이 촉촉하게 빛났다.

"여기면 돼."

당당한 태도가 장점인 스도도 좋아하는 이성 앞에서는 긴장이 이기는지 목소리가 기어들어 갔다.

밤의 료칸은 은은하게 틀어둔 부드러운 BGM과 낮은 말소리만 들릴 뿐이니, 아무리 인기척 없는 장소라도 괜히 큰 목소리를 내는 것은 피하는 게 좋겠지. 딱 좋은 성량 같다.

"내가…… 그러니까……."

스도가 말을 머뭇거리자 이상하다는 듯 고개를 갸우뚱거리는 호리키타.

딱히 화내거나 서두르는 반응은 없었다.

이것도 호리키타와 스도가 쌓아 올린 두 사람의 신뢰 관계를 보여주는 장면이 아닐까.

만난 지 얼마 안 됐을 때의 호리키타였다면 덮어놓고 용건부터 물었을 터.

바로 그때, 내 스마트폰이 진동했다.

매너 모드로 해뒀지만, 이렇게 조용하면 저쪽까지 들릴 가능성도 있다.

그래서 나는 화면을 확인하지도 않고 바로 전원을 껐다.

들킨——것 같지는 않다. 일단은 안심이다.

"저기, 스즈네. 나…… 좀 변했을까?"

대뜸 고백할 줄 알았는데, 스도는 쥐어 짜내듯 그렇게 물었다.

"처음 만났을 때랑 지금의 나는 얼마나 차이가 나는지…… 궁금해."

"아직도 주위 시선이 신경 쓰여?"

"그것도, 그렇고."

당사자를 앞에 두고 고백할 용기가 생길 때까지 시간 끌기라니.

다만 이 질문은 스도가 계속 의식해왔던 부분인 것 같기도 했다.

"그래. 객관적으로 보면 넌 누구보다도 많이 바뀌었어. 그것도 나쁜 쪽이 아니라 좋은 쪽으로. 옆에서 오랜 시간 지켜봐 왔잖아, 다른 누구도 아닌 내가 보증해."

그것은 호리키타의 진심.

아니, 호리키타뿐만이 아니라 학교에서 생활하는 많은 사람과 일치하는 의견이겠지.

"그, 그래?"

"하지만 그렇다고 거만하게 굴면 안 돼. 원래의 너는 솔직하게 말하면 주변보다 마이너스인 상태에서 시작했어. 그 후에 플러스를 쌓았다고 해서 쉽게 남들보다 뛰어난 사람이 되었다고 생각해선 안 되는 거야."

마이너스에서 시작했다는 큰 반동에 주변 사람들이 속아 높이 평가한다.

하지만 호리키타의 말처럼 축적되어 있던 마이너스가 없어진 것은 아니다.

"그렇군. 아니, 정말 진심으로 그렇게 생각해."

냉정한 말에 스도는 기가 죽으면서도 단단히 받아들이고 고개를 끄덕였다.

"창피하다. 내가 그동안 저질렀던 바보 같은 행동들이."

지각과 결석, 꼴찌였던 필기시험, 거친 입, 쉽게 저지른 폭력.

아무리 뒤돌아보아도 과거는 변하지 않고, 또 창피하게 생각해야 하는 자신이 걸어온 길이다.

"겸허한 마음을 잘 갖춘 것 같아."

고개를 끄덕인 호리키타가 다정하게 미소 지었다.

본인은 깨닫지 못했겠지만, 호리키타도 많이 변했다.

그 변화의 크기는 스도와 별로 큰 차이가 없으리라.

"넌 이미 남에게 아무 의미 없이 상처 주거나 곤란하게 하지 않아. 괜찮아."

아무래도 호리키타는 스도가 자신의 성장, 그리고 과거 때문에 방황해서 충고를 구하고 있다고 받아들인 모양이었다. 그게 스도에게도 전해졌는지 당황하며 고개를 휘저었다.

"그, 그게 아니라, 스즈네."

"아니라고?"

"나는…… 나는…… 말이야……."

나에게 선언했던 것이 생각났는지, 스도가 오른손을 내밀었다.

하지만 말이 동작을 따라가지 못해서, 뻗은 손만이 허공에 그대로 머물러 있었다.

"뭐야? 왜 이러는——."

이해하지 못한 호리키타가 오른손의 의미를 물어보려고 한 그 순간.

"네가 좋아! 나랑 사귀어줘!"

목구멍을 꾹 누르던 수치심에서 벗어나 또박또박 말로 표현할 수 있었다.

목소리는 컸지만…… 그건 그냥 눈감아주자.

만에 하나 누가 소리를 듣고 이리로 온다면 내가 미리 알아차리고 막으면 된다.

"아——."

고백받을 줄은 조금도 몰랐던 호리키타가 당황해서 그대로 굳어버렸다.

"만약 받아들인다면 이 오른손을 잡아줬으면 좋겠어!"

"잠깐만…… 그거, 진심으로……?"

그렇게 물으려던 호리키타였지만 말을 도로 넣었다.

'농담이지?'란 말이 실례인 걸 알 만큼 스도의 열량과 기세, 마음이 진심인 게 전해졌기 때문이다.

호리키타는 오른손을 응시하며 입을 달았다.

바로 대답할 줄 알았는데, 계속 오른손만 보면서 아무

말도 하지 않았다.

침묵이 이어지면 이어질수록 고백한 스도의 심박수는 올라갈 터다.

절대 편하다고 말할 수 없는 고통의 시간이겠지.

다만 호리티카도 생각할 시간을 충분히 가지는 게 당연한 법.

고백이란 어느 한쪽의 마음만으로 성립되는 것이 아니다.

이윽고 호리키타의 마음도 정리가 끝났는지, 말을 고르듯 천천히 입을 열었다.

"내가 누군가에게 고백받는 건 지금까지 단 한 번도 생각해 본 적이 없었어."

호리키타는 스도의 마음을 받고 어떻게 대답할까.

받아들일까, 거절할까.

혹은 보류라는 선택지도 있을까.

침묵의 시간이 길게 이어지면서 점점 스도의 오른손이 떨리기 시작했다.

마비가 와서 그런 게 아니라 긴장과 두려움.

받아들일지 거절할지, 대답이 오지 않는 것에 대한 답답함.

그래도 내민 손을 잡아주리라 믿으면서 스도는 계속 고개를 숙였다.

"스도. 나 같은 사람을 좋아해줘서 정말 고마워."

그렇게 감사를 표시했다.

하지만 호리키타는 오른손을 잡지 않았다.

"그렇지만, 미안해. 난…… 네 마음에 답해줄 수가 없어."

그것이 호리키타가 생각하고 낸 결론이었다.

"그래, 그렇구나…… 괜찮다면 이유라도…… 말해줄 수 없을까?"

고개를 들지 못하는 스도는 오른손을 내민 상태로 굳어서 물었다.

"이유…… 그래. 스도에게 불만이 있어서 그런 건——."

그렇게 말하다가 멈추었다.

"솔직히 말하자면 난 지금까지 누군가를 좋아해 본 적이 없어. 지금은 아직 그런 느낌도 잘 모르겠고, 그게 어떤 건지 짐작도 가지 않아. 나를 좋아한다고 말해준 스도와 사귄다면 시간이 지날수록 널 좋아하게 될 가능성도 있을지 모른다고, 그렇게 생각했어. 하지만…… 그런 유발이 아니라, 아마도 본능적으로 누군가를 좋아하게 되는 순간을 난 기다리고 있는 것 같아."

자신의 마음을 확인하듯이 호리키타가 스도에게 말했다.

그것이 거절한 이유.

첫사랑을 계속 기다리고 싶다는, 그러한 바람.

분명 아무 상관 없는 남에게는 들려줄 일 없는, 숨겨온 감정이겠지.

"그렇구나…… 고맙다. 알려줘서."

이렇게까지 확실히 말해줘서였을까, 스도는 더 묻고 늘

어지려고 하지 않았다.

"용기 그리고 마음. 아주 잘 전해졌어."

그렇게 말한 호리키타는, 힘없이 내려가려는 오른손을 당황하며 붙잡았다.

"네 마음은 분명히 느꼈어. 나 같은 사람을 좋아해 줘서 정말 고마워."

스도의 떨리는 오른손이 모든 것을 말해주고 있었다.

나는 지금이 적당하다고 생각하고 이만 가기로 했다. 스도가 마음을 안정시킨 후 돌아올 때까지, 기념품 코너에서 구경이나 하면서 기다려야겠다.

7

아직 들러보지 않았던 기념품 코너에서는 다양한 홋카이도산 제품들이 진열되어 있었다.

"그러고 보니 나나세가 초콜릿이 코팅된 감자칩인가 뭔가 말했었지……."

그게 뭔지 찾아 보았지만, 료칸에서는 팔지 않는지 눈에 들어오지 않았다.

그러면 내일 관광지를 둘러볼 때나 마지막 날 자유행동 때 찾아봐야겠군.

어디 파는지 검색해보자.

"음......."

그렇게 생각하고 스마트폰 전원을 켜서 확인하는데, 어마어마한 숫자의 메시지가 한꺼번에 들어왔다.

물론 보낸 사람은 케이였다.

『어디야?』

『어제도 오늘도 얼굴 한번 못 보네.』

『바빠?』

『보고 싶어』

『보고싶다고오오오오오!』

등등, 어플을 열자 몇 초 간격으로 뜬 메시지에 바로 읽음 표시가 되었다.

그 직후 전화가 걸려 왔다.

『우──────!』

고양이 울음소리 같은 느낌, 이라고 표현하면 예시로 적절할까.

"화났어?"

『화는 안 났지만!』

그렇군, 잔뜩 화난 것만은 분명해 보인다.

『조금은 대답 좀 해주지?!』

"미안해. 수학여행 중이지만 이것저것 해야 할 일이 많았어."

『그건 어쩔 수 없지만!』

"제11그룹에 대해서는 쿠시다가 정보를 줘서, 케이가 잘

229

하고 있다는 걸 빠짐없이 확인했어. 그래서 나도 모르게 안심했었어."

『흐으음? 쿠시다랑 즐거워 보이네! 귀여우니까! 이 바람둥이!』

"같은 그룹이니까 어쩔 수 없지. 그리고 너도 알잖아, 쿠시다가 어떤 애인지."

『그런 건 상관없다고. 가슴도 크고! ……키요타카는…… 아앙!』

"알았어, 알았어. 지금은 시간이 나는데 어디서 좀 만날까?"

『정말?! 그럼 놀러 갈까?!』

아주 타산적인 녀석이라, 곧바로 목소리가 다시 밝아졌다.

"그건 그만두는 게 좋지 않을까? 내 방에는 류엔이 있는데."

『아…… 그런가.』

"지금 어디 있는데?"

『방인데 아마 다른 여자애 세 명은 아직 목욕 중인 것 같아. 아까까지 나도 같이 있었는데. 키요타카한테 전화하고 싶어서 먼저 돌아왔어.』

전에는 몸에 난 상처를 많이 신경 썼는데, 아무래도 완전히 극복한 듯하다.

"방 열쇠 맡겨야 하니까 일단 방으로 돌아갈게. 그 후에 다시 연락할 테니까 기다리고 있어."

『응!』

기념품 코너에서 스도를 기다린 지 대략 5분. 아직 돌아올 기색이 전혀 없어 이상하다는 생각이 든 나는 뒤뜰과 연결된 복도 상황을 살피러 갔다.

그러자 고백했을 때와 똑같은 위치에 스도 혼자 우두커니 서 있었다.

호리키타는 이미 돌아갔는지 보이지 않았다.

"스도?"

케이가 기다리고 있기에 미안하지만 먼저 다가가 말을 걸었다.

"아, 젠장!"

목소리만 들어서는 화난 것 같지만——.

"잘 안 됐어……."

돌아본 스도의 얼굴은 아쉬움이 조금 있을 뿐, 왠지 후련해 보였다.

"아, 미안하다. 스즈네의 손 감촉을 잊을 수 없어서 정신을 놓고 있었어."

"그랬구나."

"봤나? 보기 좋게 참패했다."

"그래도 자긍심을 가져도 되는 옥쇄였어."

그야말로 남자다운 고백을 보여주었다.

"고백을 거절당하더라도 말이야, 포기할 생각은 없었어.

또 내년에 더 성장한 나를 보여주고 다시 고백하자거나, 그런 식으로 생각하기도 했지. 하지만 잘못 생각했어. 적어도 나에게는 닿지 않는다는 걸 깨달았어."

멀리서 지켜본 나는 알 수 없는 뭔가를 스도는 느낀 듯했다.

"포기하고 말고, 그런 차원이 아니야. 좋아하는 마음은 변함없지만, 뭐랄까, 닿을 수 없는, 동경하는 꽃 같은 존재라는 느낌이 들어."

말이 잘 정리되지 않는 것 같았는데, 스도는 그렇게 말하고는 살짝 웃었다.

"오노데라는 어떻게 할 거야?"

"난들 알겠냐. 그 녀석의 진심이 뭔지 너도 딱히 들은 건 아닐 거 아냐?"

"그렇지."

"그럼 뭐, 될 대로 되겠지. 오노데라는 좋은 애고, 취미도 비슷하고. 스즈네 때문에 생각이 복잡했던 것도 없애주었고, 한 팀이 되면 잘될 것 같은 생각은 들어."

사랑으로 발전할지 어떨지는 그다음 문제겠지.

"말해두는데, 앞으로도 공부는 진짜 열심히 할 거야. 지금까지는 다른 누군가를 위해서 했지만, 오늘부터는 나를 위해 최선을 다할 거다. 현재 목표는 히라타 정도까지."

"또 아주 크게 지르네."

만약 그 벽을 넘는다면 마침내 상대는 호리키타, 케세이

와 같은 학년 톱만 남겠지.

차였다고 해서 계속 의기소침하게 있는 게 아니라 오히려 높은 목표를 잡은 듯하다.

8

빠른 걸음으로 방에 돌아오니 문 앞에 호리키타가 서 있었다.

"뭐해?"

"너 기다렸어."

"나를?"

불길한 예감이 들어 천연덕스럽게 굴었지만, 호리키타의 표정은 딱딱하게 굳어 있었다.

"너도 참 짓궂구나, 아야노코지. 다 봤지?"

"뭘를?"

"너, 아까 기념품 코너에 있었잖아? 다른 사람이면 우연히 근처에 있었을 뿐이라고 생각하겠지만, 그게 너라면 우연일 리 없지."

그게 무슨 억지스러운 생각인지. 물론 맞긴 하지만. 앞으로 호리키타를 상대로 비슷한 방법을 쓸 일이 생기면 아예 모습이 안 보이게 해야겠다.

"다음에는 안 보이게 해야겠다고 생각하고 있지? 다 알거든?"

"……훌륭하네."

순순히 박수를 보내며 그 예리함을 칭찬했다.

"스도한테 부탁받았어. 고백하는 걸 지켜봐 달라고."

"아무리 그렇더라도, 여자 쪽…… 나에 대한 배려가 부족하다는 생각은 없었니?"

"없지는 않았지."

"스도도 아직 멀었네. 너한테 봐달라고 부탁한 부분은 감점이야."

호리키타는 어이없어했지만 딱히 화난 것 같지는 않았다.

"그래서? 구경한 나한테 따지려고 여기까지 온 거야?"

"그래."

또 대놓고 바로 대답하네.

"농담이야. 사실은 너랑 얘기 좀 나누고 싶어. 그런데 너는 방에 들어가고 싶어 죽겠다는 눈치네."

"꼭 그런 건 아니지만……. 가능하다면 내일 하면 안 될까?"

"왜?"

"먼저 온 손님이 심하게 재촉 중이라. 이틀 동안 전혀 상대를 안 해줬다고 잔뜩 화나 있어."

"그렇구나, 카루이자와를 말하는 거네."

웬만한 일 아니면 나중에 만나라고 할 생각이었겠지. 고민에 빠진 호리키타.

"그럼 내일 밤. 이 시간에 나와준다고 약속하면 용서해 줄게."

"알았어, 약속할게."

지금은 이것 이외에 다른 선택지가 없었기에 그렇게 대답했다.

방에 있던 키토에게 열쇠를 맡긴 나는 케이에게로 향했다. 공식 커플로 이미 많이 알려져 있다고는 해도, 이케와 시노하라처럼 어디든 상관없이 만나는 것은 아니다.

약속 장소는 개인탕이 여러 개 있는 구역이었다.

만나자마자 무섭게 잔소리를 들었지만, 금세 어리광 모드가 된 케이를 끌어안고 기분을 풀어준 후 얼마간 느긋한 시간을 보냈다.

○수학여행 3일 차

아침 9시에 버스를 타고 료칸을 출발한 지 약 50분.

삿포로역 근처에서 버스가 멈춰, 오늘 첫 일정인 목적지에 도착했다.

이곳에는 삿포로시 시계탑을 비롯해 관광하기 좋은 명소들이 줄지어 있다.

오늘도 그룹끼리 움직여야 하지만, 어제까지와 다른 점이 한 가지 있다.

학교에서 낸 일종의 시험. 제한 시간(오후 5시까지) 전까지 미리 정해놓은 열다섯 군데 중 어떤 조합이든 상관없이 총 여섯 곳을 도는 것이다.

각 관광지의 지정된 촬영 장소에 도착해 그룹 전원이 기념사진을 찍으면 한 곳을 돈 것으로 인정된다. 이걸 반복하면 된다.

의도적으로 멤버를 나눠서 꼼수로 점수를 모으려는 그룹이나 연대하지 않고 멋대로 행동하는 학생이 있는 그룹은 과제를 클리어할 수 없는 구조다.

실격 조건은 정해진 시간에 여섯 군데 미만을 돌고 끝나는 경우뿐이다. 그때는 수학여행 4일 차 자유행동을 박탈당하고 오후 4시까지 료칸에서 다 함께 공부해야 한다.

한편 각 명소에는 점수가 설정되어 있는데, 여섯 곳 총

20점 이상을 딴 그룹은 모두가 3만 프라이빗 포인트를 받을 수 있다. 단, 득점이 많든 적든 실격에는 영향을 주지 않으므로 보수를 목표로 움직일지 말지는 그룹이 판단하면 된다.

또 사진이 선명하지 않아 누가 누군지 알아볼 수 없는 경우 등은 카운트되지 않는다. 보수를 노릴지와 별개의 문제로, 내일 자유 일정을 만끽하고 싶다면 학생들은 진지하게 그리고 서로 협력해서 관광지를 돌아야 한다.

공공기관 이용 횟수 등에 제한은 없지만, 택시 이동은 금지다. 어떤 방법을 써서 관광지를 돌지 기록으로 남겨야 한다.

이 3일 차도 자유 일정이면 학생들이야 더 기쁘겠지만, 나는 이런 식으로 학교 측에서 낸 조건을 바탕으로 홋카이도를 걸어보는 것도 나쁘지 않다는 생각이다.

단순한 자유행동이면 한정적인 관광지만 돌거나 스키나 타다가 수학여행이 끝나고 말겠지. 강제로라도 홋카이도를 둘러볼 수 있는 것은 순수하게 기대된다.

버스에서 내릴 때 팸플릿을 받았다.

학교에서 만든 팸플릿으로 돌아야 할 지점들이 나와 있었다.

삿포로시 시계탑, 삿포로 TV타워, 홋카이도립 근대미술관이 1점. 나카지마 공원, 홋카이도 신궁이 2점. 삿포로시 마루야마 동물원, 홋카이도 박물관, 중앙도매시장 장외시장이 3점. 모에레누마 공원, 시로이 고이비토 파크가 4점. 모이와야마가 5점. 선피아자 수족관이 6점. 조잔케이 온천이 7점. 그리고 시코츠 호수와 우토나이 호수가 8점.

목적지에 그냥 도착한다고 끝이 아니라는 점도 주의해야 한다.

삿포로시 마루야마 동물원 같은 경우에는 입장해서 북극곰 또는 북극곰관을 배경으로 사진을 찍는 것이 명소 투어의 달성 조건이다.

"좀 놀랍네. 이 학교답다고 할까…….."

버스에서 내린 쿠시다가 말을 걸었다. 왜 그러는지 먼 곳을 응시하면서.

"나 여기 있는데."

"아, 미안, 미안. 진짜 몰랐어~."

그럴 리 없지만, 아니, 그렇게 말하는 와중에도 내 쪽을 보지 않았다.

그게 부자연스럽다는 것을 본인도 강하게 느꼈는지 고개를 휙 돌리며 미소 지었다.

"제대로 안 해서 하루를 공부한다고 통으로 날려버리면 얼마나 쓰라릴까. 어제, 아무 제한 없이 종일 자유롭게 해 줬던 것도 이 명소 투어랑 상관있었겠지."

"그럴지도."

자, 문제는 우리 제6그룹이 어디를 선택하느냐다.

명소 투어는 수학여행 전에도 설명을 듣긴 했지만, 자유 시간을 건 일종의 시험이라거나 프라이빗 포인트 보수에 관한 이야기는 버스에서 처음 들었다. 요컨대 그룹의 방침은 아직 정해지지 않았다.

프라이빗 포인트 보수를 목표로 움직이는 그룹은 제한 시간 안에 들어오는 것까지 고려해야 하므로 리스크를 피할 수 없다.

그 자리에 서서 의논하는 그룹도 있는 듯했지만, 대부분은 같은 방향으로 움직이기 시작했다.

"역시 엎어지면 코 닿을 거리에 있는 삿포로시 시계탑부터 가는 그룹이 많아 보이네."

고득점인 시코츠 호수나 우토나이 호수를 목표로 잡는 전략도 있겠지만, 리스크가 크다.

"걸어가면서 의논하는 게 더 효율적이니까."

왕도는 쿠시다가 말했듯 삿포로시 시계탑의 지정 위치에서 사진을 찍은 다음 오도리 공원에서 TV타워 앞으로 가는 게 가장 무난한 시작이려나.

단시간에 돈을 들이지 않아도 되고, 명소도 두 군데 돌수 있다.

하지만 20점 이상을 목표로 하는 과정에서 이상적일지는 현시점에서 아직 알 수 없다.

우리 제6그룹도 여덟 명 모두가 하차를 마쳤다.

"방금 지도 어플로 간단히 검색해봤는데, 택시를 이용할수 있었다고 해도 점수가 높은 여섯 군데를 다 돌려면 몇 시간은 그냥 걸리는 것 같아."

아미쿠라가 한 계산은 촬영 장소에 도착하는 시간을 고려한 것도 아닐 터.

공공기관을 모두 활용해도 제한 시간 내에 고득점 구역만 도는 것은 불가능하리라.

"누구 홋카이도 잘 아는 녀석 없어?"

와타나베가 제6그룹 멤버들에게 물었지만, 긍정적인 대답은 돌아오지 않았다.

나도 다른 학생들과 마찬가지로 홋카이도에서의 이동 방법과 효율적인 수단 등에 대한 지식이 없었기 때문에 어디를 어떻게 도는 게 효율적인지는 조사해봐야 알 수 있었다.

"으으~~~. 지도 어플로 루트를 짜보려고 해도 어디에 뭐가 있는지 모르니까 순서가 자꾸 뒤죽박죽되어버려."

아미쿠라는 지도 어플을 붙잡고 씨름하면서 목적지를 한 번씩 입력해보고 있는 듯했다.

정해진 곳이 현재 위치에서 동서남북으로 다 흩어져 있으니, 위치 관계부터 파악해야 하겠지. 게다가 그 지점까지 대중교통으로 갈 수 있다는 보장이 없고, 학교 측에서 팸플릿 속 일람에 짓궂게 난도 높은 지점을 넣었을 가능성도 있다.

"프라이빗 포인트를 받을 수 있다고 해도 3만이고. 모처럼 관광지를 도는 거니까 그냥 보수는 잊어버리고 즐기는 것도 괜찮지 않을까?"

그런 와타나베의 제안도 타당한 답 중 하나다.

오직 시간 내에 20점을 벌기 위해서만 관광지를 돌면 즐거움이 반감된다.

느긋하게 그곳의 경치를 즐길 여유도 없다.

"그래서 난 무리하지 않아도 된다는 쪽에 한 표야."

"나도 개인적으로는 가고 싶은 곳에 가는 게 좋다고 생각해. 동물원 같은 데도 가보고 싶고."

평소 학교 안에서만 생활하는 학생들은 동물원이나 수족관에 갈 기회가 없다.

모처럼 온 기회를 그냥 버리고 싶지 않은 것도 자연스럽다.

"일단은 다 함께 어디 가고 싶은지 들어보고 계획을 짜보자."

점수를 무시하고 일단은 가고 싶은 곳을 모아보자고 제안하는 아미쿠라. 나를 포함한 여섯 명은 과감하게 득점을 뒤로 미루고 최소한으로 몇 군데만 느긋하게 돌자는 쪽으로 의견이 일치했다.

하지만 이건 그룹 전원이 논의해서 정해야 한다.

지금까지 찬성도 반대도 하지 않는 키토와 류엔의 의견이 아직 남아 있었다.

"키토는?"

계속 침묵으로 일관하는 키토에게 와타나베가 확인을

구했다.

"별로 이의 없어."

긍정적인 대답이 돌아와서 우선은 안도하는 와타나베 무리.

이렇게 해서 7명. 마지막 한 사람인 류엔의 대답은──

돌아오지 않았다.

"아~…… 으음……."

와타나베가 묻기를 주저해서 지금은 내가 나서서 확인하기로 했다.

"다른 애들의 의견은 일치했어. 침묵하는 건 동의로 받아들여도 돼?"

하지만 8억 포인트를 모으겠다고 선언한 류엔이다. 뭐라고 대답할지 뻔히 보였다.

"점수 따러 간다."

심플한 대답, 요컨대 일곱 명과 대립하는 방향으로 말했다.

물론 이 명소 투어를 어떻게 생각할지는 개인의 자유다.

프라이빗 포인트를 얻기 위해 명소 투어를 우선하는 그룹도 있겠지.

다만, 이렇게 의견이 갈라지면 추가 회의는 필연적이다.

와타나베가 괜히 겁먹어서 내가 계속 물어보기로 했다.

"일단 이유를 물어볼까?"

"뻔하지, 프라이빗 포인트야. 난 고작 3만이라고는 생각하지 않거든."

각 반이 얻을 수 있는 포인트는 두 명 합해서 6만.

8억의 비율로 보면 먼지에 불과하지만, 분명한 한 걸음인 것도 사실.

"앞에 돈이 떨어져 있는데 줍지 않을 이유가 없지. 너흰 그냥 입 다물고 따라라."

이 명소 투어에는 시간 관리 실패로 인한 제한 시간 초과, 득점 부족이라는 위험이 있긴 해도, 기본적으로 불이익 요소는 없다. 규칙을 준수하고 목적을 달성한다면 학교 측으로부터 프라이빗 포인트를 받는다. 즉 플러스 요소밖에 없다는 이야기이다.

받을 수 있는 걸 받지 않으면 손해인 건 분명 사실이리라. 하지만 일곱 명의 의견을 무시하는 강압적인 태도에 당연히 키토가 가만히 있을 리 없었다.

"네놈 만족을 위해 모두 따르라고?"

"그래. 뭐 잘못됐냐?"

"민주주의를 무시하는 짓이야. 이런 건 다수결로 정해야 하는 문제라고."

"내 알 바 아닌데. 언제부터 이 그룹에 민주주의인지 뭔지가 있었냐?"

"애초에 네놈이 푼돈에 집착하는 것부터 이해가 안 가네. 영 못 믿겠다고."

"그럼 뭐라고 생각하는데?"

이게 몇 번째인지 이제는 세지도 않는다.

류엔과 키토의 싸움에 아무도 끼어들지 못하고 가만히 있었다.

"그룹의 의견 일치가 마음에 안 들어서 휘저어놓으려고 일부러 그런다는 생각밖에 안 들어."

"그렇군, 사실 그럴지도 모르지. 네 그 불만스러운 얼굴을 보는 것도 나쁘지 않네."

이 두 사람이 계속 대화하게 놔두면 금세 위험한 방향으로 돌입한다.

"공공기관을 이용하는 데도 프라이빗 포인트가 어느 정도 들어가. 그것까지 포함하면 최종적으로는 일 인당 3만 프라이빗 포인트가 안 되는데 그래도?"

상세한 금액은 아직 잘 모르지만, 어느 정도의 지출이 요구된다.

"그래도. 설령 2만 가까이 되는 보수라도 안 가고 포기할 생각은 없어."

어느새 버스 주위에 우리 그룹만 남아 있었다.

"이러는 사이에도 귀중한 시간이 그냥 흘러가고 있어. 그건 잘 알고 있겠지, 키토."

빨리 받아들이고 적절한 루트나 알아봐라. 류엔이 그런 강한 압력을 넣었다.

물론 불에 기름을 붓는 격인 이 발언에 키토가 가만히 있을 리 없었다.

"거절한다. 네놈이 프라이빗 포인트를 고집해서 다수의 의견을 무시할 생각이라면 난 이 명소 투어에 협력할 생각 없어. 그러니까 프라이빗 포인트를 받기는커녕 내일 있을 자유 시간도 박탈당할 거란 얘기지."

아무래도 키토는 철저하게 맞설 생각인지, 류엔의 의견을 받아들이지 않겠다고 단언하면서 다시 강하게 항의했다.

"크큭, 소수가 되는 건 너야, 키토. 어차피 시간이 지나면 이 녀석들은 나를 따를 수밖에 없거든."

출발 지점에서 아무 이익도 없는 오래 버티기 시합이라도 시작할 셈인가.

꼼짝도 하지 않는 류엔을 움직이려면 프라이빗 포인트를 모으는 방향으로 방향을 전환하는 것이 가장 편하다. 여섯 명에게도 3만이라는 수입은 나쁜 이야기가 아니어서 단점만 있는 것은 아니다.

게다가 내일 자유행동이 보장된다면 오늘 다 못 가본 관광지를 마저 둘러볼 수도 있다.

키토를 제외한 여섯 명이 류엔 쪽으로 기울면 그게 다수의 의견이 된다는 노림수.

"설령 모두가 어쩔 수 없이 네놈 쪽으로 붙어도 난 끝까지 안 따를 거야."

그렇게 되면 7대1로 키토가 악역이 된다.

"네놈 혼자서 그룹을 망친다면 돈을 포기할 가치가 있을

지도 모르겠네?"

"바라는 바야."

악역이 되는 것쯤 익숙하다는 듯 키토는 전혀 꺾이지 않았다.

"지, 진정해, 키토. 자유 시간까지 버리는 건 아무리 그래도……!"

계속 벌벌 떨기만 하던 와타나베였지만, 이쯤 되니 과연 끼어들 수밖에 없었다.

"그럼 류엔을 설득하든지."

"윽……."

어떻게 해야 하냐며 와타나베가 머리를 감쌌다.

"그, 그렇지, 니시노. 같은 반이니까 류엔한테 말 좀 잘해봐."

"말하는 거야 쉽지만 그런다고 쟤가 생각을 바꾸겠어? 나, 괜한 짓은 안 할래."

이미 안 지 오래인 니시노는 결과가 눈에 뻔히 보이겠지.

이렇게 된 이상 어쩔 수 없다며, 처음부터 포기하는 분위기로 나왔다.

"……잠깐 나 좀 봐. ……이 상황, 어떻게 하면 좋겠어?"

내 팔을 잡아당겨 모두와 살짝 거리를 둔 다음 쿠시다가 귀에 대고 속닥였다.

"류엔을 따르는 게 무난할 것 같긴 한데, 키토가 저렇게 나오니까. 그렇다고 해서 키토한테 맞춰도 류엔이 움직이지 않을 거고. 정말 둘 다 자기 멋대로라니까."

검은 본성이 새어 나오는지, 이름을 부르는 말투가 거칠
었다.

"해결 방법이 없는 건 아니야."

"그래?"

"웬만하면 추천하고 싶진 않지만."

"일단 말해볼래?"

"류엔이 원하는 건 프라이빗 포인트이고 관광은 중요하
지 않아. 반면 우리 일곱 명이 원하는 건 가고 싶은 곳에
가서 즐겁게 관광하는 거지. 키토의 의견도 이쪽이고."

"그래. 상반되지."

"그럼 7명이 돈을 걷어서 류엔에게 주면 돼. 키토는 거
부할 테니까 사실상 여섯 명인가. 한 사람당 5,000 프라이
빗 포인트를 류엔에게 헌납하면 불만 없지 않겠어?"

"아, 그러네, 그런 해결 방법도 있네……."

하지만 다른 사람도 아니고 류엔이다. 개인으로 3만을
받는 것만으로는 받아들이지 않을지도 모른다.

나는 쿠시다 귀에 대고 리스크를 계속 읊었다. 이 그룹
이 보수를 받는다고 가정하면 각 반당 6만 프라이빗 포인
트가 들어온다. 요컨대 적어도 같은 반 니시노의 몫인 3만
까지 받아내는 짓 정도는 할 터. 니시노가 사양해도 결국
류엔이 자기가 꿀꺽하기 위해 요구하겠지.

그렇게 되면 다섯 명이 6만 프라이빗 포인트를 부담해야

하니, 한 사람당 12,000 프라이빗 포인트. 관광을 즐기기 위해 그런 지출을 해야 한다면 거부감이 들 것이다.

"싸진 않네······."

원래 이익밖에 없는 명소 투어인데, 오히려 손해만 보는 셈이다.

이후의 관광을 순수하게 즐길 수 있을지도 의심스럽다.

또 소수파의 강경한 자세에 다수파가 굴하는 것 역시 그룹에 나쁜 전례를 만들 뿐이다.

"그리고 최악의 경우, 더 내라고 할 위험도 고려해야 해."

"뭐? 그런 말도 안 되는 요구····· 저 애라면 태연하게 하려나······."

"바로 그거야."

"아야노코지가 하고 싶은 말이 뭔지 잘 알았어. 그건 추천하지 않는다는 거지."

"잔꾀 부리지 않고 의견을 모으는 게 제일 나아."

"평화로운 의논이라는 게 그리 쉬운 일이 아니야. 아니, 아예 무리 아닌가?"

하긴 류엔과 키토가 쉽게 꺾이진 않을 테니, 필연적으로 그룹의 발목을 잡겠지.

"아, 그래. 차라리 누가 오래 버티나 해보라고 하는 건 어때? 20점 이상을 모으려면 꽤 무리해서 움직여야 하잖아? 여기서 30분, 1시간 쓰면 쓸수록 가망 없어지지."

득점할 수 있는 유예 시간을 다 써버리는 전략인가.

다만, 그 선택지도 여러 문제가 내포되어 있다.

"류엔이 시간이 부족하다고 판단했다고 해서 그 후부터 순순히 명소 투어, 관광을 즐길 거라는 보장은 없어. 결국 붕괴하는 거야. 내일의 자유 시간은 틀림없이 사라지겠지."

"아아…… 그런가. 다 뻔히 보일 테고."

여기서 취할 수 있는 수단은 그리 많지 않다.

다소의 리스크를 각오하고 어떻게든 의견을 통합하는 방향으로 가는 수밖에 없다.

"나도 귀중한 오늘을 버리고 싶지 않아. 지금은 움직이기 위해서 고통을 좀 감수하는 수밖에 없겠다."

"……어쩌려고?"

한 가지 결론을 내렸는데, 그전에 중요한 사실을 깨달았다.

아무리 주변 사람 귀에 들리지 않게 하기 위해서라지만, 쿠시다와의 거리가 너무 오래 가까웠다.

누가 봐도 나와 쿠시다만 내밀한 이야기를 주고받는 그림이었다.

"너…… 카루이자와랑 사귀잖아?"

와타나베가 살짝 노려보면서 말했다. 아미쿠라도 썩 좋은 표정은 아니었다.

"작전 회의하는 거야. 그렇지? 쿠시다."

"물론이지. 방금 아야노코지랑 의견을 정리했어."

그렇게 말한 쿠시다가 나에게서 확 거리를 벌렸다.

누가 봐도 싫은 사람을 멀리하는 듯 과장된 행동이었는데, 기분이 좋진 않다.

하지만 그 모습에 와타나베 무리가 납득한 모양이니, 잘한 행동이겠지.

나는 마음을 바로잡고, 계속 노려보는 키토 그리고 전혀 개의치 않으면서 스마트폰을 보고 있는 류엔에게 가까이 다가갔다. 그리고 두 사람을 등지고 나머지 다섯 명과 마주 보았다.

"류엔과 키토를 제외한 나머지 멤버들한테 물어볼 게 있어. 현재 의견이 어떤지 다시 알아보고 싶어서. 관광을 우선할지 프라이빗 포인트를 우선할지. 후자로 생각이 바뀐 사람이 있으면 손 좀 들어줄래? 분위기 개의치 말고 솔직한 자기 의견을 밝혀줘."

와타나베를 비롯한 아이들이 서로 눈치를 보았지만 아무도 손을 들려고 하지는 않았다.

하는 행동을 보면 알 수 있는데, 거짓말하는 사람은 없는 듯하다.

요컨대 관광이 우선이고, 고득점을 노리는 방침에 찬성하는 사람은 없다.

"그래서 뭐 어쩌라고? 무슨 소리를 하든 난 생각 안 바뀐다, 아야노코지."

편들어 줄 아군이 없어도 네가 개의치 않는다는 건 잘 알고 있다.

"미안한데 지금은 다섯이서 얘기할게."

한 번 돌아보았다가 바로 류엔에게서 시선을 뗀 나는 다섯 명과 이야기를 계속 이어갔다.

"이런 상황이 된 이상 여덟 명 모두의 의견은 정리될 수 없고, 의논하는 만큼 시간 낭비라는 결론을 내렸어."

"그럼 어떻게 하자는 거야? 류엔에게 맞춰주자고?"

니시노도 관광하고 싶은 한 사람으로서 불만을 감추려고 하지 않았다.

"아니, 그건 아니야. 개인의 의견은 최대한 존중해야 하겠지만, 그룹인 이상 발언권의 효력은 8분의 1에 불과해. 또 그렇게 되어야만 하고. 키토가 류엔에게 느끼는 반발심, 이것도 그래 봐야 8분의 1이야. 내 의견을 빼도 여기 있는 다섯 명은 과반에 해당하는 8분의 5의 발언권을 가지고 있지."

"그거야 알지. 하지만 그렇게 하면 아무리 의논해도 정리가 안 되니까 곤란한 거잖아? 8분의 1이든 8분의 5든, 모두가 같은 선택을 하지 않으면 다음으로 나아갈 수 없으니까."

"그렇지. 하지만 이 상황을 어떻게 할지 그 권리를 가지고 있는 건 의심의 여지 없이 이 다섯 사람이야. 류엔의 방식과 생각에 찬성할 수 없다면 굳이 따를 필요 없어. 프라이빗 포인트를 획득하는 선택지를 버릴 수 있다는 얘기야. 지금 당장 명소를 돌자는 생각을 버리고, 각자 알아서 자유롭게 관광하면 돼."

"……내일 자유행동을 포기하자는 말이야?"

"정답이야. 여기서 류엔이 의도하는 대로 움직여도 어차 피 내일 자유행동 때 우리가 가고 싶은 곳에 갈 수 있다는 보장도 없어. 료칸에서 안 나가겠다고 버티면 그 시점에서 우리 그룹은 외출조차 못 하게 돼. 반면 오늘의 자유는 보 장되잖아."

"하지만 5시까지인데?"

"아니지. 오후 5시까지인 건 명소 투어를 해서 내일 자 유행동까지 고려한 그룹에게만 해당돼. 우리는 료칸으로 돌아가야 하는 통금 시간 오후 9시까지 마음대로 해도 되 는 권리가 있어. 게다가 개인이 하고 싶은 대로 해도 되고. 친한 친구가 있는 그룹에 합류해도 상관없겠지. 그걸 학교 측에서 뭐라고 할 순 없어."

4일 차 일정을 포기하는 대신, 3일 차를 아무도 따라 할 수 없는 완전한 자유 일정으로 바꿔버리자는 것.

이것이 다섯 명에게만 허락된 절대적 권리다.

"어떻게 할지 결정하는 사람은 류엔이나 키토가 아니라 는 걸 잘 생각해보길 바란다."

"……그렇구나."

쿠시다가 괜히 더 이야기 꺼내지 않고 멤버들의 눈을 보 며 의견이 하나로 모였다는 것을 확신했다.

"류엔, 우린 역시 프라이빗 포인트를 목표로 하지 않겠어.

오늘은 다 같이 가고 싶은 곳을 정해서 즐거운 하루를 보내고 싶어. 만약 따르지 않겠다면 여기서 각자 흩어지게 되겠네. 그 후에 어떻게 될지는 방금 아야노코지가 말한 대로야. 내일은 모두 함께 종일 즐겁게 공부하게 될지도.”

그 말에 니시노가 웃었고, 아미쿠라와 와타나베 그리고 야마무라까지 각오했다는 듯 고개를 끄덕였다.

그에 호응하듯 키토의 입꼬리가 살짝 올라갔다.

“좋은 제안이네. 나도 받아들인다.”

지금까지 류엔에 대한 반발심 때문에 반대했던 키토가 다섯 명 쪽으로 돌아섰다.

모두가 결론을 내려서, 실질적으로 처음 류엔에게 공이 넘어갔다.

쿠시다와 아이들의 의견에 따라 프라이빗 포인트를 단념할지, 계속 반항해서 해산하게 만들지.

어느 쪽이든 원하는 프라이빗 포인트는 얻을 수 없다.

그러기는커녕, 내일 스터디까지 덤으로 따라온다.

“쓸데없는 짓을 했군, 아야노코지.”

말로는 불평했지만, 진짜 불만을 느끼는 것 같지는 않았다.

주위 사람들 눈에는 단순한 허세로 보이겠지만.

“여행지까지 와서 공부하는 건 절대 사양이니까. 따라줄게.”

끝까지 저항할 가능성도 생각했는데 류엔은 순순히 물

러났다.

만약 해산해도 프라이빗 포인트를 얻을 수 있다며 망설이지 않고 그렇게 했겠지만, 이득이 없다는 것을 안 이상 갈등을 피하는 쪽을 선택한 것이다.

그 후 우리 제6그룹은 학교의 지시에 따르면서도 여행다운 여행을 하며 시내 주변의 명소와 원했던 동물원을 구경했다.

결과적으로 모은 점수가 20점에는 미치지 못했지만, 만족스럽고 유의미한 시간이었다.

1

3일 차 석식. 전날까지는 아침저녁 모두 가이세키 요리*였는데, 오늘 저녁부터 돌아가는 날인 모레 조식까지 무제한 뷔페 형식으로 변경되었다. 물론 무제한은 인생 첫 경험이다.

식사는 어제처럼 그룹끼리 모여 할 필요가 없고 자유롭게 아무 자리에나 앉아 먹어도 되었다. 이미 많은 학생이 트레이를 들고 비좁은 공간을 분주히 돌아다니고 있었다. 여자친구인 케이도 오늘은 많은 여자애와 같이 다녔는데 멀리서도 종종 그 웃음소리가 들려올 정도였다.

---

*일본식 코스요리.

스스럼없이 혼자 다닐 수 있게 된 나는 주변 학생들을 보면서 규칙을 학습했다.

쌓여 있는 트레이 중 하나를 손에 들고, 각 요리 옆에 놓인 용도별 식기를 자유롭게 조합해서 특정 루트를 돌며 순서대로 요리를 담는 흐름 같았다.

우선 샐러드볼을 올린 후 양상추, 토마토, 양파, 피클 등을 담았다.

드레싱은 다섯 종류 중에 고를 수 있어서 양파 드레싱을 선택.

"……재미있네."

정해진 것이 나오는 식사와 달리, 자기가 하나하나 선택하는 만큼 개성이 강하게 묻어나온다.

나도 모르게 영양 균형을 중시한 요리에 손이 가고 만다. 반면 주위에 있는 학생들은 같이 앉은 친구를 따라 같은 것을 먹는 사람도 있는가 하면 양을 적게 해서 많은 종류를 담아오는 사람도 있는 등 정말 패턴이 각양각색이었다.

이어서 부식 코너에 줄을 서자, 내 뒤로 속속 학생들이 모이기 시작했다.

조금 이른 저녁이어서 아직 학생이 별로 없을 줄 알았는데 오히려 반대였다.

오픈 시간을 노린 학생들이 많아 보였다.

일식을 메인으로 하면서도 스테이크와 샤오마이, 콘 수프 등도 있었다.

"여어, 아야노코지. 너, 설마 혼자 먹을 셈이냐?"

대충 다 골라 자리를 물색하고 있는데, 빈손인 이시자키가 말을 걸어왔다.

"그러려고."

"그럼 나랑 같이 먹자. 아까 니시노 녀석한테도 말 걸었어, 혼자길래. 혼자 먹으면 쓸쓸하잖아?"

"아니…… 뭐, 그렇지."

거절할 이유도 딱히 없으니, 지금은 이시자키의 호의를 받아들이는 게 좋을까.

자리까지 안내하는 이시자키를 따라가자 니시노가 가볍게 손을 들었다.

알베르트도 있었는데, 선글라스 너머로 눈이 마주친 것 같은 느낌이다.

이시자키의 것으로 보이는, 메뉴가 산처럼 쌓인 트레이 옆에 자리를 잡았다.

"그럼 나 요리 더 가져올 테니까. 먼저 먹고 있어."

나에게 말 걸었을 때 빈손이었던 건 음식을 가지러 가던 도중이어서였나.

이시자키가 콧노래를 흥얼거리면서 다시 음식이 진열된 곳으로 돌아갔다.

"너도 이시자키의 오지랖에 걸려들었네."

"거절했는데 집요하게 나오더라고."

"친구를 가만히 내버려 두지 못하는 타입이니까."

"글쎄. 입학 초반에는 꽤 어두웠는데, 지금보다 훨씬 날이 서 있었고."

하긴 요즘에는 많이 밝은 이미지지만, 입학 초반과는 다른지도.

접점이 거의 없어서, 솔직히 말하면 별로 기억에 남아 있지 않지만.

"초반에는 류엔을 싫어했던 것 같고, 반골 기질이 강했던 것 같아."

억압당하고 있어서 몰랐는데, 아마 그게 진짜 이시자키겠지.

어떤 의미에서 계속 변하지 않는 인상은 지금 묵묵히 밥을 먹고 있는 알베르트인지도 모른다.

큼직한 손으로 능숙하게 젓가락질하고 있다.

"예스! 가져왔다, 게! 게만 집중 공략!"

돌아온 이시자키의 트레이에 커다란 접시가 올려져 있었고, 거기에 게만 엄청나게 쌓여 있었다.

테이블에 내려놓을 때 반동으로 게 다리가 뚝 떨어졌다.

"······양이 어마어마하네."

"홋카이도 하면 게 아니겠어?! 다들 눈독 들이고 있으니까 말이지, 서둘러서 다 쓸어왔지."

"너 진짜 없어 보인다."

과연 알록달록한 메뉴 중에 유독 게 코너에 학생들이 대거 몰려 있었다.

나는 그 군중 속에 들어가기 싫어서 처음 돌 때 이미 가져오는 걸 포기했는데.

"뭐가 없어 보이냐. 여기는 바이킹이야, 바이킹! 얼마든지 가져와도 된다고!"

많이 안 가져오면 손해라는 지론을 펼치는 이시자키.

"일단 그 바이킹이라는 단어부터 한없이 촌스러우니까 그만해줄래?"

"뭐? 그럼 뭐라고 하란 말이야?"

"뷔페, 뷔페!"

"뷔페? 아니, 그게 더 촌스럽지 않냐? 뭐야, 그게."

부르는 방법의 차이, 뭐, 세세하게 파고들면 규칙이 다를 듯하지만, 그런 것보다도 니시노가 신경 쓰이는 부분은 접시 위에 산더미처럼 쌓인 게겠지.

"……세세한 건 그냥 넘어가라고. 난 바이킹을 기대했었으니까."

"……다른 사람도 좀 배려하는 게 어때? 게는 메인 요리 중 하나인데."

"뭐래? 그랬다간 다른 놈들이 다 쓸어가 버린다고. 그리고 여긴 무한 리필이니까 알아서 많이 준비해놨겠지."

뭐, 그것도 일리 있다면 일리 있는 말이긴 하지만.

몸을 돌린 이시자키가 손가락으로 가리킨 곳에, 요리사가 바쁘게 삶은 게를 보충하고 있었다.

그리고 적어도, 이걸 다 먹을 수만 있다면 말릴 권리는

없겠지.

"아, 싫다, 싫어."

그렇게 말한 니시노가 이시자키에게서 시선을 떼고는 계란찜을 숟가락으로 떠서 입으로 가져갔다.

옆에서 조용히 식사 중인 알베르트로 말할 것 같으면……

그가 고른 메뉴는 가지나물, 시금치참깨무침, 각종 회, 된장국, 밥 등등. 하나부터 열까지 죄다 일식이었다.

"일식을 좋아하나 보네."

그렇게 말하니 알베르트가 젓가락을 신중하게 내려놓은 다음 아무 말 없이 엄지를 치켜들었다.

그리고 다시 젓가락을 들고 식사로 돌아갔다. 먹는 방식도 와구와구 먹는 이시자키보다 훨씬 정갈했다.

"그런데 아야노코지. 류엔 씨랑 같은 그룹이던데, 잘 되어가고 있냐?"

"난 특별히 하는 게 없어. 다른 애들이 잘 도와주는 덕분에 나름대로 잘 굴러가고 있어."

"스키장에서 난리 났던 걸 모르는 듯한 말투네."

휘말린 당사자 중 한 사람으로서, 치가 떨린다는 듯 기억을 떠올리는 니시노.

"다른 학교 애들이랑 붙었다며? 젠장, 나도 그 자리에 있었어야 했는데!"

"너까지 있었으면 일이 더 커졌다니까. 남자들은 왜 그렇게 다혈질인 거야?"

그렇게 따지면 니시노도 꽤 용감하게 굴던데.

시비 걸린 야마무라를 보호하기 위해 물불 안 가리고 맞받아쳤었다.

"그러는 너도 다혈질이더만."

볼이 미어터지게 게를 먹어대면서 이시자키가 킥킥 웃었다.

"시끄러워. 그리고 음식물 튀기지 마, 더러우니까."

"너도 류엔 씨한테 민폐 끼치진 않았겠지? 하는 말 고분고분 잘 들어라?"

"네가 맹신하는 거야 네 마음이지만, 왜 나까지 그 녀석 말에 따라야 하는데?"

이시자키와 싸우듯이 말하면서도 티키타카가 잘 된다.

과연 서로를 훤히 아는 같은 반이라고 할까.

다만 그룹에서 니시노를 정기적으로 관찰해보니, 말수는 비록 적어도 남에게 민폐 끼치는 아이가 아니었고 자기 나름대로 야마무라를 챙겨주는 등 마음씨 따뜻한 면이 있었다.

"쭉 느끼던 건데 말이지, 니시노는 류엔이 안 무서워?"

"그야, 뭐 그 애가 진짜 정색하고 나올 때는 위험하다고 느끼지만, 우리 집 멍청한 오빠도 한때 불량해서 내성이 좀 생긴 것 같아."

가족 중에 비슷한 유형이 있다는 말인가.

그렇다면 시비 붙었을 때도 강하게 맞받아친 것도 이해가 간다.

"학생일 때 제대로 하지 않으면 나중에 고생할 게 눈에 뻔히 보이는데, 오빠는 바보같이 고등학교를 그만두고 제대로 된 일자리도 못 찾아서 진짜 많이 고생했었어."

떠올리기도 싫은지, 몇 번이나 무거운 한숨을 내쉬면서 그렇게 말했다.

"그래서 어떻게 됐는데?"

"일단 지방 건설회사에서 받아줘서 그곳 현장에서 매일 죽어라 일하고 있어. 월급은 싸지만."

현실을 가까이에서 봤기에 류엔과 이시자키의 앞날을 생각하면 한숨밖에 나오지 않는다는 것이다.

지금 하고 싶은 대로 하고 살면 나중에 고생한다. 이것은 불량한지 아닌지와 상관없이 사회에 통용되는 상식이겠지.

끼가 많아야 하는 예능 쪽이나 크리에이터, 또는 신체 능력이 중요한 스포츠 쪽을 제외하면 기본 학력은 높은 편이 좋다.

학업에 매진하면 할수록 나중에 편한 위치에서 시작할 가능성이 크다.

"너, 그렇게 생겼어도 꽤 머리 좋잖아."

"그렇게 생겼어도라는 사족은 빼줄래? 그리고 그거, 너니까 그렇게 보이는 것뿐 아니야?"

"아하하! 그럴지도 모르겠네!"

이시자키의 눈에서는 거의 모든 학생이 우등생으로 보이는 듯하다.

식사를 마치고 나가려는데 한 남자, 카츠라기가 눈에 들어왔다.

아무와도 같이 밥 먹지 않고 혼자 구석 테이블에 앉아 묵묵히 음식을 입에 넣고 있었다.

그 모습이 좀 마음에 걸려서 잠시 관찰해보니, 기묘한 광경이 보였다.

류엔 반의 오다가 카츠라기를 발견하고 다가가려 하니 A반 마토바가 그걸 막듯 바로 가서 뭐라고 말했고, 오다는 카츠라기를 신경 쓰면서도 다른 학생이 있는 곳으로 가버렸다. 마치 카츠라기와의 접촉을 방해하는 듯한 행동. 그 광경이 한 번이 아니라 두세 번 이어졌다.

마토바는 카츠라기와 같은 제2그룹 멤버다. 원래라면 카츠라기와 같은 테이블에 앉아 있어도 이상하지 않은데 정반대 행동을 하고 있다.

A반에는 꽤 음침한 사람도 있는 것 같군.

그냥 놔둬도 되지만, 카츠라기와 한 번 접촉을 시도해봐야겠다.

그런데 내가 다가가는 것을 알아차린 마토바가 바로 나에게 왔다.

"지금 카츠라기랑 그룹 이벤트를 하는 중이야. 그냥 둘 수 없을까?"

그렇군. 제2그룹만의 문제라면 같은 반이라도 물러나는 수밖에 없지.

그래서 오다도 바로 수긍하고 돌아갔던 거구나.

이건 A반 전체의 뜻일까, 아니면 마토바의 개인적인 행동일까.

그리고 그 뒤에는 류엔 반을 잡기 위한 의도가 들어 있는 것일까.

어느 쪽이 됐건 제삼자가 보기에는 음침한 따돌림 같다는 생각밖에 들지 않는 행동이다.

나에게 부탁한 마토바에게 새로운 손님이 등장했다.

마토바가 또 막기 위해 몸을 돌렸다가, 이내 그만두었다.

"윽……."

숨을 삼키더니, 마치 처음부터 방해 공작 따위는 하지 않았다는 것처럼 등을 돌렸다.

"여어, 카츠라기. 꽤 우울한 면상으로 밥 먹고 있잖아?"

마토바가 차마 다가가지 못한 것도 무리는 아니다, 왜냐하면 그 손님이 류엔이었으니까.

예상치 못한 대물의 등장에 조용히 혀를 차면서 바로 자리를 피했다.

류엔은 마토바의 뒷모습에 눈길조차 주지 않고, 카츠라기의 앞으로 왔다.

"밥 먹는 중이야. 무슨 볼일 있나?"

"비참해하는 네 얼굴을 가까이에서 구경하려고."

"무슨 뜻인지 모르겠군."

"크큭. 반을 배신한다는 건 그런 거야. 지금 새삼 후회해 봐야 이미 늦었다고, 카츠라기."

"후회 따윈 안 해. 제동을 걸 수 없는 리더는 골치 아프 지만, 지금의 반과 죽이 되든 밥이 되든 끝까지 같이 갈 각 오는 되어 있어."

멋쩍어서 그러는지 살짝 돌려 말하기는 했지만, 류엔 반 의 일원이라는 자각을 똑똑히 하고 있다는 것을 알 수 있 었다.

"그러냐?"

의자를 드르륵 끌어 앉은 류엔이 빈 유리잔을 내 앞에 밀었다.

"물 가져와라, 아야노코지."

"……나냐."

"사람이 많은 곳에선 널 두려워할 필요가 전혀 없잖아. 편하고 좋네."

"어쩐지 같은 그룹이 됐을 때부터 좀 막 대한다고 생각 했는데…… 젠장."

"신경 쓰지 마, 내가 갔다 올게."

보다 못한 카츠라기가 나서주었지만, 내가 살며시 만류 했다.

"나도 목말랐는데 잘됐지 뭐."

게다가 혼자 밥 먹는 카츠라기를 그냥 내버려 두지 못한 류엔 나름의 배려도 언뜻 엿보았으니까.

그래서 일단은 받아들이기로 했다.

2

카츠라기가 식사를 마실 때까지 남아 있던 류엔 그리고 카츠라기와 나는 식당을 빠져나왔다.

그러다 입구 근처에 있는 대기석에 가만히 앉아 있는 쿠시다를 발견했다.

쿠시다는 우리 세 사람을 보자마자 자리에서 일어나 성큼성큼 다가왔다.

"류엔, 할 얘기가 있는데 잠깐 괜찮아?"

아무래도 류엔이 나오기만을 기다렸던 모양이다.

일찍 식사를 마친 편인 우리보다도 여학생 쿠시다가 먼저 다 먹었다고 생각하니 마음이 안 좋네.

류엔에게 꼭 해야 하는 말이 있어서 미리 준비하고 있었다고 보는 게 좋을 듯하다.

카츠라기가 분위기를 읽었는지 바로 혼자 방에 돌아갔다.

"뭐? 무슨 용건?"

"여기서는 좀…… 장소를 바꿨으면 좋겠는데 괜찮을까?"

보는 눈이 있어 평소와 다름없는 가식 모드의 쿠시다였

는데 태도가 어딘지 이상했다.

"미안하지만 넌 내 취향 아닌데."

"아하하, 그런 거 아니야. 그리고 너무 걱정하지 마. 나도 류엔은 목에 칼이 들어와도 사양이니까."

주위를 경계하며 류엔에게 은근슬쩍 살기를 드러내는 쿠시다.

"뭐, 됐다, 얘기 정도는 들어줄게. 애물단지는 치우는 게 좋겠지?"

애물단지란 물론 나를 가리킨다. 쿠시다도 미안하다며 두 손을 모으니, 지금은 그냥 퇴장해주자. 두 사람은 나란히 사람 없는 곳으로 걸어갔다.

저대로 내버려 두면 왠지 안 좋은 방향으로 흘러갈 것 같은데.

나는 소리 죽여 두 사람 뒤를 밟기로 했다. 단, 세심한 주의를 기울이며.

이따금 뒤를 신경 쓰는 듯한 류엔의 모습을 봐서도 신중하게 구는 것이 정답이다.

"그래서? 굳이 나랑 단둘이 무슨 얘기를 하려고?"

"나랑 네 관계에 대해서. 그룹으로 행동할 때 자꾸 쓸데없는 소리 하잖아? 그런 거, 하지 말아 줄래?"

내가 본 것만 해도 두 번, 류엔은 쿠시다 앞에서 폭탄의 도화선에 불을 붙이려는 짓을 했었다. 그걸 좋게 받아들이지 않는 건 당연하다.

"나를 뭐 어쩌고 싶은 건데?"

"어쩌고 싶냐고? 지금은 아무 생각도 없는데."

"……그럼 언젠가는 그럴 수도 있다는 뜻이야?"

들리는 목소리의 느낌을 봤을 때 쿠시다에게 약간 여유가 없는 듯했다.

"너는 스즈네를 퇴학시키고 싶어서 악마에게 영혼을 팔았잖아? 거기에는 당연히 리스크도 딸려오지. 인제 와서 과거를 없었던 걸로 할 순 없지 않냐?"

"그래, 그렇지. 그건 그렇다고 생각해."

"그나저나 태도가 꽤 많이 달라졌는데, 키쿄. 예전의 너라면 내가 도발해도 이렇게 나오진 않았을 텐데. 안 그러냐?"

이상함을 감지한 류엔. 만장일치 특별시험에 대해 전혀 모를 테지만, 예리한 후각을 가진 녀석이니 느껴지는 게 있겠지.

"혹시 네 본성을 받아주는 놈이라도 나타났냐?"

"의심하는 건 네 자유지만, 틀렸어."

"크큭. 이랬든 저랬든 나한테 넌 반을 공략하는 데 중요한 열쇠 중에 하나야. 언젠가 스즈네 반과 붙을 때 봐주지 않고 이 무기를 써서 망가트려 버릴 거다."

류엔은 지금까지 의도적으로 쿠시다를 건들지 않았다. 언젠가 찾아올 더 중요한 시점에 효과적으로 타격을 주기 위해 아껴둘 생각인 듯했다.

그리고 이는 다시 일어나 자신을 위해 반에 봉사하기로 다짐한 쿠시다에게는 걸림돌이다.

쉽게 제거할 수도 없으니 쿠시다는 내내 괴로울 것이다.

"어떻게 할래? 나한테 무릎이라도 꿇으면서 제발 비밀을 지켜달라고 애원할래? 아니면 나를 퇴학시킬 건가? 둘 다 어렵겠지만."

"나는……."

그 어느 쪽의 선택도 쿠시다가 할 수 있는 게 아니다.

설령 다른 세 번째 선택지가 있더라도 마찬가지다.

"미안한데 류엔, 이제 쿠시다를 건드는 건 그만둬라."

나는 더 이상 숨어 있지 않고 두 사람 앞에 모습을 드러내기로 했다.

"쳇. 역시 뒤를 밟았냐."

"아, 아야노코지?!"

"네가 경계하는 건 이미 알고 있었으니까."

"뭐, 됐고. 그래서? 키쿄를 건들지 말라는 게 무슨 말이야?"

"그대로의 의미야. 쿠시다에 대해 소문낼 생각인가 본데, 그만두는 게 좋아."

그 경고를 받은 류엔이 유쾌하다는 듯 웃으며 손뼉을 쳤다.

"하하하! 뭐야, 아야노코지, 역시 너도 껴 있었냐? 그리고 네가 그렇게 말한다는 건, 이 녀석이 더는 예전처럼 반에 암 같은 존재가 아니란 소리네."

지금까지 느낀 의문을 해소하는 답을 얻은 류엔이 즐겁다는 듯 웃었다.

"그래. 쿠시다는 지금 호리키타 반의 일원으로 새로운 걸음을 내딛고 있어. 네 참견으로 망가지게 둘 생각은 없다."

"미안한데 더 재미있어졌어. 이해관계 따지지 말고 지금부터 분위기 한번 달궈볼까?"

"아무도 류엔이 하는 말 따위 믿지 않을 거야."

여기서 쿠시다가 참지 못하고 맞섰지만, 그 정도로 류엔이 멈출 리는 없다.

"어떨까? 안 해보면 모르지, 그런 건."

지금 필요한 건 어중간한 말로 막는 것이 아니라 행동을 완전히 봉쇄하는 것.

"만약 네가 폭로하겠다는 결단을 내린다면 아무도 못 막겠지."

나는 불안과 모욕감을 감추지 못하는 쿠시다에게 걱정하지 말라며 어깨를 토닥여 주었다.

"하지만 그랬다간 넌 학년말 시험에서 사카야나기와 싸우겠다는 그 목표를 이루지 못할 거다."

"뭐? 왜 그렇게 되는지 잘 모르겠는데."

"네가 바라지 않는 식으로 내가 나설 거니까."

내 말에 반응하듯 류엔의 미소가 순간 험악하게 바뀌었다.

예전에 겁도 없이 케이를 납치했을 때처럼, 아니 그 이상으로.

"하. 뭐야, 아주 오랜만에 보네, 그 얼굴."

나는 류엔과 쿠시다 사이에 끼어들어 류엔을 더 궁지로 몰았다.

"지금 여기서 내가 침묵을 선택해도—— 폭로하지 않는다는 보장은 어디에도 없는데?"

류엔은 강하게 나왔지만, 이윽고 가볍게 두 손을 들었다.

"이 이야기는 그만두지. 애초에 난 키쿄 일로 너희 반에 시비 걸 생각이 없었어. 아니, 그럴 생각이 사라졌다고 말해야 할까."

"무슨, 말이야?"

"아야노코지가 무관했다면 무기로 쓸 수도 있었겠지만."

"뭐……?"

"넌 모르겠지만, 어제 이 녀석이 나한테 그랬거든. 키쿄를 퇴학시킬 생각이 사라졌다고. 그럼 내가 뒤늦게 이 일을 가지고 공격해봐야 통하지 않을 테지. 안 그래? 아야노코지."

"그래. 이미 대책은 다 생각해놨어."

"통하지도 않을 전략으로 덤볐다가 보복당하면 의미가 없지. 너를 쓰러트리려면 어중간한 방식으로는 안 된다는 걸 이미 경험했다고."

그는 절대 비굴하게 구는 게 아니다. 내 생각이 미치지 않는 방식, 책략을 짜낸 다음에 호리키타 반에 도전장을 내밀 생각인 거다.

"난 이만 방에 돌아가련다. 잘 있어라, 쿠시다. 남은 학교생활, 열심히 즐기고."

더는 잡지 마라. 그런 기운을 풍기며 류엔은 방으로 돌아갔다.

호칭이 키쿄에서 쿠시다로. 그것은 류엔이 흥미를 완전히 잃었다는 증거일까.

이 자리에 나와 쿠시다만이 남아 침묵이 찾아왔다.

"왜…… 도와준 거야? 아야노코지한테 무슨 이득이 있다고."

"이득은 있어. 쿠시다는 반에 빠지면 안 되는 인재니까. 내가 여기 안 와도 류엔은 폭로할 생각이 없었겠지만, 네가 어떻게 나올지 몰라서. 어떻게든 해서 미리 입막음할 수 없을까 하고 생각했지?"

"……그건, 뭐……."

"류엔은 네가 대적할 만한 상대가 아니야. 걸어오지도 않은 싸움에 자기 발로 먼저 뛰어들어서 자폭하면 곤란해. 그래서 나선 거야."

"그럼 아야노코지는 어떻게든 가능하다는 거야? 아니, 실제로 그랬지만……."

"적어도 지금 단계에서 류엔은 아직 강적으로 인식할 정도까진 아니라고 생각해."

"하아, 그게 뭐야……."

"아무튼 이제 위험한 도박에 뛰어들지 마. 지금의 너를 소중히 해."

"오글거리네. 반에 내 능력이 그렇게 필요해?"

"그것도 있지."

"그것도? 다른 이유는?"

"속 터놓고 솔직하게 말할 수 있게 된 쿠시다랑은 앞으로 잘해 나갈 수 있을 것 같아서."

이면까지 다 보여서 무슨 생각을 하는지 짐작하기 쉬운 요소도 많아졌다.

"하지 마. 내 본성을 아는 사람이 정말로 그런 생각을 할 리 없어."

미움받는 성격이면 본인이 제일 잘 알 테니까.

"그렇지도 않아. 난 솔직히 호감을 느끼거든."

"뭐야…… 어디까지가 진심인 거야? 아야노코지가 하는 말은 도무지 믿을 수가 없어."

평소의 쿠시다라면 웃으면서 대답할 법한데 표정이 딱딱하게 굳어 있었다.

"진심이야. 세상에는 너의 그런 본성을 더 편하게 느끼는 사람도 있는 거야."

"무슨──."

무슨 말을 하려던 쿠시다가 나를 보고 입을 크게 벌리면서 그대로 멈췄다.

그러더니 갑자기 벽으로 갔다.

"……뭐야?"

그 직후, 두 팔을 벌리고 손바닥을 쫙 펴서 벽을 있는 힘껏 짚었다.

"괜찮아, 괜찮아……."

중얼중얼 그런 말을 하면서 움직임을 멈추었다.

지켜보고 있으니 호흡을 가다듬은 쿠시다가 뒤돌아보았다.

"갑자기 현기증이 났지만, 이제 괜! 찮아!"

이상한 부분에서 톤을 높인 쿠시다였는데, 걱정할 것 없다고 어필했다.

"……정말 괜찮아?"

전혀 안 괜찮아 보이지만, 쿠시다는 늘 그렇듯 가식적인 얼굴이었다.

"응. 문제없어!"

"그, 그래."

쿠시다는 정말 감정을 읽기 어렵다.

"뭔가, 아야노코지한테 도움받았네. ……고마워."

"요즘 들어서 쿠시다한테 고맙다는 소릴 많이 듣는 느낌인데."

"그럴지도……. 응, 이제부터는 류엔이랑 안 엮이도록 할게."

"그러는 게 좋아."

"그럼 난 이만 방으로 돌아갈게. 내일 봐."

"내일 보자."

쿠시다는 이제 완전히 원래 표정으로 돌아와 복도를 걸어갔다.

그러다가 도중에 발을 헛디뎌 보기 좋게 넘어지면서, 게타 한 짝이 허공을 휭 날았다.

"괜찮아?"

"문제! 없으니! 까!"

오지 말라고 손을 휘저으면서 비틀비틀 몸을 일으켜 신을 고쳐 신었다.

3

방 앞 복도 벽에 기대고 호리키타가 오기를 기다렸다.

"미안해, 좀 늦었어."

호리키타가 사과했지만, 딱히 지각은 아니었다.

"바로 본론으로 들어가서——."

"여기서 길게 얘기할 생각이야?"

객실 근처는 학생들이 계속 이방 저방 들락거린다.

남들 귀에 들리지 않게 대화하고 싶다면 가장 부적합한 장소 중 하나다.

"하긴 얘기하기에 좋은 곳은 아니네. 적당히, 그래. 자판기에 음료수라도 뽑으러 갈까. 걸으면서 얘기하는 게 제일 좋겠지?"

그편이 무난할 테니, 별다른 이의 없이 받아들였다.

서서 얘기하면 괜한 시선을 끌겠지만, 걸으면서 하는 잡담이면 그럴 염려가 없다.

"대욕장 앞에 설치된 자판기에 후르츠밀크 팔더라. 맛있어 보였어."

목욕을 마친 후에 흔히 마시는 음료라던데, 정말 딱이라는 생각이 들었다.

"어린애 같은 소감, 잘 들었어. 하지만 밤에 마실 건 못되지."

시간대의 문제, 인가? 아니, 그냥 여자들은 특히 그렇게 느끼는 건지도 모르겠다.

"그래도 대욕장 앞 자판기까지는 거리가 좀 되니, 그리로 갈까."

호리키타의 걸음은 느렸는데, 좌우지간 이야기를 우선하는 태도였다.

"저번 문화제 때 일. 너한테 얘기 들을 기회를 놓쳤잖아? 계속 마음에 걸렸는데, 오늘이 올 때까지 좋은 타이밍이 없었어."

"지쳐서 자는 얼굴을 무방비하게 드러낼 정도였지."

"……걷어차이고 싶니?"

기합이 잔뜩 들어간 상반신 자세를 본 나는 곧바로 백기를 들었다.

"한 번만 봐주라."

"내 불찰이야, 불찰. 남자한테 자는 얼굴을 보이다니. 넌 나한테 오점을 남겼어."

"그렇게까지 신경 쓸 일인가?"

"신경 쓸 일이야······. 다만, 그건 지금은 아무래도 좋아. 내가 듣고 싶은 건 그날 일이야."

수치심을 손으로 휘저어 떨쳐낸 호리키타가 진지한 표정을 지었다.

"그날 학생회실에서 일어났던 사건, 너도 관련 있는 거 맞지?"

문화제, 그날, 학생회실, 이 단어들이 도출해내는 사건은 하나밖에 없다.

"네가 야가미를 퇴학시켰어?"

"왜 그렇게 생각해?"

나는 호리키타가 그 답까지 도달한 과정이 궁금했다.

"네가 알고 있었는지는 모르겠지만, 야가미가 너를 퇴학시키려 했을 가능성이 있어. 실제로 학생회실에서 했던 그 애의 말과 행동은 그걸 뒷받침하기에 충분했었지."

호리키타는 자기 나름대로 내가 모르는 퍼즐 몇 조각도 가지고 있는 듯했다.

그 퍼즐들을 맞춰가는 과정에서 답이 보였다고 해도 이상하지는 않다.

"야가미에 대해서는 몰랐지만 놀랄 일은 아니지 않나? 너도 호우센이 내 퇴학을 노리는 걸 직접 봤으니 알잖아?"

"2,000만 프라이빗 포인트라는 상금 말이지?"

"거기에 야가미가 참전해서 호시탐탐 기회를 엿봤던 게 아닐까?"

"나도 그 가능성을 고려해봤어. 하지만 그렇다고 하면 부자연스러운 점이 너무 많아. 무엇보다 그 애는 돈을 목적으로 너에게 접근하려 하는 느낌이 아니었거든."

그건 그 현장에 함께 있었던 호리키타가 더 자세히 알고 있을 것이다.

"의문에 대한 답 하나하나가 다 마음에 걸려. 하지만 내가 제일 궁금한 건 그게 아니야."

"그럼 뭐가 알고 싶은데."

"너의 정체. 다른 학생들과 똑같이 평범한 학생이라고는 도저히 생각할 수 없어."

"그것참 곤란한 의문이네. 평범한 학생이 아니면 난 어떤 학생일까."

"……모르지. 우수하고 어떻고 하는 차원이 아니야. 그저 네가 어떤 인간인지 전혀 상상이 안 가. 이해할 수 없다고."

아야노코지 키요타카라는 인간이 어떤 사람인지. 그걸 알고 싶다는 이야기인가.

"특별히 말해줄 게 없어. 정말 말할 만한 게 아무것도 없어서."

"그럼 물어보면 하나씩 대답해줄래? 너의 출신, 졸업한 초등학교, 중학교. 과거에 어떤 대회 같은 데 나간 적은 있는지. 공부는 독학으로 했는지 아니면 학원에 다녔거나 개인 과외를 받았는지."

분명 맞선을 봐도 그 정도로 자세히 캐묻지는 않으리라.

"하고 싶은 말이 뭔지는 잘 알겠는데, 그렇게 성가신 질문을 다 받아줄 마음은 안 드네."

입을 꾹 다물고 노골적으로 불만을 드러내는 호리키타.

"그래서 대신 내가 몇 가지 정보를 제공할게."

"……어떤 정보?"

"이를테면, 그래. 네가 짐작하듯이 야가미 일에 내가 연루되어 있다거나."

"농담하는 거 아니지? 왜? 야가미가 너를 퇴학시키려고 해서?"

"정확하게 말하면 범인이 야가미인 줄은 몰랐어. 내 퇴학을 노리는 학생이 누군지 알려고 덫을 놓았는데 야가미가 걸려들었다는 표현이 옳겠네. 학생회실에는 나구모 학생회장, 류엔 등도 있었잖아. 그건 전부 내가 짠 판이야. 어중간한 변명을 못 하게 포위하려고."

이런 이야기를 호리키타에게 들려주는 것에 지금까지는 의미를 찾지 못했다.

하지만 여기서 내가 어떤 인간인지 간접적으로 드러냄으로써 정보를 줄 수 있다.

언젠가 나를 상대할 때 그 정보를 활용할 가능성을 만들어둔다.

"참고로 학생회장이랑 류엔 사이에는 아무 연결고리도 없어. 어디까지나 개별적으로 제안했던 거야."

"그때 느낀 위화감의 정체…… 이제 알 것 같네."

"그나저나 이제 곧 목적지에 도착하는데."

대욕장이 있는 2층 계단을 올라가 자판기가 있는 휴게 공간에 다다랐다.

그러자 두 대 있는 안마의자를 독점한 두 여교사가 보였다.

녹아내리는 표정으로 안마의자에 몸을 맡겨서 우리는 미처 못 본 눈치.

나와 호리키타가 순간 눈을 마주쳤다.

무시할 수도 있었지만, 호리키타는 말 거는 쪽을 선택한 듯했다.

"푹 쉬고 계시네요, 두 분."

"으아앗? 아, 호리키타였네~."

손목만 팔랑팔랑 들며 호시노미야 선생님이 대꾸했다.

"지금은 아직 학생들 취침 전이니까 근무 시간 아닌지?"

"유감이네요~. 오늘 밤은 반휴일 같은 느낌이거든. 그렇지? 사에 쨩."

"그렇, 지……."

덜덜 움직이는 안마의자에 몸을 맡긴 차바시라 선생님

이 기분 좋은 듯이 눈을 감고 있었다.

"그거, 그렇게 시원해요?"

궁금해서 써보고 싶은 마음은 있었지만, 대욕장과 너무 가까운 탓에 빈번히 오가는 학생들 눈이 신경 쓰여 못 써봤다.

"나이 들면 마사지는 필수야. 너희 젊은 애들은 죽었다 깨어나도 모를 고생을 많이 하게 된다는 얘기지."

육체적으로 늙어가면서 그런 부분을 받쳐 줄 기계가 필요한 모양이다.

"특히 사에 짱 같은 경우는 어깨가 완전 뭉쳤잖아."

"그런 쓸데없는 소리는 하지 말고."

순간, 타닥타닥 불꽃 튀는 시선이 선생님들 사이에 오갔다.

"그나저나 호리키타는 이제 어엿한 리더처럼 보이네. 역시 B반이 좋아? 라고 전 B반 담임이 물어보고 막."

"딱히 좋은 건 없어요. 제 목표는 A반이라서요. 지금은 통과 지점에 지나지 않아요."

"말솜씨가 많이 늘었네."

나는 그 대화는 한 귀로 흘리고, 차바시라 선생님의 안마의자와 이어진 리모컨을 들었다.

강도가 총 5단계까지 있었는데, 지금은 중간인 3단계로 움직이고 있었다.

당연히 강하면 강할수록 효과도 커지겠지.

왠지 마지막 5단계의 강도가 어떤지 궁금해서 눌러보기로 했다.

"음, 악, 으아악?!"

순간 깜짝 놀란 차바시라 선생님이 펄쩍 뛰었고, 기계가 삐걱삐걱 강한 소리를 내기 시작했다.

실질적으로 40% 정도의 기능 상승이 아닐까 예상했는데 그 이상인지도 모르겠군.

"아, 아야노코지. 무, 무슨 짓, 이야! 으윽! 워, 원래대로 돌려놔!"

몹시 당황하며 리모컨으로 손을 뻗었다.

억지로 코드를 잡아당기는 바람에 내 손에서 리모컨이 스르륵 떨어졌다.

"윽, 우우! 햐, 빠…… 빠, 빨리 주워!"

"그럼 억지로 잡아당기지 마세요."

나는 리모컨을 주워 5단계에서 3단계로 강도를 낮추었다.

"하아, 하악…… 학, 하악…… 이게 무슨 짓이야……!"

"아니—— 왠지 궁금해서요. 강하면 강할수록 좋은지."

"그럴 리 없잖아! 사람마다 맞는 강도가 있다고!"

지금까지 본 적 없는 귀신 같은 형상으로, 얼굴이 새빨개지면서 몹시 화냈다.

아무래도 생각보다 훨씬 많이 강한 자극이었던 듯하다.

"뭘 놀고 있어?"

시끄러운 소리에 호리키타도 주의를 주었다.

"쉬시는데 죄송해요. 가자, 아야노코지."

"두 사람, 목욕하러 가니? 같이 들어가면 안 된당."

말도 안 되는 소리를 하는 호시노미야 선생님을 무시하고, 호리키타가 나가려고 했다.

"잠깐만, 호리키타."

직전까지 장난만 치던 호시노미야 선생님이었는데, 갑자기 진지한 표정으로 바뀌어 있었다.

"물론 호리키타의 반은 놀라운 성장을 했다고 생각해. B반은 어차피 통과 지점이고 A반을 목표로 할 필요가 있겠지. 당연한 소리로 들리겠지만 나 역시 그게 멋지다고 생각하고, 아주 훌륭하다고 생각해."

칭찬하는 것처럼 들려도 의미심장한 말이었다.

"치에, 쓸데없는 소리 하지 마."

"뭐 어때서. 난 내 생각을 말할 뿐이야."

"무슨 말을 하고 싶은지는 모르겠지만, 생각을 다 자유롭게 말해도 되는 건 아니야."

"말씀해주세요."

호시노미야 선생님의 말이 궁금했는지 호리키타가 그렇게 재촉했다.

"그럼 사양하지 않을게. 난 말이지, 한 반을 맡은 담임으로서 늘 생각해. A반에서 D반까지의 담임들도 똑같이 경쟁하고 있다고. 비유하자면 교사끼리 카드 게임 대부호를 하고 있다고 보면 될까."

"대부호……요?"

"룰은 알지?"

"네, 뭐."

"예를 들면 자기 몫의 패를 써서 1위부터 꼴찌인 4위까지 정하는 대결을 3년 동안 하는 건데, 대부호는 1부터 13까지 숫자 카드를 서로 내는 게임이잖아? 지방 룰이나 특수 룰은 차치하고, 기본적으로는 숫자가 클수록 강하고 작은 숫자 카드는 약하지? 숫자 3만 가진 학생과 숫자 6을 가진 학생이 붙으면 당연히 숫자 6인 학생이 이겨. 마시마 군의 A반이야 패가 어느 정도 모여 있어서 10 또는 11 카드가 많이 확보되어 있어. 반면 D반으로 갈수록 3이나 4 같은 카드가 많아. 뭐, 지금까지 학교의 통례 같은 거지만."

그렇게 말한 호시노미야 선생님이 안마의자 리모컨을 쥐고 안마 강도를 1단 올렸다.

그렇게 해서 겨우 3단계가 되었으니, 5단계가 얼마나 강한지 다시 한번 기억해두자.

"물론 학생들은 나날이 변하고 있어. 3, 4였던 아이가 성장해서 12, 13이 되기도 하고. 아주 희귀한 예로는 가장 강한 숫자 2가 될 수도 있다고 생각해. 그래서 반에 변동이 일어나고, D반이 B반까지 올라가기도 하지. 뭐, 극히 드물지만."

지금까지 전례가 없는 곳까지 호리키타 반이 올라왔으

니까 말이지.

"하지만 중요한 건 평등한 대결. 어떤 반이든 1부터 13까지의 숫자 안에서 싸우는 것. 특정 반이 불공평해지거나 편법을 써서는 안 되겠지?"

"그렇죠."

"그런데 말이야? 호리키타의 반 카드에는 섞여 있으면 안 되는 카드가 한 장 섞여 있다고 생각하지 않아?"

"섞여 있으면 안 되는 카드라고요?"

호시노미야 선생님이 웃으면서 나를 쳐다보았다.

"그래, 치사하다니까. 사에 짱의 반만 조커를 쥐고 있는걸."

지목하는 듯한 시선에 호리키타도 눈치챘다.

"치에. 이제 그만해."

"불평 한두 마디쯤은 하고 싶지 않겠어? 이쪽이 필사적으로 머리 굴려서 싸워봐야 조커 한 장에 상황이 확 뒤집히는데. 아니지, 대부호 같은 놀이보다 훨씬 더 저질이라고. 한 장 내면 더 이상 손에 없는 것과는 다르게, 몇 번이고 몇 번이고 조커를 써먹을 수 있잖아. 그걸 어떻게 이겨."

담임으로서 자기 반의 패배 선언으로도 들리는 말.

"네 발언이 옳은지 그른지는 둘째치고, D반 학생 귀에 들어가기라도 하면 어쩌려고 그러는 거야."

패배를 인정하는 발언. 이치노세 반 학생이 들으면 충격이 이만저만이 아닐 것이다.

"······그러네. 미안, 미안. 계속 마사지 받았더니 술이 좀 돌았나 봐."

그렇게 말하며 전원을 껐다.

"조커를 쥐게 된 건 사에 짱이랑 호리키타의 운이 좋았던 거니까. 그걸 써서 A반으로 올라가더라도 치사한 건 아니지."

빈정대고 있다는 건 이 자리에 있는 모두가 분명히 알 수 있었다.

"적당히 해라, 치에."

지금까지 들어본 적 없는, 협박에 가까울 만큼 올라간 언성.

그러자 호시노미야 선생님이 순간 술이 확 깼는지 당황하며 펄쩍 뛰었다.

"난 이만 방으로 돌아갈게요! 안~녕~!"

호시노미야 선생님은 약간 열받은 투로 손을 흔들고는 큰 보폭으로 복도를 걸어갔다.

"여러 가지로 미안하다. 본인도 말했지만, 술에 좀 취했나 봐."

호시노미야 선생님을 감싸듯 말하며 차바시라 선생님이 안마의자에서 일어나며 말했다.

"괜찮아요. 취해서 헛말 하셨다고 생각하고 못 들은 걸로 할게요."

호리키타의 냉정한 한마디에 차바시라 선생님이 살짝

동요하면서 한 차례 헛기침했다.

"아주 호되구나."

"선생님은 아까 그 발언이 조금 신경 쓰이시는 것 같은데요."

"생각하는 바가 없는 건 아니야, 솔직히 말하면 말이지. 내가 3년 전에 맡았던 반과는 상황이 너무 달라서."

강력한 패가 호리키타 반에 있는 건 사실이겠지.

"아야노코지가 조커인지 아닌지는 모르겠지만 우리 반에서 강력한 학생이라는 건 부정할 수 없으니까요. 하지만, 그렇다고 다른 반을 배려할 생각은 없어요."

호리키타는 나를 쳐다보지도 않고 차바시라 선생님에게 자기 생각을 밝혔다.

"차바시라 선생님의 반에 배정된 카드인 이상, 그걸 이용해서 전력을 다해 싸울 뿐이에요. 목표는 A반이니까."

"그렇구나. 물론, 나도 그럴 생각이다."

하지만 각오가 부족했던 게 아닐까, 하고 차바시라 선생님 본인은 그렇게 생각하고 있으리라.

사카야나기가 이끄는 A반 역시 만만치 않은 카드가 풍부하게 모여 있다.

한 번 싸워서 이겼다 해도 그게 열 번이 되고 스무 번이 되면 어떻게 될지 알 수 없는 일이다.

"자…… 그럼 나는 이만 치에를 쫓아가야겠다. 저대로 내버려 두면 아침까지 계속 술 퍼마실지도 모르니."

한때 같은 반 친구를 외면할 수도 없는지, 뒤를 따라 갔다.

"오늘은 여기까지 하자, 호리키타."

"아직 너한테 물어보지 못한 게 산처럼 쌓여 있는데? 조 커 씨?"

"기왕 여기까지 왔으니까 탕에 또 들어가고 싶어. 게다 가 사람도 많아졌고."

자기 전에 한 번 더 온천을 즐기려는 학생들이 여기저기 서 모습을 드러내고 있었다.

"또 알려줄 거다. 그렇게 생각해도 되지?"

나는 고개를 끄덕인 후, 남탕으로 이어지는 가림막 사이 로 사라졌다.

4

오후 11시가 다가와 슬슬 소등 시각이 되려고 할 때쯤.

키토가 조용히 자리에서 일어나, 빌린 잡지 여러 권을 들고 복도로 나갔다.

"저 녀석, 방에 있는 내내 잡지만 보더라."

독서를 좋아하기는 참 좋아한다. 나와 히요리와 달리 도 서관에 있는 책을 읽는 타입은 아닌 듯하지만. 몇 분 뒤에 돌아온 키토의 손에는 또 새로운 잡지가 들려 있었다. 아침에 일어나자마자 읽으려는 걸까. 키토가 보는 잡지는 개인의 취향이 강하게 반영되어 있었는데, 대부분이 패션 잡지였다.

"나도 좀 봐도 될까?"

직접 가져와서 보라고 할 줄 알았는데, 키토는 아무 말없이 잡지를 테이블 위에 올렸다. 마음대로 봐도 된다는 뜻인가.

소등까지 남은 시간은 10분 남짓이어서 잠시만 잡지를 구경하기로 했다.

유행하는 옷, 액세서리 등이 소개되어 있었다. 솔직히 잡지 사진과 기사 내용이 무슨 뜻인지는 이해하기 어려웠다. 하지만 키토가 그 잡지에 관심이 많다는 사실만은 잘 알았다. 독특하다고 할 수 있는 키토의 복장에는 자기만의 감각과 생각이 담겨 있었다. 키토와 언쟁을 벌일 때가 많은 류엔에게서 시답잖다는 말이 날아들어도 이상하지 않았지만, 딱히 그런 야유는 들리지 않았다.

잠시 후 소등 시각이 되어서 우리는 불을 끄고 잠자리에 들었다.

얼마간 조용히 천장을 바라보는 사이 점점 어둠에 눈이 익숙해졌다.

아직 모두 잠들진 않았을 텐데 다들 무슨 생각을 하고 있을까. 그렇게 생각하던 때였다.

"우리도 반년 뒤면 고3이네. A반을 두고 경쟁하면서도 역시 미래를 생각해 진학이라든지 취업 같은 것도 고민해야 하겠지. 난 고등학교를 졸업한 이후의 내가 잘 상상이 안 가. 특별히 하고 싶은 것도 없고. 아야노코지는?"

"진학, 이려나. 하지만 구체적인 대학은 아직 안 정했어."

제일 무난해 보이는 목표를 얘기해주었다.

"키토는?"

답변받을 자신은 없었겠지만, 와타나베가 거리낌 없이 물었다.

"……난 패션 디자이너가 될 거야."

"뭐?!"

대답해줄 줄 몰랐던 것, 그리고 그 대답 내용에 두 번 놀란 와타나베.

"의외라고 생각하겠지. 나도 알아. 내 생김새를 보면 상상이 안 가니까."

"아, 아니, 뭐…… 그건, 뭐라고 말하기 어렵네, 응……."

하지만 키토의 사복 센스와 즐겨보는 잡지 내용을 보면 납득하긴 쉽다.

"크큭, 살인 청부업자라고 대답했으면 와타나베도 더 잘 받아들였을 텐데."

참견하는 류엔에게 키토가 또 화내지 않을까 걱정했지만, 그럴 기색은 보이지 않았다.

"시, 신경 쓰지 마, 키토. 그 왜, 류엔은 늘 말을 저런 식으로 하잖아."

와타나베가 감쌌는데, 키토는 정말로 아랑곳하지 않았다.

"익숙해서. 내가 꿈이 뭔지 말하면 사람들 대부분이 놀라고, 납득하지 못하지. 진지하게 그 길을 걸어가도 바로 받아 들여줄 거라는 생각은 어차피 안 해."

편견이 있으면 안 되겠지만, 이 세상에는 분명히 편견이 존재한다. 무섭게 생긴 키토에게 있어서 어떤 직업을 꿈꾸는 것은 자연스럽게 그 벽이 높을지도 모르겠다.

"하지만 A반으로 졸업하면 아무것도 상관없어. 무조건 그 세계에 뛰어들 수 있지. 뛰어들기만 하면, 나머지는 내 실력으로 모두 입 다물게 만들면 돼."

키토는 첫 입구를 돌파하는 것이 제일 난관이라고 생각하는 듯하다.

"미래에 대해 진지하게 생각하고 있구나……. 정말 멋지다, 꿈이 있어서."

깜짝 놀란 와타나베는 자신보다 더 진지하게 고민하는 키토에게 감화되어 칭찬을 아끼지 않았다.

아이들은 누구든 예외 없이 나이를 먹고, 사회에 나가야 한다.

"뭔가, 내가 물어놓고 이런 말 좀 그렇지만…… 이런 이야기를 들으면 경쟁하기 어려워지는데."

와타나베가 쓴웃음이 묻어나는 목소리로, 천장을 향해 중얼거렸다.

"여기 있는 사람은 전부 반이 다르잖아? 그러니까 그냥 평범하게 생각하면 A반으로 졸업할 수 있는 사람은 네 명 중 한 명뿐이야. 이루고 싶은 꿈이 있다는 전제를 깔고 하는 말이지만, 자기가 그 자리를 꿰차면 다른 누군가는 그 자리에 앉을 수 없어……. 복잡하다."

같은 반끼리라면 꿈을 공유할 수 있다. 하지만 라이벌과는 꿈을 공유할 수 없다. 그것이 이 학교의 구조. 웃는 사람이 있으면 우는 사람도 있다.

또래 학생들끼리 밤을 보내면 신기하게도 이런 이야기가 나오게 되는 건가.

작년 합숙 때 케세이 무리와 얘기하던 순간이 떠오르는 밤이었다.

○수학여행 4일 차

수학여행 4일 차 아침. 내일이면 학교로 돌아가야 한다.

두 번째 완전한 자유행동이기도 하니, 모두 후회 없는 하루를 보내고 싶을 터.

어제 명소 투어의 결과는 총 20그룹 중 2분의 1에 해당하는 10그룹이 20점 이상을 기록한 모양이어서, 전원 3만 프라이빗 포인트를 획득했다.

한편 미짱과 미야모토가 소속된 제15그룹은 제한 시간 안에 마치지 못해 실격 처리되는 바람에 오늘은 료칸에서 공부하는 처지에 놓였다. 좀 불쌍하지만 어쩔 수 없다. 공부가 끝나는 대로 온천에 몸을 푹 담그고 조금이라도 더 여행을 만끽했으면 좋겠다.

대욕장이 청소 중이라 쓸 수 없었기에 그냥 일찍 옷을 갈아입었다. 어제와 똑같이 텔레비전이라도 볼까 했는데 오늘은 키토가 한발 앞서 마치 빨려 들어가듯 화면을 보고 있었다. 자세한 건 모르겠지만 키토의 관심사인 패션 특집인 듯하다.

"야, 아야노코지. 밖에서 눈싸움 한대."

"눈싸움?"

비슷하게 옷을 다 갈아입은 와타나베가 채팅 화면을 보여주었다.

참가는 자유니까 같이 눈싸움하자, 그런 말들이 모여 있었다.

"재미있겠다, 구경이나 가볼까."

키토는 TV에 푹 빠져 아무 대답도 하지 않았고, 류엔은 망설이지도 않고 패스라는 듯 방 안 지정석으로 향했다.

"그럼 우리끼리 가자."

"그래."

물과 기름인 둘을 남겨두고 나가야 하지만, 지금은 두 사람의 양심을 믿어보자.

와타나베와 함께 료칸 밖으로 나가니 이미 많은 학생이 모여 있었다.

"좋은 아침이야, 키요타카, 와타나베."

입구 근처에 서서 스마트폰을 보던 요스케가 말을 걸었다.

"꽤 많네. 다들 눈싸움에 이렇게 관심이 많은 거야?"

"단순히 그래서만은 아닐 거야. 프라이빗 포인트를 건 눈싸움이라는 것 같아. 그래봐야 1,000포인트만 내면 되지만. 이긴 팀이 진 팀한테 그 포인트를 받는 방식이래."

그렇군. 져도 잃는 금액이 적고, 이기면 기념품 한두 개 정도는 더 살 금액을 얻게 되는 건가. 그렇다면 부담 없이 나름대로 즐기는 것도 이상하지 않다.

"그런데 괜찮을까? 넓다곤 해도 료칸인데."

"응. 일단 물어봤는데 이른 시간에는 괜찮대. 수학여행

온 우리 이외에는 묵고 가는 손님이 없게 통째로 빌린 것도 크지 않을까."

룰은 변함없이 단순 명쾌했다. 손으로 잡는 것은 불가능하고 피할 수만 있다. 눈에 맞은 학생은 코트 밖으로 나가야 한다. 다만 던질 눈의 크기가 어느 정도는 되어야 하는데, 예를 들면 가루 상태를 산탄총처럼 마구 날리거나 눈이 공중에서 깨져 버렸을 경우 등은 몸에 닿아도 무효. 몸에 맞는 것에 관해서는 자진 신고와 심판이라는 양측의 판정이 들어간다고 한다.

뭐, 얼마 되지도 않는 프라이빗 포인트 때문에 의도적으로 속이는 사람도 그리 많지는 않겠지.

"어느 정도나 참가한대?"

"지금 30명 정도? 아야노코지도 할래?"

"아니, 나는……."

나는 거절하려다가 말을 멈추었다.

눈싸움이라.

지금 해보지 않으면 앞으로 두 번 다시는 경험할 기회가 찾아오지 않을지도 모른다.

"해보고 싶은데 할 팀이 없어."

"괜찮아. 사람 부족한 팀에 내가 넣어줄게, 조금만 기다려 봐."

성가신 문제를 요스케가 해결해줘서 참 고마웠다.

아, 그래서 입구 근처에 있었구나. 이런 문제에 스스로 나서는 것은 여러 가지로 힘들기도 할 텐데, 요스케는 오히려 자기가 전부 관리하는 쪽이 더 마음 편할지도 모르겠다.

마감까지 10분 정도 남았을 때까지 기다리고 있는데, 료칸 안까지 눈싸움 소문이 들렸는지 호리키타도 모습을 드러냈다.

"얘기를 듣긴 했는데, 꽤 많이 모여 있구나?"

"설마 너도 하려고?"

"음…… 모처럼 온 수학여행이니까. 빈자리가 있으면 나도 껴볼까."

그럴 생각은 없었던 모양이지만, 상상 이상의 성황에 생각을 바꾼 듯하다.

"그럼 대결하자, 호리키타."

혼잡한 인파를 헤치고 나온 이부키가 기다렸다는 듯이 호리키타에게 도전장을 내밀었다.

"……너도 있었니, 이부키. 진짜, 어디에서든 튀어나오는구나. 하지만 좋아. 기껏해야 그냥 놀이니까, 원한다면 상대해줄 수도 있지만."

그런 대답이 돌아오자마자 이부키가 주먹을 꽉 움켜쥐었다.

"놀이든 뭐가 됐든 패배는 패배야. 나중에 어린애처럼 변명 줄줄 늘어놓지 마라?"

"그 말, 그대로 너에게 돌려줄게."

요스케가 그런 두 사람의 모습도 놓치지 않았는지, 그의 스마트폰을 몰래 훔쳐보니 서로 다른 팀에 넣어주는 배려를 하고 있었다. 하긴 같은 팀이면 흥이 오르지 않겠지.

훔쳐본 김에 요스케에게 귓속말을 해서 한 가지 부탁을 해두었다.

"안녕, 모두."

그런 우리 앞에 쿠시다가 야마무라, 니시노, 아미쿠라와 함께 등장했다.

"역시 쿠시다. 야마무라랑 애들까지 다 데리고 왔네."

"어? ……아, 응."

평소와 다름없는 미소를 지을 줄 알았는데, 쿠시다는 시선을 피하며 말끝을 흐렸다.

하지만 이내 미소를 되찾았다.

"니시노랑 야마무라는 나갈 때까지 방에서 기다리고 있겠다고 했었지만, 모처럼이니까."

"그게 정답이야."

지금까지 그룹으로 같이 지내면서 조금이나마 사이도 가까워졌다.

참가하든 구경하든 같은 시간을 공유하는 것은 유의미하다.

"너도 해?"

이부키가 쿠시다에게 물었다.

"어? 눈싸움?"

"응. 나랑 호리키타는 하기로 했는데."

"그렇구나. 하지만 난 안 할래. 누군가를 눈으로 때리기 미안하기도 하고. 불쌍해서 못 던지겠어."

"뭐어어?"

쿠시다의 태도가 진심으로 심기 거슬린다는 듯 이부키가 정색했다.

그 모습을 본 호리키타가 손날로 이부키의 옆구리를 가격했다.

"아얏! 무슨 짓이야!"

"네 상대는 나잖아? 쓸데없는 생각 했다간 어이없이 지게 될 거야."

"안 지거든. 반드시 눈물 흘리게 해주겠어!"

그렇군. 최근 들어 호리키타와 쿠시다의 거리감에 변화가 생겼다고 생각했는데, 거기에 이부키도 들어간 듯하다. 삐걱거리는 세 사람이지만 이상하게도 긍정적인 자정작용을 일으키고 있는지도.

참가하는 학생들은 그 후에도 조금씩 늘어나 최종적으로 여섯 팀에 42명이 되었다.

자기들만 해도 7명씩 모인 네 팀.

거기에 나처럼 동떨어진 사람을 모아 만든 팀이 두 개 더 생긴 형태다.

토너먼트 같은 형식이 아니고, 어디까지나 한 번의 대결뿐.

요스케도 재미를 고려했는지, 호리키타와 이부키라는

주요 카드는 세 번째 시합에 넣었다.

우선 첫 번째 시합, 이시자키가 이끄는 남자 7명으로 구성된 팀.

그리고 스도가 이끄는 남자 7명으로 구성된 팀. 남자 대결이다.

시작하자마자 초반부터 강력한 눈덩이가 좌우로 날아다녔다.

역시 총 14개나 되는 눈덩이가 있으면 모두 다 잘 피하기란 어렵다.

고작 10초 만에 두 팀 합해서 여섯 명이 사라졌다.

참고로 잔뜩 흥분했던 이시자키도 10초 만에 퇴장했다.

한편 스도는 호리키타에게 차인 화풀이까지 눈덩이에 담았는지, 상대 팀을 하나하나 없애나갔다. 다만 이시자키 팀에는 알베르트가 있었는데, 거구에 어울리지 않는 민첩한 몸놀림으로 눈을 피하면서 지금까지 두 명을 없애는 활약을 보였다.

그런 보는 재미가 있는 대결을 야마무라가 조용히 구경하고 있어서 잠깐 가까이 가보았다.

"흥미진진하네요."

나를 알아차리자마자 그렇게 말했다.

표정이야 평소처럼 기복이 없었지만, 왠지 즐거워하는 것 같기는 했다.

"어, 그런 것 같네."

야마무라가 손바닥에 호오 숨을 불었다.

손에 스키장에서 분명 새로 샀을 장갑이 없었다.

"설마 또 장갑 끼는 걸 잊었어?"

"네."

내 장갑을 빼주려는데, 야마무라가 말렸다.

"미안해요, 농담이에요. 잘 가지고 왔어요."

그렇게 말하며 주머니에서 장갑을 꺼냈다. 얼굴에 아주 희미하게 미소가 걸려 있었다.

"야마무라도 농담할 줄 아네."

"……안 어울리나요, 역시."

순간 미소가 싹 사라져서, 괜한 말을 했다며 반성했다.

"아니, 좋은데? 같은 그룹으로 작은 인연이 생긴 기분도 들고."

적어도 첫날에는 생각지도 못했던 변화라고 말할 수 있겠지.

"저도—— 그걸 느꼈어요. 언제나 존재감이 없어서 제가 뭘 하든 관심 가져주는 사람이 별로 없었는데…… 쿠시다 씨, 니시노 씨, 아미쿠라 씨. 다들 저를 똑바로 봐주고 멤버로 끼워줬어요. 다 그룹 덕분이에요."

수학여행이 아니었다면 졸업할 때까지 야마무라에 대한 인상은 희미했을 것이다.

야마무라에게도 다른 여자애들에게도 기억에 남는 좋은 수학여행이 되었군.

다른 그룹에도 이처럼 거리가 가까워진 학생들이 많이 있을 것이다.

장갑을 낀 야마무라가 나를 향해 두 손을 펼쳐 보였다.

"여자뿐 아니라 남자도요. 지금까지 생각했던 이미지와는 조금 달랐어요."

그룹이 된 첫날과 달리 야마무라의 행동이 부드러워진 느낌이었다. 물론 다른 학생에 비하면 너무나 미미했지만, 그래도 분명한 변화라고 할 수 있으리라.

"처음에는 길게 느껴졌던 수학여행도 오늘로 끝이네요."

"그러게."

좋아하지도 않는 멤버와 함께 있어야 하는 수학여행. 두려울 정도로 시간 흐르는 속도가 느리다고 느꼈을 것이다. 하지만 불편하지 않은 멤버라고 새롭게 인식했을 뿐인데 똑같은 시간 흐름이라는 생각이 들지 않을 만큼 변화가 찾아왔다.

"변한 건 분명 야마무라만이 아닐 거야. 키토도, 와타나베도, 아미쿠라와 니시노도 오늘까지의 경험으로 크든 작든 변했을 거야."

갈등이 끊이지 않은 그룹이긴 했지만, 그래서 오히려 맛깔났던 면도 있다.

"조금씩이긴 하지만 키토 군이 류엔 군에게 험악하게 말하는 빈도도 줄어드는 느낌이 들어요."

"오오."

"그룹이 된 이후로 계속 죽여버리겠다느니, 지옥으로 보내겠다느니 했었잖아요."

그건 그것대로 난리가 아니었었지. 뭐, 그 두 사람은 친해졌다기보다 너무 부딪친 바람에 감각이 마비된 것뿐이라는 느낌도 들긴 하지만.

다만 내가 본 키토의 이미지는 확 달라졌다. 원래는 전혀 말하는 타입이 아니라고 생각했는데, 가까이에서 접해보니 의외로 잘 말하는 편이었다.

그 내용에 문제는 많은 것 같지만…….

특히 사카야나기 반과 류엔 반 학생들은 서로를 경계하는 부분이 많다.

상대의 장점을 볼 기회가 지금까지는 거의 없었으리라.

"토키토도 사카야나기한테 딱 붙어 있게 됐네."

"그러고 보니…… 그룹이 된 이후 계속 대화를 나누는 것 같더라고요."

지금도 둘이 나란히 눈싸움 구경을 하면서 즐겁게 담소를 나누고 있다.

문득 야마무라의 옆모습을 보니, 조금 전까지만 해도 즐거워하던 분위기가 사라지고 없었다.

그 표정을 말로 표현한다면 『재미없다』가 가장 비슷하려나.

토키토에게 호감이 있어서일까, 아니면 사카야나기에 대해 생각하는 바가 있어서일까.

그 둘 중 하나가 답인 듯한, 그런 분위기.

"야마무라는 사카야나기를 어떻게 생각해?"

캐고 싶어서가 아니라 그냥 단순히 무슨 사이인지 궁금해서 한 질문이었다.

"어떻게⋯⋯라니요?"

질문을 받자, 딴 데 신경이 쏠려 있던 야마무라가 깜짝 놀라며 되물었다.

"유능한 A반 리더를 같은 반 시점에서 봤을 때 어떻게 느끼는지 궁금해서."

"글쎄요, 전 잘 모르겠어요. 원래 특정한 누군가랑 친하지도 않고, 하물며 사카야나기 씨랑은 거의 말해본 적도 없어서."

그렇게 말하며 자조하듯 웃었다.

존재감이 없어 친구가 없다는 것이다.

그럼 편하게 대화하는 토키토가 부러운, 순수하게 동경하는 감정인 건가.

"이번 기회에 말 걸어보면 어때? 의외로 잘 대해줄지도 몰라."

"아무리 그래도 그 정도의 용기는 없어요."

"그럼 키토는 어때? 이번에 그룹이 돼서 거리감도 줄어들지 않았어?"

"앗⋯⋯ 그게, 남자는 좀⋯⋯."

그냥 가벼운 농담으로 한 말이었는데, 야마무라가 생각

보다 더 꺼렸다.

"미안해. 내가 너무 가볍게 말했네."

서로에게 아무 감정이 없더라도 남녀 사이는 민감한 게 당연하다.

"괜찮아요. 저를 위해 해준 말인걸요. 고마워요."

나는 야마무라를 본 다음 여기 있는 학생들을 둘러보았다.

새로운 만남, 새로운 친구.

그리고 진실과 거짓, 간파하는 사람과 간파당하는 사람.

견제에 대한 응수로 서로의 속을 탐색하는 수학여행.

앞으로 어느 반이 승리의 자리에 오를 것인가.

"지금은 무리지만…… 조금 고민은 해볼게요."

마지막으로 야마무라가 그렇게 말을 덧붙였다.

"그러는 게 좋아."

우리는 여기서 대화를 멈추고 시합에 의식을 집중했다.

굵은 팔뚝을 자랑하는 알베르트지만 명중 정확도가 별로 높지 않아서, 끝에 가서는 스도의 순발력과 정확한 공격으로 승패가 결정되었다.

어떤 상황에서도 스포츠에서는 최고의 활약을 선보이는 스도는 역시 대단하군.

호리키타도 그런 스도에게 아낌없는 박수를 보냈다.

멀리 떨어진 곳에서는 오노데라가 천진난만한 모습으로 응원하고 있었다.

이어서 두 번째 시합. 남녀 혼성 대결이었는데, 스도와 알베르트처럼 특출난 학생은 없었기에 진검승부라기보다는 놀이의 연장에 가깝게 시끌벅적한 시합이 펼쳐졌다.

잠시 후 승패가 갈리고도 즐거웠다며 서로를 격려하면서 끝마쳤다.

"이제 곧 나가겠네요. 힘내요."

드디어 세 번째 시합. 나와 이부키의 팀 그리고 호리키타 팀의 대결이 시작된다.

"너도 힘내라, 야마무라."

"네……?"

내 말에 야마무라가 어리둥절한 표정을 지었다.

"요스케한테 부탁해서 너도 넣어달라고 했거든."

"네에엣?! 저, 저는 무리예요. 전력이 되긴커녕 발목만 잡는다고요?"

"지면 포인트는 내가 대신 낼 거니까 걱정 안 해도 돼."

"그런 문제가 아니라……."

"머릿수만 맞춰줘도 충분히 전력이 돼. 자, 가자."

"그런……."

내가 걸음을 떼자 야마무라가 조금 주저하면서도 결국 뒤따라왔다.

한 명이 빈다는 사실을 알면 모두의 시선이 집중될 텐데 그게 싫었던 눈치다.

"저, 정말 전 몰라요?"

"걱정하지 마. 아까 시합도 봤잖아, 이건 그냥 놀이야."

"하지만…… 그렇지 않은 사람도 있어요."

"반드시 이긴다!"

이글이글 투지를 불태우는 이부키가 눈을 단단히 뭉친 다음 던지기 전까지 일련의 동작 이미지 트레이닝을 하고 있었다.

"쟤는 그냥 내버려 둬도 돼."

나는 야마무라에게 그렇게 말하고 제일 뒤쪽으로 물러나 있으라고 했다.

앞에 나와 있는 학생들부터 표적이 되니 그걸 피하기 위함이다.

누군가에게 눈을 맞춰서 쓰러트리는 것보다 조금이라도 더 오래 즐기는 데 집중했으면 좋겠다.

시합이 시작되자 지금까지 있었던 두 시합과 마찬가지로 앞쪽에서 싸우는 학생들에게 눈덩이가 집중되었다.

한편 뒤쪽에서도 빗나간 눈이나 노리고 던진 눈이 날아왔지만, 조심하기만 하면 맞을 염려는 없다.

"으, 으악?!"

눈을 뭉쳐 던질 여유도 없이, 야마무라는 필사적으로 도망 다녔다.

그때 눈덩이 중 하나가 야마무라의 왼쪽 허리 쪽에 명중할 것 같은 각도로 날아왔다.

"웃차——."

허락은 구하지 못했지만, 야마무라를 돕기 위해 오른팔을 잡아당겨 눈을 피하게 했다.

"고, 고마워요. 덕분에 살았어요."

"사람이 점점 줄어들면서 앞쪽 싸움이 격렬해졌어. 이럴 때 눈을 뭉쳐둬."

"아, 아앗, 네에."

서둘러 모은 눈은 생각보다 크게 완성되었다.

도저히 상대 진영까지 못 날아갈 것 같지만, 그건 그것대로 재미있으니 아무 말도 하지 않기로 한다.

"에잇……."

기합이 들어간 목소리와는 거리가 많이 멀지만, 어쨌든 커다란 눈덩이가 허공을 날았다.

그러더니 우리 진영에 툭 떨어졌다.

"아……."

"괜찮아. 이번엔 좀 더 작게 만들어서 던지는 게 좋겠어."

"네, 네엣."

허둥지둥 다시 눈을 모으기 시작하는 야마무라.

그러는 동안에도 시합은 계속되어 학생들이 눈을 던지고 맞았다.

나도 한 명 정도는 잡고 싶은데——.

두 번째 눈덩이를 다 만든 야마무라는 던지는 데 너무 집중하는 바람에 힘을 과하게 실어, 아까보다 더 멀리 가지 못하고 거의 수직 낙하하고 말았다.

"아, 으윽."

우리 팀 전위 세 명이 당했기 때문에 야마무라에게 상대 측 시선이 모이기 시작했다.

나는 시선을 유도하기 위해 야마무라에게서 떨어져 앞으로 나갔다.

그리고 얼른 눈을 뭉쳐서, 나를 노리려고 하던 나카니시에게 던져 맞혔다.

하지만 이것 때문에 계획이 틀어졌다. 야마무라가 피하는 것도 잊고 필사적으로 발밑의 눈만 보는 바람에, 허무하게도 야노가 던진 눈덩이를 머리에 맞고 말았다.

"아……!"

손에 쥔 눈덩이도 황망하게 아웃이 된 야마무라는 손을 들고 재빨리 밖으로 나갔다.

의기소침해하면서 한편으로는 분한 감정도 들었는지 표정에 다 드러났다.

그건 그것대로, 눈싸움의 긴장감과 즐거움을 조금이나마 체험할 수 있었을까.

그 후, 서로 던지고 맞기를 반복하다 보니 서서히 아이들이 아웃 되고 상대 팀에서 남은 사람은 이제 호리키타뿐이었다.

한편 우리 쪽은 나와 이부키 두 명. 상황으로 보면 당연히 우리가 유리하다.

이부키가 내 뒤에 떡하니 버티고 서서 팔짱을 꼈다.

"방해돼."

"나도 알아."

나는 호리키타가 던진 눈을 피하지 않고 그대로 손으로 받았다.

받으면 당연히 아웃이다.

"뭐 하는 거야?"

"이부키가 일대일을 원해서. 우리 리더가 이기겠다니까 그 말에 따라야지."

얼마 안 되는 시간이었지만, 눈싸움을 실제로 즐겨봤으니 더는 바라지도 않는다.

무리해서 호리키타를 이겨봐야 재미도 없겠지.

한편으로는 실력에 큰 차이가 없을 이 두 사람의 대결에 순수하게 흥미가 생긴다.

"조금 마음에 안 들지만, 뭐, 좋아. 나도 이부키한테만 집중할 수 있고."

"그럼 너만 믿는다, 이부키. 너한테 기념품 값이 달려 있어."

"시끄러워. 빨리 나가기나 해. 내가 호리키타 따위한테 질 리 없잖아."

많은 눈이 지켜보는 가운데, 호리키타 대 이부키의 대결이 시작되려 하고 있었다.

이 싸움에 무승부라는 규칙은 없다.

만약 동시에 서로를 맞췄다고 심판이 판단한다면 연장전으로 들어가는 것을 의미한다.

고작 눈싸움일 뿐이지만 두 사람에게는 질 수 없는 싸움이다.

"확실하게 결론이 나는 대결이라니 최고네."

지금까지 장갑을 끼고 대결했었는데, 여기서 이부키가 장갑을 벗고 오른손에 눈덩이를 움켜쥐었다. 방한 기능을 버리는 대신 투구의 정밀도를 높이는 전략이리라.

호리키타는 추워서 손가락을 마음대로 못 움직일까 봐 장갑을 계속 끼고 할 모양이었다.

단기 결전이면 이부키에게 유리하고 장기전이면 호리키타가 유리한 그런 느낌인가.

"죄송해요, 하나도 도움이 안 됐네요."

아직도 조금 숨이 차는지 어깨를 들썩이며 야마무라가 중얼거렸다.

"괜찮아. 조금이라도 즐거웠어?"

"네…… 할 수만 있다면 맞춰 보고 싶었는데요."

그렇게 말한 야마무라가 정말로 미세하긴 했지만, 입꼬리를 올렸다.

같은 멤버로 눈싸움하기는 무리겠지만, 다른 어떤 경기에서 또 싸워볼 기회는 있겠지.

분한 마음을 그때까지 잘 간직했다가 설욕전을 펼치면 좋겠다.

구경꾼으로 돌아온 우리는 일대일로 맞선 두 여학생에게 주목했다.

"진검승부……네요."

"응."

단기 결착을 목표로 삼고 싶은 이부키지만, 그것을 꿰뚫어 본 호리키타는 공격보다 피하는 것을 우선했다.

"거참 촐랑거리네!"

점점 짜증도 나고 손끝이 시리기 시작한 이부키에게서 초조함이 보이기 시작했다. 장기전으로 들어가면서 이부키가 호리키타에게 던진 여덟 번째 눈덩이가 호리키타의 볼 근처를 아슬아슬하게 비켜 지나갔다.

"그만 나한테 승리를 양보하시지!"

"그럴 순 없지."

지쳐 보이면서도 이부키가 다시 던진 강속구가 호리키타를 덮쳤다.

호리키타는 그것을 피하면서 동시에, 줄곧 쥐고 있던 눈덩이를 카운터 먹이듯 던졌다.

하지만 역시 이부키. 힘이 떨어졌어도 방심하지 않아서, 자세가 무너지면서도 수비에 성공했다.

"네 체력도 이제 한계인가 봐. 이쯤 해서 끝내줄게."

그러는 호리키타도 더 이상의 장기전은 원하지 않는지, 공격으로 전환한 듯했다.

요컨대 서로가 죽음을 각오한 한 발을 던질 것이란 뜻

이다.

오래 이어진 일대일 싸움. 이부키에게 날아간 호리키타의 눈덩이는 공중에서 분산.

덜 단단하게 뭉쳐졌는지 기세를 이기지 못한 듯하다.

그 눈 파편이 휘날리며 이부키에게 명중했다.

한편 호리키타는 이부키가 날린 눈덩이를 눈앞에서 피하려고 시도했지만 완전히 피하지는 못하고 왼팔 옷에 스치는 형태로 통과했다.

닿았다고 말하면 닿았고, 피했다고 말하면 피했다.

그런 미묘한 판정. 하지만 더 이상 오래 끄는 것을 환영하지 않는 요스케가 판단을 내렸다.

"호리키타 히트! 이부키, 승!"

"해냈다아아!"

힘찬 승리의 포즈를 취하며 이부키가 환하게 웃었다.

고작 눈싸움일 뿐이라며 담담하게 구는 호리키타였지만, 분한 감정은 숨길 수 없는 눈치였다.

"야, 이 패배자! 빨리 나한테 1,000포인트를 넘겨랏!"

추워서 덜덜 떨리는 손도 개의치 않고 이부키가 스마트폰을 꺼내 호리키타에게 들이밀었다.

"진짜 열받게 하네…… 그렇게 말 안 해도 준다고."

"어서어서! 어서! 어서! 어서어서서!"

사이가 좋은 건지 나쁜 건지.

그 후로도 얼마간 이부키는 호리키타의 주위에서 시끄

럽게 굴며 거들먹거렸다.

1

이날, 우리는 마지막으로 한 번 더 스키를 즐겼다. 이번에는 따로가 아니라 여덟 명 모두 초보자용 완만한 코스에서 탔다. 류엔은 시종일관 따분해 보였지만, 혼자 마음대로 굴지 않았다는 것만으로도 다행으로 여겨야 한다.

그 후 남은 시간에는 1학년들에게 줄 기념품도 잊지 않고 사두었다.

그렇게 즐거웠던 수학여행 4일 차도 이제 남은 것은 오늘 밤뿐.

대욕장에 가서 목욕을 마친 내게 사카야나기로부터 한 통의 메시지가 들어왔다. 만나고 싶다는 그녀의 희망에 답한 나는 약속 장소로 고른 로비로 향했다.

아직 밤 8시밖에 되지 않았는데 오늘은 학생 수가 꽤 적은 편이었다.

마지막 밤이니, 무한 뷔페에 갔거나 방에 틀어박혀 나눌 이야기가 잔뜩 쌓여 있겠지.

그런 상황을 일찌감치 읽고 정한 건지, 로비에 학생을 거의 찾아볼 수 없었다.

만나기 적당한 분위기 속에서 사카야나기가 의자에 앉

아 조용히 기다리고 있었다.

"많이 기다렸어?"

"아니요. 와줘서 고마워요."

사람이 별로 없다지만 나와 사카야나기라는 조합은 다소 눈에 띌 수 있다.

그런 의미에서는 용건을 짧게 끝내줬으면 하는데…….

"그리 길진 않았지만, 수학여행은 즐거우셨나요?"

"어. 지금까지 겪어보지 못한 많은 것들을 배울 수 있었어. 그리고 무엇보다 다른 반 학생들과 교류한 것도 솔직히 좋았어. 야마무라랑 키토에 대해서도 조금은 알게 된 것 같고."

여기서 두 사람의 이름을 꺼내 보았지만, 사카야나기에게 표정 변화는 없었다.

"그렇군요. 지식 흡수에 탐욕적인 아야노코지 군이니까 그리 놀랍지도 않네요."

"그 두 사람이랑은 사이가 좋아?"

좀 더 파고들어 보았다.

"반에서 특별하게 대하는 사람은 없어요. 모두를 평등한 눈으로 보고 있죠. 사이가 좋다고 하면 좋고, 좋지 않다고 하면 좋지 않아요."

진짜인지 거짓인지 몰라도, 사카야나기는 그런 식으로 모호하게 대답했다.

누군가를 특별하게 대한다면 그만큼 다른 학생이 질투

등의 감정을 품기 쉽다.

리더로서 사카야나기는 정말 학생들을 똑같이 대하고 있는지도 모른다.

"나를 불러낸 용건을 들어볼까."

"벌써 잡담은 끝인가요? 혹시 초조해요? 카루이자와 케이 씨에게 이런 장면을 보이면 관계를 의심받게 될 테니까요."

소악마처럼 큭큭 웃으면서 말했다.

"A반 대표와 단둘이 만나는 장면을 보이는 게 좋지는 않지. 안 그래?"

"후후, 농담이에요. 저도 잘 알죠."

재미있다는 듯 입을 가리더니, 사카야나기가 이야기를 시작했다.

"이번 수학여행 중에 여러 가지로 알게 된 사실이 있어서요. 학교로 돌아가기 전에 체육대회 때 아야노코지 군에게 접촉했던 인물에 대해 알려드려야겠다고 생각했어요."

사카야나기와 함께 체육대회를 빠지고 내 방에서 이야기 나누었을 때의 일.

현관문 너머로 말을 걸었던 남자에 대해서…… 말인가.

"그렇군. 궁금한 이야기이긴 하네."

"다행이에요. 아야노코지 군도 그 목소리의 정체를 궁금해하셨던 모양이네요."

"많이 생각했었지."

나나세에게서 느끼는 것까지 포함해 전화의 주인이 적인지 아닌지도 전혀 감이 잡히지 않는 상태다.

"그럼 반대로 물어보겠는데, 아야노코지 군은 그 사람이 어떤 인물이라고 생각하시나요? 아마사와 이치카 씨와 야가미 타쿠야 군처럼 당신과 같은 출신일 가능성도 있을까요?"

"아니, 그건 아닐 거야. 사카야나기와 그자가 서로 인식하고 있을 뿐이라면 그럴 가능성도 완전히 지울 수 없겠지만, 그 녀석은 내 아버지를 『아야노코지 선생님』이라고 불렀어. 이건 큰 차이가 있지."

"그 말씀은?"

"화이트 룸생이면 『아야노코지 선생님』이라고 부르지 않으니까."

이건 화이트 룸에서 자란 사람들에게 공통되는 부분이다.

"하지만 절대라는 보장은 없지 않나요? 아야노코지 군 세대와 달라지면 방침도 많이 바뀔 수 있는데요?"

"물론 100%라고는 말할 수 없겠지. 어디까지나 내가 주관적으로 그렇게 느낄 뿐이야. 큰 요소로는 그 남자가──아버지가 이 학교를 찾아왔던 작년 시점에 전화를 걸어온 걸 생각해보면 그의 측근임을 짐작할 수 있어. 그리고 사카야나기 네가 직접 들은 기억이 있다는 건 정재계 쪽에 가까운 사람인 게 아닐까?"

그렇다면 굳이 선생님이라고 불렀던 것과도 이어진다.

사카야나기가 살짝 놀라면서도 기쁘다는 듯 눈을 감으며 고개를 끄덕였다.

"맞아요. 조언, 충고가 괜한 짓이었는지도 모르겠네요. 저는 이미 그 목소리의 주인, 정체가 짐작이 가지만, 아직 확실하지는 않아요. 그걸 오늘 이 자리에서 확실하게 하고 싶어서 이리로 오시라고 했답니다."

나는 사카야나기가 무릎 위에 올려둔 스마트폰을 응시했다.

"다만 모든 것을 확실히 하기 전에 그를 알고 있을 인물을 불렀어요. 조금만 더 있으면 도착할 것 같아요."

"2학년 중에 그자와 이어진 학생이 있다고?"

"아야노코지 군의 머릿속에 떠오르는 후보는 없을 것 같은데, 어떠세요?"

정답이다. 대체 누구를 가리키는지 나는 짐작도 가지 않는다.

물론 목소리의 주인이 1학년으로 학교생활을 하고 있고, 2학년 중에 친해진 사람이 있어도 이상하지는 않지만, 그렇지는 않겠지. 적어도 더 이쪽 사정을 아는 자가 아니면 여기에 부를 이유가 없다. 화이트 룸이나 아버지의 정체, 아니면 그 두 가지를 다 아는 2학년이 사카야나기 말고 있을까?

"도착할 때까지 담소나 계속 나눠요."

"그게 좋겠군."

침묵으로 그저 시간을 흘려보내는 것은 수학여행을 현명하게 보내는 방법이라고 말할 수 없다.

"이번에 그룹을 나눈 것에 대해서 아야노코지 군은 어떻게 느꼈어요?"

"학생들끼리 매긴 표의 영향이 틀림없이 컸겠지. 내 생각에는 우리 그룹뿐 아니라, 극단적으로 평가한 학생이 한 그룹에 들어가게 조정한 것 같아."

"동감이에요. 제일 높이 평가한 학생, 제일 낮게 평가한 학생. 그리고 그 어느 쪽에도 속하지 않는 중간층. 모든 그룹에 다 적용할 수는 없었겠지만, 어느 정도 그런 경향은 틀림없이 있었다고 생각해요. 앞으로 영향을 주기 쉬운 조합으로 했겠죠."

"그런 흐름에서 나도 물어보고 싶은 게 있어."

"기쁘네요. 저한테 궁금한 게 있으면 뭐든지 물어보세요."

"넌 학년말 시험에 대해 어떻게 생각해?"

이번 수학여행에서 나뉜 그룹은 틀림없이 장차 영향을 미치게 될 것이다.

사카야나기는 기쁘다는 듯 눈을 감고 두세 번 만족스럽게 고개를 끄덕였다.

"정말 아야노코지 군과 나누는 대화는 즐겁네요. 항상 생각이 같아서요. 학년말 시험은 작년 이상으로 혹독하겠지요."

한두 명 퇴학자가 나오는 것은 놀랍지도 않다. 그 정도의 예상을 사카야나기는 한 듯했다.

"프로젝트 포인트가 있는 사카야나기는 무사하겠지만, 패배해서 잃는 반 포인트는 똑같아. 지금까지 유지했던 독주 태세가 무너질까 봐 불안하지는 않아?"

"류엔 군과의 직접 대결에서 제가 지기라도 한다는 말씀인가요? 그에게 승리하는 것은 이미 정해져 있답니다."

역시 사카야나기도 류엔과 마찬가지로 자신의 패배를 상상조차 하지 않는 건가.

"물론 그는 흥미로운 움직임을 보이고 있어요. 자이언트 킬링이라는 말이 있듯이, 가끔은 거물을 잡을 수 있는 능력이 있는 듯해요. 하지만 저와의 대결에서는 그걸 실현할 수 없어요. 적어도 내년에 아야노코지 군의 반과 경쟁할 사람은 저예요."

흔들리지 않는 자신감.

최종적으로 무승부가 될 경우도 있지만, 그건 예외로 봐도 되겠지.

학년말 시험 무대에서 쉽게 무승부가 될 만한 규칙을 학교 측에서 정할 리는 없다.

그건 작년 A반과의 대결에서도 엿본 사실이다.

"아니면—— 제가 질 거라고 생각하세요?"

"글쎄, 어떨까."

시험 내용도 모르는 단계에서는 뭐라고 말할 수 없다.

하지만 그렇게 말하면 사카야나기는 괜히 기대에 어긋

났다는 느낌을 받게 되겠지.

내용에 따라서는 사카야나기가 질지도 모른다고 암시하는 것이나 다름없으니.

어느 쪽이 이기든 지든──.

"아야노코지 군 입장에서는 저와 그가 어떻게 되든 계획에 지장이 없다── 그런 뜻인가요?"

서로 생각이 통하기에 사카야나기도 내 생각을 잘 이해하고 있었다.

"하지만 아야노코지 군. 미래가 언제나 아야노코지 군의 생각대로 된다는 보장은 없답니다."

"그게 무슨 의미지?"

되묻는 타이밍에 사카야나기가 입에 검지를 갖다 댔다.

예정되어 있던 방문자가 등장한 모양이었다.

"기다렸지."

내 존재를 미리 듣지 못했는지, 살짝 놀란 투로 칸자키가 내 옆에 와서 섰다.

그런데 칸자키라니. 지금까지 대하면서 특별히 과거와 이어지는 느낌은 받지 못했는데.

"이렇게 해서 필요한 분들이 다 모였으니 시작해볼까요. 바로 본론으로 들어가서, 칸자키 군은 이쪽으로 와주시겠어요?"

"대체 뭐야, 사카야나기."

미소 지으며 손짓한 사카야나기는 이 상황이 이해되지

않는 칸자키를 자기 옆에 세웠다.

의아하다는 듯 팔짱을 낀 칸자키는 아직 뭐가 뭔지 모르는 눈치였다.

그건 나도 마찬가지인데, 이 배치에 어떤 의미가 있는 것일까.

"우선은 아야노코지 군. 저랑 칸자키 군의 조합을 보니 어떤 생각이 드시나요?"

"어떤 생각?"

"솔직한 느낌을 들려주세요."

"위화감밖에 안 들어. 지금까지 사카야나기와 칸자키 조합은 한 번도 본 적이 없어서."

이렇게 실제로 나란히 있는 모습을 보니 그 사실이 여실히 드러났다.

"그렇지요. 이 학교 학생들이 봤을 때 저와 칸자키 군은 접점이 없어요. 칸자키 군이 리더인 것도 아니고, 사적으로 친하게 지내는 장면을 본 사람도 없을 테죠. 실제로, 이 학교에 들어온 뒤로 칸자키 군과 대화한 적은 거의 없답니다."

그러니까, 입학 전에는 나름의 교류가 있었다고 말하고 싶은 듯하다.

"이렇게 말해보는 게 몇 년 만인가요."

"글쎄. 누구를 중간에 끼우지 않은 걸로 따지면 적어도 3년인가 4년은 지난 것 같군."

서로가 확실한 날짜까지 기억하고 있는 모양이었다.

"어떻게 아는 사이인지 물어봐도 돼?"

"부모님들 때문에 알아요. 그렇다고 사카야나기 집안과 칸자키 집안에 직접적인 연결이 있는 건 아니랍니다. 부모 이름이 어느 정도 알려져 있다 보면 파티 같은 데도 불려 갈 때가 많으니까요."

사카야나기의 아버지는 이 학교 이사장인데다 화이트 룸을 아는 것을 봐서도 어느 정도 유명한 집안임은 의심할 여지가 없다.

"칸자키 군의 아버지는 칸자키 엔지니어라는 기업의 대표시거든요."

이 두 사람의 공통점, 재계인이라는 틀이 같다는 건가.

그렇다면 칸자키에 대해 내가 의문을 느끼지 않았던 것도 이해가 된다.

"대체 뭐 하는 거야. 그런 이야기를 아야노코지한테 왜 들려주는 거야. 아니, 그 이전에 나를 불러낸 이유가 뭐야?"

"바로 이 이야기가 불러낸 이유와 상관있답니다."

"무슨 소리인지 모르겠는데."

"칸자키 군에게는 우리 학교에 재학 중인 이시가미 군에 대해 자세히 알려드리고 싶어서요."

그러자 칸자키의 표정이 확 굳었다.

"이시가미에 대해……서라고?"

이시가미? 2학년에는 떠오르는 이름이 없고, 성이 같은 학생은 1학년뿐이다.

"······그런 건가. 너도 이시가미한테 흥미를 느낀 모양이군."

"그렇게 받아들여도 상관없어요."

"하지만 아야노코지는 왜? 이시가미랑 별다른 접점도 없잖아. 그 애가 아무 의미 없이 다른 학년과 얽힐 거란 생각도 들지 않고. 있다면 문제가 생겼을 때 정도겠지. 류엔이라면 모를까 아야노코지가 그런 무의미한 행동을 할 것 같진 않은데."

자기 나름대로 상황을 이해하기 쉽게 풀었다.

"지금이 아니라 과거의 접점이에요."

"뭐라고······?"

"아직도 모르겠어요? 칸자키 군도 아야노코지라는 이름을 기억할 텐데요."

"그게 무슨── 아니, 설마······."

뭔가를 알아차린 듯, 칸자키가 사카야나기와 나를 번갈아 쳐다보았다.

"이제야 생각나셨나 보네요. 물론 그러는 것도 무리는 아니지만요."

"······그런 거였나."

사카야나기의 말에 칸자키도 납득한 모양이었다.

그리고 머리를 감싸 안고 천장을 올려다본 후, 다시 나를 응시했다.

"아야노코지……인가. 네가 그 사람의 아들이었다니."

그 말로 알 수 있는 것은 오직 하나.

칸자키도 아야노코지라는 이름의 인물에 짐작 가는 구석이 있거나 면식이 있다는 뜻.

그리고 그게 내 아버지라는 사실은 이제 추측할 것까지도 없다.

그 남자는 재계인과 강한 연결고리를 가지고 있다. 즉 필연적인 흐름인 것이다.

"제가 아야노코지 군과 한자리에 있는 것에 이제 위화감이 사라지셨나요?"

"그래. 그냥 단순히 아야노코지의 실력에 흥미를 느끼게 되었나 싶었는데, 그게 아니었군. 넌 언제부터 아야노코지 선생님의 아들이라는 걸 알았어?"

"물론 이 학교에서 본 순간부터지요. 칸자키 군과 달리 저는 어린 시절의 아야노코지 군을 본 적 있거든요. 그렇죠?"

화이트 룸을 언급하지는 않았지만, 마치 소꿉친구라도 되는 것처럼 대답했다.

"예사 인물이 아닌 거네. 그 사람의 아들이면…… 우수하지 않을 리가 없어."

납득이 갔는지 칸자키가 나를 똑바로 응시했다.

"내 아버지가 아야노코지 선생님을 흠모해서 파티 같은 데에 가면 몇 번인가 직접 뵙게 해주셨었어. 물론 제대로 얘기해본 적은 딱 한 번뿐이지만."

사카야나기 이사장을 통해 간접적으로 이어져 있으면 이런 경우도 생긴다는 좋은 사례다.

그나저나 그 남자를 존경하는 모양이군. 사적인 모습은 전혀 모르기 때문에 칸자키 앞에서 어떻게 했는지 상상도 안 되지만 인식에 차이가 있다는 것은 부정할 수 없다.

"내 안에서 너에 대한 평가가 여러 번 뒤집혔었는데, 이 제야 확실해졌어. 호리키타 반에 아야노코지 선생님의 아 들이 있어서 만만치 않았던 거네."

어디까지나 아버지를 높이 평가하는지, 기쁜 투로 혼자 서 고개를 끄덕였다.

"자, 인식이 똑바로 수정되었으니 이야기를 계속해볼까 요. 이시가미 군에 대해 아야노코지 군은 알고 계시나요?"

"처음 듣는 이름이야."

바로 그 이시가미라는 학생이 우리에게 접촉한 인물인 듯하지만.

"아야노코지 군의 아버지를 흠모하는 또 다른 청년이랍 니다. 칸자키 군은 잘 아시죠?"

"……그래. 그 녀석은 아야노코지 선생님께 심취했으니 까. 나는 쉽게 말 걸어 볼 용기도 없었는데, 이시가미는 달 랐어. 언제부터인가 정말 적극적으로 말을 걸더라고."

"이시가미 군의 나이는 우리보다 한 살 아래로 지금 1학 년으로 학교생활을 하고 있답니다."

그를 흠모하는 남자가 이 학교에 입학했고, 왜 그런지는 모르겠지만 나에게 몇 번인가 연락을 취하기도 하고 문화제 때는 간접적으로 야가미를 배제하는 데 도움까지 주었다.

그 이시가미라는 남자의 목적은 아직 알 수 없다.

"1학년과 접할 기회는 있었을 것 같지만, 언제부터 이시가미를 알아봤어?"

"OAA를 보고 바로 알았어요. 다만 그는 존재를 드러내는 타입이 아니기 때문에 말할 기회가 없었죠. A반과의 대화는 타카하시 군을 통해서 했고, 의도적으로 저와의 접촉을 피하는 눈치였어요."

사카야나기 역시 무리해서 접촉할 생각은 없었던 모양이군.

"우수해?"

"그 부분은 저보다도 그와 친한 칸자키 군이 더 잘 아시지 않는지?"

설명을 이어받은 칸자키였지만 하나도 기뻐 보이지 않았다. 오히려 그 반대 같았다.

"딱히 친한 건 아니고. 난 그냥 이시가미와 같은 학원에 다녔을 뿐이야. 하지만 아야노코지의 질문에 솔직하게 대답하자면 틀림없이 천재겠지. 나는 도저히 생각이 미치지 않는 발상을 수도 없이 하는 걸, 가까이에서 직접 봤다는 것만은 확실해."

이시가미가 썩 마음에 들지 않는 눈치였지만, 사실을 인정하듯 대답했다.

"그렇다고 하네요. 칸자키 군의 시점, 생각이긴 하지만 참고 정도는 되지 않을까 해요."

"그런데 그래서 뭐? 지금의 이시가미는 그냥 내버려 둬도 상관없지 않나?"

"상상이 안 되나요? 그는 아야노코지 군의 아버지를 존경하고 있어요. 그렇다면 그 아들의 실력을 확인하기 위해 이 학교에 입학했다고 해도 이상하지 않죠."

사카야나기는 화이트 룸에 관한 정보를 감춘 채 이야기를 잘 유도했다.

"이시가미가 아야노코지의 실력을 확인하기 위해서……? 아니라고 단언할 순 없나."

자기가 아는 이시가미의 모습과 대조하면서 어느 정도 납득하는 눈치였다.

"우리는 2학년끼리 경쟁하고 있어요. 칸자키 군의 반이 한발 뒤처져 있다고 해도, 역시 아직 승패가 어떻게 될지는 확실하지 않죠. 그런데 앞으로 이시가미 군이 아야노코지 군의 실력을 알기 위해 불필요한 수작을 걸어온다면 불공평하지 않을까요?"

"하고 싶은 말은 알겠다만, 왜 그렇게 아야노코지 편을 드는 거야? 라이벌 반 학생이 어떻게 되든 너랑은 상관없을 텐데."

가만히 내버려 두면 이시가미가 자동으로 라이벌 반 학

생 하나를 방해해준다.

"그저 순수하게 즐기고 싶을 뿐이에요. 그를 포함한 호리키타 씨 반을 매장하는 것은 저의 역할. 그런데 갑자기 옆에서 끼어들어 제 목적을 가로채버린다면 분하지 않겠어요?"

훗 하고 웃은 후, 사카야나기가 칸자키에게 감사 인사를 건넸다.

"그동안 고마웠어요, 칸자키 군. 앞으로 저는 아야노코지 군과 둘이서 이시가미 군에 대한 대응책을 마련하려고 합니다."

감사 인사……이긴 했으나 방해꾼은 사라지라는 의미도 강하게 담겨 있었다.

"난 이시가미 일에 얽힐 생각 없으니, 그럼 나야 고맙지."

칸자키가 망설임 없이 대답하고 걸음을 떼기 시작했다.

"가까운 시일 내에 다시 얘기 나누자, 아야노코지. 그 사람에 대해 이것저것 물어보고 싶은 게 많아."

아버지에 대해 듣기를 열망했는데, 유감이지만 나는 아는 게 없다.

어쨌든 이 자리에서는 가볍게 고개를 끄덕여두는 것이 무난하겠지.

"자, 아야노코지 군. 그럼 이시가미 군이 정말 정답인지 맞혀 볼까요?"

"어쩌려고?"

"물론 본인에게 직접 물어볼 거예요. 그게 제일 빠르잖아요?"

사카야나기는 부드러운 손놀림으로 그의 번호를 입력했다.

미리 조사해서 이시가미의 전화번호를 입수한 듯했다.

스피커로 돌려서 전화를 걸자 얼마 지나지 않아 통화가 연결되었다.

『슬슬 전화가 올 때라고 생각했었지. 사카야나기.』

전화를 받자마자 다 예상했다는 듯이 말하는 이시가미. 이 목소리는 틀림없이 작년에 나에게 전화를 걸었던 인물이자 체육대회 때 접촉해온 인물이다.

"눈치가 꽤 빠르시네요."

『1학년 이외에 누가 내 전화번호를 물어보면 보고하라고 미리 말해놨거든.』

"역시라고 할까요. 당신의 소문은 안팎으로 많이 들었답니다."

거미줄을 치듯 언제나 안테나를 뻗고 있었다는 뜻이다.

"더 일찍 저에게 말 걸어주셨으면 더 좋지 않았을까요?"

『일부러 접촉을 피했어. 너도 굳이 나랑 엮일 필요는 없지 않나?』

"그렇지는 않아요. 앞으로 당신이 아야노코지 군 앞을 가로막을지 어떨지, 그것만은 확인해둬야 한다고 생각했으니까."

『그럼 묻겠는데, 내가 가로막으면 어떻게 할 셈이지?』

"아야노코지 군이 제가 아닌 다른 사람에게 질 거라고는 생각도 하지 않지만, 옆에서 끼어들면 불쾌하거든요. 개입하겠다면 제가 당신을 막을 수밖에 없어요."

『네가 나를 막아? 괜한 짓 하지 말고 그냥 무시하는 게 좋을 텐데. 난 아야노코지 선생님의 추천으로 이 학교를 선택했어. 평범한 학생으로 한번 살아보려고.』

나와 비슷한 생각으로 이 학교에 들어왔다는 투다.

『이 학교에서 아야노코지를 제거할 가능성은 아직 없다고 생각해도 좋아.』

"아직, 이요? 마음에 걸리는 단어네요."

『만에 하나 아야노코지 선생님께서 배제하라고 지시하시면 그렇게 할 거다. 그뿐이야.』

언제나 차분한 그 음성은 거짓말을 늘어놓는 것처럼 보이지 않았다.

"모르는 사이에 충성심이 꽤 깊어졌군요."

『더는 파고들지 마, 사카야나기. 아야노코지 옆에 있고 싶으면 더욱.』

살짝 데이는 정도로 끝나지 않는다, 그런 강한 경고인 것만은 확실하겠지.

『나에 대해 숨기라고 말할 생각은 없어. 늦든 빠르든 아야노코지는 내 존재를 알게 되겠지. 그러니 네가 경고해. 학교생활을 지키기 위해 무엇이 가장 좋은 선택인지를.

아니, 만약 이 통화를 듣고 있다면 그럴 필요도 없나.』

확증 같은 건 없겠지. 하지만 내가 엿듣고 있을 가능성을 고려하고 있었다.

"내키면 전달하죠. 다음에 학교에서 인사해요."

사카야나기는 이것으로 충분하다고 판단했는지 일방적으로 전화를 끊었다.

"역시 그답네요. 원래부터 숨길 생각이 전혀 없었던 것 같은데요."

"그런 것 같네. 학교생활을 즐겨보려고 이 학교에 온 거라면 나도 앞으로 관여할 생각 없어."

적어도 지금까지 이시가미와 나눈 대화에서 위험성은 느끼지 않았고, 지금 전화에서도 마찬가지였다. 내 아버지가 처음부터 퇴학을 노린 게 아닐 가능성이 생긴 이상 당황할 필요도 없다.

"그래요? 아야노코지 군이 그렇게 선택하신다면 저는 존중해요."

"고마움은 전할게. 네 덕분에 이시가미라는 존재를 인식할 수 있었어."

"이제 어느 정도 방향성도 보이네요. 오래 붙잡아서 죄송해요. 그런데 마지막으로 아까 하다 만 이야기를 마저 해도 괜찮을까요?"

"미래가 언제나 내 생각대로 된다는 보장은 없다는 말?"

사카야나기의 그 말이 마음에 걸리긴 했다.

"아, 아야노코지!"

이야기를 이어가려는데 하필이면 이때 누가 부르고 말았다.

"저기, 호나미 짱 못 봤어?"

조금 당황한 모습으로 복도를 빠르게 걷던 아미쿠라가 그렇게 물었다.

"아니, 못 봤는데. 이치노세가 왜?"

"아니, 수학여행도 이제 곧 끝나잖아? 그래서 반 애들 다 모여서 소등 전까지 얘기 나누기로 했는데 정작 중요한 호나미 짱이 안 보여서."

꽤 많이 찾으러 다니는지, 이렇게 말하는 동안에도 아미쿠라의 옆을 D반 여학생이 허둥지둥 지나갔다.

"보아하니 욕탕이나 방은 다 찾아본 느낌이네."

"저녁에 뭔가 생각에 잠긴 얼굴인 걸 봤다고 들었는데, 좀 불안해서."

걱정하는 아미쿠라에게 같은 반 여학생이 다가와 말했다.

"마코 짱. 방금 알아보니까 호나미 짱의 유카타가 있어서 밖으로 나간 게 아닐까 싶대."

"헉, 밖이라고? 하지만 이제 곧 9시잖아? 그리고 다른 그룹 사람들은 료칸에 있지?"

외출이 허락되는 것은 밤 9시까지인데, 혼자 외출했다면 문제가 된다.

"다시 한번 대욕장 같은 데 찾아볼게!"

더는 서서 얘기하다가 시간 낭비하고 싶지 않다며 아미쿠라가 양해를 구하고 다시 걷기 시작했다.

"나머지 이야기는 다음에 해요. 어서 이치노세 씨를 찾아보세요. 아야노코지 군에게 이치노세 씨는 아직 중요한 존재일 테니."

"미안."

사카야나기에게 인사한 나는 로비를 빠져나왔다. 그룹 이외에 단독 행동이 금지된 이상, 이치노세가 무의미하게 학교에서 정한 규칙을 어길 학생은 아니다.

고민거리가 있어도 그 기본적인 태도는 변하지 않겠지.

료칸 복도에서 밖을 내다보니 눈이 폴폴 내리는 상황.

만약 정말로 료칸을 나갔다면—— 오히려 갈 만한 곳은 한정적이다.

방에 돌아와 사복으로 갈아입은 나는 료칸 뒤뜰을 통해 밖으로 빠져나갔다.

이 앞에는 고지대가 있어서 조명이 켜진 경관을 감상할 수 있다.

통금 시간인 밤 9시까지 드나들 수 있는 장소다. 어디까지나 료칸 범위 내에 있는 뒤뜰이라면 그룹 행동이 필수라는 조건을 반드시 충족해야 할 필요는 없다.

조명이 발밑을 비춰 주고는 있어도 눈이 쌓여 위험하다.

많은 학생은 이 료칸에 온 첫날 혹은 이틀째에 고지대에다 올라가 보았을 것이다.

그러니 눈까지 내리는 이 추위에 그곳에 가는 학생은 거의 없겠지.

하물며 오늘은 마지막 날. 료칸에서 느긋한 시간을 보내고 싶을 것이다.

○어둠 끝에 켜진 빛

밤 9시쯤 되면 밖은 몹시 차가운 바람이 불기 시작하는 시간대다.

계단 끝마다 설치된 조명이 발밑을 은은히 비춰 주지만, 눈도 내리고 있어서 안전이 충분히 확보되어 있다고 말하기란 어렵다.

나는 미끄러지지 않게 눈을 밟아 다지면서 수십 개는 되는 계단을 올랐다.

이 시간에 이곳까지 자기 발로 오는 괴짜는 별로 없겠지.

자기 숨조차 보이지 않는 어둠 속에서 걸음을 옮기니 약간 트인 고지대가 나왔다.

나무 데크가 깔린 그곳에…… 아담한 등 하나가 보였다.

경치를 감상하는 것일까, 어둡기도 해서 어쩐지 몹시 슬퍼 보였다.

주위에는 당연히 아무도 없었다.

밥 먹을 때 봤었는데, 언제부터 여기 와 있었던 것일까.

바람 소리도 강해서 내가 가까이 와 있다는 사실을 전혀 모르는 눈치였다.

최대한 놀라지 않게 하려고, 일부러 발소리를 크게 냈다.

귀에 살짝 들렸을까. 몸이 반응했을 때 불러보기로 했다.

"옆에, 앉아도 돼?"

"엇── 아, 아야노코지?!"

"이런 우연이."

"우, 우연, 이구나."

어색한 듯 야경으로 시선을 돌려버리는 이치노세.

"미안, 사실 우연은 아니고. 아미쿠라랑 애들이 네가 안 보인다면서 난리가 났어. 소등 전까지 이야기 나누고 싶다던데."

"그, 래? 어, 어쩌지. 많이 시끄러워졌어?"

"조금. 일단 채팅은 보내둘게. 그러면 아미쿠라도 안심하겠지."

"마코 짱이랑 연락처…… 교환한 거야?"

"수학여행에서 같은 그룹이니까. 연락 주고받을 일이 많더라고."

이치노세를 찾았다고, 9시 전까지 돌아갈 테니 걱정하지 말라고. 그런 메시지를 보내자마자 곧바로 읽음 표시가 떴다.

어디 있는지 알아냈다는 말에 아미쿠라는 안도한 느낌의 이모티콘을 두 번이나 보냈다.

"말했어. 일단 이걸로 괜찮아질 거야."

"미, 미안해."

"뭘. 여기도 료칸 부지 내니까 통금 규칙을 어긴 것도 아니고. 뒤뜰 출입이 허용된 9시 전에만 돌아가면 개인의 자유지."

"응…… 고마워."

걱정 끼치고 싶지 않으니 이만 돌아가겠다, 그렇게 말하지 않는 것은 생각할 게 있다는 뜻이다.

수학여행은 즐거운 시간이지만, 아무래도 많은 학생과 계속 함께 있어야 하니까 말이지.

"혼자 있고 싶은 순간은 누구에게나 있어. 그런 의미에서 난 지금 방해되겠지만."

그 말에 이치노세는 아무 대답도 하지 않았다.

그저 야경만 하염없이 바라볼 뿐이었다.

"춥네."

"……응. 춥다."

바람이 불면 장갑 틈새로도 살을 찌르는 통증이 엄습한다.

"언제부터 여기 있었어?"

"글쎄…… 아마 5분 정도 전, 일까?"

그렇게 대답은 했지만, 내가 바로 꿰뚫어 보리라고 생각했는지 멋쩍은 투로 정정했다.

"미안. 30분인가 40분 정도는 있었던 것 같아."

"그렇겠지. 계단에 찍힌 발자국이 흐릿하더라고."

다 올라올 때까지 여기에 이치노세가 있다는 확신이 전혀 들지 않았을 정도다.

만약 몇 분 전이었다면 어두워도 발자국이 선명하게 찍혀 있었겠지.

내리던 눈은 조금씩 약해지긴 했지만 바람은 여전히 강했다.

"너도 알겠지만, 너무 오래 있으면 감기 걸려."

"그렇지……."

어딘지 남 일 말하듯 중얼거렸지만, 충고를 받아들이려고 하지는 않았다.

얼마 지나지 않아 눈이 거의 그쳤다.

"굳이 물어볼게. 혼자 야경 보면서 무슨 생각 했어?"

대충 짐작은 가지만, 그래도 본인 입으로 직접 듣지 않으면 알 수 없다.

그런 내 질문에 이치노세는 바로 대답하지 않았다.

나를 보지도 않고 그저 경치만 응시했다.

"지금은…… 혼자 있고 싶은데."

가벼운 거절. 대화를 원하지 않으니 그냥 가라는.

혹은 나만은 가까이 오게 하고 싶지 않다는 생각으로 한 말인지도 모른다.

"아무리 그래도 지금 너를 혼자 두고 돌아갈 수는 없어. 내려가는 길은 특히 위험하거든."

"걱정해줘서 고마워. 하지만 이런 데서 나랑 둘이 있는 걸 알면 카루이자와가 슬퍼할 거야. 나, 그런 건 정말 싫거든."

여기까지 올 사람은 아무도 없다, 그런 문제가 아니겠지.

이런 순간까지도 남에게 마음을 쓰는 게 이치노세답다.

"물론 케이가 보면 오해하겠지."

"응."

"정말 괜찮은 거지?"

"응."

다시 한번 똑같이 짧게 대답한 이치노세는 역시 경치에서 시선을 돌리려고 하지 않았다.

나는 옆에서 떨어져 몸을 돌렸다.

"그럼 난 돌아갈게. 그렇지만 9시까지는 꼭 돌아와. 여기 문 잠그니까."

"고마워, 조심할게."

한 발 내디뎠을 때, 잠시 그쳤던 눈이 다시 내리기 시작했다.

그치기 전보다 눈발이 더 강했다.

한 번 돌아본 이치노세의 등은 여기서 처음 발견했을 때와 하나도 다르지 않았다.

몹시 작고, 약해졌구나.

입학 당시의 발랄하던 이치노세 호나미의 모습을 마지막으로 본 게 언제였을까.

수학여행에서 어떤 일이 생겼다기보다는 쌓이고 쌓인 문제.

금 간 컵에 계속 담아온 물이 결국 새기 직전까지 와 있다.

여기서 먼저 돌아가는 것은 쉽다. 하지만 지금이 하나의 분기점.

점점 갉아 먹힌 이치노세의 감정은 내가 보기에 몹시 위태로운 지점까지 오고 말았다.

그냥 물이 새고 넘칠 뿐이라면 그나마 낫다.

금이 점점 퍼져서 컵이 깨져 버리면 원래대로 되돌리기 불가능할지도 모른다.

다시 말해 이치노세 반의 종말. A반으로 가는 길이 막히게 된다.

그녀의 반이 몰락하는 순간은 지금이 아니다.

그러니까 내 계획에 지장이 생기는 것이다.

"그냥 여기서 기다릴게."

나는 그렇게 말하고, 료칸으로 이어진 계단에 걸터앉았다.

"……어째서?"

"어째서일까."

"나 따위 아야노코지는 아무 상관 없잖아. 왜…… 기다리는데?"

"글쎄."

그렇게 말하며 얼버무렸다. 내 입으로 전할 말은 지금 아무것도 없다.

쫓아내고 싶겠지만, 강제력이 없는 이상 이치노세도 단념할 수밖에 없다.

나와 있는 것을 도저히 못 참겠다면 여기서 떠나는 것이

제일이다.

그로부터 몇 분간.

정말로 아무것도 하지 않고 조용한 시간이 흘렀다.

"그냥 중요한 얘기는 아닌데…… 말이지?"

둘 사이의 침묵을 견딜 수 없었을까, 아니면 어쩔 수 없다고 결론을 내렸을까.

다른 생각에 빠져 있으면 놓칠 것만 같은 성량으로, 이치노세가 불쑥 중얼거렸다.

"사실은 줄곧 아야노코지에게 물어보고 싶은 게 있었어."

남은 시간까지 아무 말 없이 있는 것보다는 훨씬 낫다.

엉덩이를 습격한 눈의 차가움도 좀 덜 수 있겠지.

"화이트 룸……이란 거 알아?"

이 상황에서 무슨 말을 꺼내려나 했더니 몇 가지 떠올렸던 가정과 완전히 상반된, 너무나 의외인 단어가 튀어나왔다.

어떻게 이치노세의 입에서 화이트 룸이라는 단어가 나올 수 있었을까.

순간 머릿속에 사카야나기의 모습이 떠올랐다.

요즘 들어 반끼리 협력하면서 리더끼리 가까워진 부분도 있었을 테니.

하지만 그녀가 쉽게 그런 이야기를 했다고 생각하지는 않는다.

그렇다면——.

무인도 시험 때 츠키시로 측으로부터 계속 협박받았던 모양이니까.

그쪽을 통해 화이트 룸이라는 단어를 알았다고 해도 놀랍지는 않다.

"무슨 소리인지 잘 모르겠는데."

"그래…… 아야노코지가 모른다면 더는 마음에 담지 마. 내가 잘못 들었나 봐."

그렇게 말한 후, 차가운 날씨 속에서 이치노세의 말이 뚝 끊겼다.

그리고 후우 하고 하얀 숨을 토했다.

내 대답을 완전히 믿는지 아닌지 미묘하다고 할까.

혹시 모르니 나도 조금 깊게 들어가 보는 편이 좋겠다.

"어디서 들은 말인데?"

처음 들어보는 단어라는 인식을 심어주기 위해 그렇게 물어보았다.

솔직하게 대답해주지 않는다면 더 추궁하지 않으면 그만이다.

"무인도 시험 때 이사장 대행이었던 사람이랑 시바 선생님이 말하는 걸 들었어. 확실하게 들은 부분은 얼마 없지만, 아야노코지를 퇴학시키고 싶다는 말이랑 화이트 룸이라는 단어를 들었는데. 역시 잘못 들은 걸까?"

"글쎄. 적어도 비슷한 단어 중에 떠오르는 건 없어."

스스로 검색까지 해봤다면 기억과 일치하는지도 반신반

의할 듯하다.

"하지만 왜 아야노코지를 선생님들이 퇴학시키려고 해? 이제는 괜찮은 거야?"

그것도 계속 궁금했겠지.

하지만 케이도 있고 해서 그동안 궁금증을 마음속에 꾹꾹 눌러왔던 것 같다.

"그 문제는 다 정리됐어. 자세한 건 말해줄 수 없지만 이제 괜찮아."

화이트 룸과 따로, 또 다른 비밀이 있다는 냄새를 일부러 풍겼다.

전자가 외부로 새어 나가는 것이 앞으로 더 성가시니까.

"그래……?"

말할 수 없다, 그렇게 대답한 부분이 조금 마음에 걸렸는지도 모른다.

누구에게도 말할 수 없는 것인지, 아니면 이치노세에게 말할 수 없다는 것인지. 어느 쪽인지에 따라 받아들이는 것이 크게 달라진다.

비밀을 공유할 수 없는 상대일지도 몰라 충격받았다는 것을 알 수 있었다.

이 화제를 계속 이어가 봐야 이치노세에게 득 될 것이 없으므로 이번에는 내가 이야기를 꺼냈다.

"나도 질문 있어. 내가 아는 이치노세는 이런 곳에서 고독과 함께 몸을 떨 애가 아닌데. 친구들한테 둘러싸여서 함께 웃고 서로 격려하는 그런 학생이지."

언제까지 여기 있을 생각이냐, 그런 의미를 담아 물었다.

"충분히 즐기고 있어. 즐기고 있다고."

"아까 옆모습을 보니까 안 그렇던데. 즐거운 일만 가득할 수학여행에서 보일 만한 얼굴이 아니었어."

이런 대화라도 지금의 이치노세에게는 필요하겠지.

원래는 가슴 속에 혼자 담아 두고 싶은, 누구에게도 말하고 싶지 않은 부분을 꺼내게 하는 것.

반의 리더로 중압감을 계속 받아왔던 이치노세가 껴안고 있는 것.

"꼭 거기서 기다려야겠어?"

"응. 너랑 같이 내려갈 거야."

"……그래? 그럼 차라리 이리로 와. 엉덩이 차갑겠다."

"고마운 제안이네. 이미 엉덩이가 얼어붙으려던 참이었어."

서둘러 일어나 엉덩이에 묻은 눈을 털어내고 이치노세의 옆으로 돌아갔다.

곁눈질한 이치노세의 옆얼굴은 아까와 다르지 않았다.

조금 전에 스마트폰으로 확인했을 때의 시각은 8시 40분 정도. 돌아가는 데 걸리는 시간까지 계산하면 여기에 머무를 수 있는 것은 10분 정도인가.

시간이 다 될 때까지 아무 말 하지 않겠다면 그것도 괜찮겠지.

끝까지 옆에서 함께할 생각으로, 이치노세가 어떻게 나오는지 기다리기로 했다.

바람이 불 때마다 눈발이 날렸다.

그런데 수십 초 정도 지났을 때 이치노세가 입을 열었다. 하얀 숨이 허공에 퍼졌다.

"내 방식으로는…… 이제 그 어떤 반도 이길 수 없구나. 그런 생각을 했어."

의도하지 않았을 눈물이 뺨을 타고 흘러내렸다.

"이길 수 없다고? 있는 그대로의 네 모습으로 망설임 없이 돌진했던 거 아니야?"

"하지만 그러는 바람에——."

머뭇거리면서도, 이치노세가 계속 말을 자아냈다.

"그래, 맞아. 하지만…… 결과가 따라오질 않아. 우리 반은 확실하게 A반에서 멀어지고 있어. 이건 누가 봐도 분명하니까."

"그 원인이 네 생각에 있다는 말이야?"

"내가 사카야나기처럼 반 아이들을 잘 지휘했다면. 류엔처럼 강하게 이끌 수 있었다면. 호리키타처럼 연대할 수 있었다면…… 그런 생각을 안 할 수가 없어."

"그건 그냥 억지야. 너는 너지, 다른 누군가가 될 수는 없어."

이런 말은 하지 않아도 잘 알 것이다.

본인도 알겠지만, 그래도 말해줘야 하는 때가 있다.

"억지. 그래, 그렇지. 난 지금…… 그렇게 손에 잡히지 않는 것을 원해."

"자신을 바꿔서라도 말이야?"

"이길 수만 있다면…… 그래도 좋아."

이치노세는 변화를 원하고 있다. 그것이 정답인지 오답 인지는 둘째 문제고, 이 상황에서 빠져나가기 위해 필사적 이다. 원래는 아직 내가 손 내밀 때가 아닌데.

하지만 무인도에서 이치노세에게 고백받았을 때부터 시 작해 예상하지 못한 사건이 몇 가지 일어나버린 것이, 지 금 내 마음이 이렇게 약해지고 만 제일 큰 원인이다.

이치노세와 한 약속의 시간까지 아직 3개월 넘게 남았다.

과연 그때까지 아무 도움도 받지 않고 극복할 수 있을까.

아니, 희망적 관측을 할 상황이 아니다.

바로 지금, 이치노세가 완전히 무너지고 있다.

내 예상보다도 빠르게, 먹은 독의 효과가 나타나 온몸에 퍼지고 있는 상황.

나를 좋아하는 마음과 카루이자와 케이라는 존재.

반은 하강 곡선을 그리고 다시 올라갈 계기가 보이지 않 는다.

칸자키, 히메노가 움직이고 있긴 하지만, 친구들의 성장 은 이미 한발 늦었다고 봐야 할 것이다.

학생회 간부로도 앞으로 어떻게 될지 한 치 앞도 보이지 않는다.

전도다난. 사면초가. 오리무중.

"분해…… 너무 분해……."

자신의 무력함.

그것이 강렬한 죄책감이 되어 이치노세를 덮쳤다.

"분하, 다고……."

이게 자기 혼자만의 문제라면 그냥 울적해하기만 해도
된다.

하지만 반을 이끄는 이치노세에게는 그것이 허락되지
않는다.

반의 실패는 전부 자기 책임.

그렇게 생각해버리기에 일어나고 마는 현상.

"미안해, 아야노코지……."

떨리는 목소리가, 지금 얼마나 분한지 강하게 말해주고
있었다.

"그건 뭐에 대한 사과야?"

"여러 가지, 여러 가지로……. 이렇게 울어봐야 곤란하
게만 할 뿐인데……."

원래 더 현명하고, 더 총명할 이치노세.

그 숨은 잠재력이 완전히 소리를 죽이고 말았다.

너무나 무르고 약한 마음.

치명적일 정도의 약점.

호리키타도 류엔도 그리고 선두를 걷는 사카야나기도
멈춰서 주지 않는다.

발버둥 치고, 괴로워하고, 그 자리에 쓰러지는 것은 견디기 힘든 고통이겠지.

더는 애쓸 필요 없다고, 다정한 목소리로 말해주면 그것으로 무거운 짐에서 해방될 것이다.

하지만 그와 동시에 이치노세는 두 다리를 잃게 된다.

그러기에는 아직 이르다.

네가 쓰러지는 건 좀 더 나중이야. 학년말 시험, 2학년의 명운을 가르게 될 그때까지, 걸음을 멈추게 할 수는 없다.

무너지는 것은 허락하지 않는다.

학생으로서의 생사, 때와 장소를 결정할 사람은 너면서 네가 아니다.

나는 이치노세와 거리를 좁히고, 비참함을 견디는 이치노세의 등으로 손을 뻗었다.

그리고 오른쪽 어깨를 잡고 끌어당겨 안았다.

"앗?! 아, 아야노코지?!"

"마음이 괴로우면 울면 돼. 힘들 때는 도움을 청하면 돼. 누구에게나 약한 부분은 있어."

"……하, 하지만……."

새파래지기 시작하는 입술을 질끈 깨물고 말을 삼키는 이치노세.

몸을 반대 방향으로 빼려고 했지만, 힘이 약했다.

"너는 원하는 게 있잖아?"

"……안 돼. 내가 원했던 건, 이미……."

"가질 수 없게 되었다고——?"

목구멍 안, 아니 마음속 깊은 곳에서부터 넘쳐 올라오는 말을 필사적으로 억누르려 하고 있었다.

그런데도 이치노세는 긍정할 생각이 없었을 텐데도 살짝 고개를 끄덕였다.

"난 어떻게든 된다고 생각하는데 말이지."

"하지만——."

"걸음을 뗄 용기가 없다면 내가 도와줄 수도 있어."

뺨을 타고 흘러내리는 눈물을 손가락으로 만지니 얼어버릴 듯 차가웠다.

더는 달아날 힘조차 남아 있지 않았다.

오히려 나에게 모든 것을 내맡기듯 힘을 빼고 몸을 기댔다.

먼 곳, 눈 내리는 야경을 바라보면서.

이날 우리는 추운 하늘 아래 어깨를 맞대어 서로의 온기를 알게 되었다.

작가 후기

요! 나는 키누가사. 너희의 친구!

그동안 건강하게 잘 지냈어? 그래그래, 4개월 만이네.

빠르지만 내가 모두에게 할 중요한 얘기가 있는데 들어주면 기쁘겠어.

……네. 한 가지 사죄 말씀을 드립니다. 지금까지 몇 번인가 2학년 편에 등장했던 1학년 A반 캐릭터『이시가미 쿄(石上京)』의 성이 사실은『石上』가 옳은 한자고『石神』가 아니었습니다. 너무 늦게 정정해서 정말로 송구스럽게 생각합니다.

상세한 원인은—— 아마도 피곤에 쩔어서였겠지요! 그럼 어쩔 수 없는 거죠!

사람은 누구나 실수하기 마련이니, 부디 따뜻한 눈으로 용서해주시길 바랄게요.

이 글을 읽은 독자 여러분이 다정하게 웃으면서 용서해주셨으니 이 이야기는 이만 끝내겠습니다.

앞으로 계속해서 이시가미 군도 키누가사 군도 잘 부탁드립니다.

자, 이번에는 수학여행 편으로, 7.5권 겨울방학이 아니야? 라는 흐름을 조금도 느낄 수 없는 8권이 되었습니다.

그렇지만 휴식 스토리 같은 느낌이 들지도 모르는데, 앞으로 펼쳐질 이야기와 이어지는 중요한 부분이기도 합니다.

다음에는 드디어 2학기 마지막인 12월 이야기를 담은 9권이 되지 않을까 싶네요.

그리고 그 후에 겨울방학 이야기가 이어질 예정입니다.

2학년 편 이후부터는 1학년 편보다도 짧아질 것이라고 옛날에 어딘가에서 말씀드린 적 있지만, 비슷하거나 조금 더 늘어나 버릴지도 몰라요.

사람은 누구나 실수하기 마련이니, 따뜻한 눈으로 용서해주세요.

그리고 애니메이션 이야기도 살짝 언급하려 합니다.

여름에 나왔던 2기는 어떠셨나요?

5년 만에 나온 애니메이션을 한 분이라도 더 많은 분이 재미있게 봐주셨다면 기쁘겠습니다. 저는 벌써 다음 3기가 기대되어서, 그에 힘입어 또 열심히 집필을 이어가고 있답니다.

앞으로도 계속 다방면으로 실지주를 응원해주세요.

올해도 건강하게, 여러분과 작가 후기로 만나 뵐 수 있기를 바라며.

키누가사 쇼고

YOUKOSO JITSURYOKUSHIJOUSHUGI NO KYOUSHITSU E 2NENSEIHEN Vol.8
©Syougo Kinugasa 2022
First published in Japan in 2022 by KADOKAWA CORPORATION, Tokyo.
Korean translation rights arranged with KADOKAWA CORPORATION, Tokyo.

어서 오세요 실력지상주의 교실에 2학년 편 8

2023년 4월 15일 1판 1쇄 발행
2024년 11월 15일 1판 2쇄 발행

저 자	키누가사 쇼고
일 러 스 트	토모세슌사쿠
옮 긴 이	조민정
발 행 인	유재옥
이 사	조병권
출판본부장	박광운
편 집 2 팀	정영길 박치우 조찬희
편 집 3 팀	오준영 권진영 이소의
디자인랩팀	김보라
디지털사업팀	김경태 김지연 윤희진
라이츠사업팀	김정미 이윤서 임지윤
콘텐츠기획팀	박상섭 강선화
영업마케팅팀	최원석 이다은
물 류 팀	허석용 백철기
경영지원팀	최정연
인쇄제작처	㈜코리아피엔피
발 행 처	㈜소미미디어
등 록	제2015-000008호
주 소	서울시 마포구 토정로222, 502호 (신수동, 한국출판콘텐츠센터)
판매 및 마케팅	(070) 8822-2301

ISBN 979-11-384-7805-2 04830
ISBN 979-11-6611-455-7 (세트)